蓠苜说红楼

蓠苜 著

山西出版传媒集团

北岳文艺出版社

图书在版编目（CIP）数据

菡萏说红楼 / 菡萏著．—太原：北岳文艺出版社，2017.4（2025.4重印）
ISBN 978-7-5378-5144-2

Ⅰ．①菡… Ⅱ．①菡… Ⅲ．①散文集－中国－当代 Ⅳ．① I267

中国版本图书馆CIP数据核字（2017）第 026510 号

书　名：菡萏说红楼	策　　划：商爱欣	责任编辑：李向丽
著　者：菡　萏	书籍设计：常钰珮	印装监制：巩　璠

出版发行：山西出版传媒集团·北岳文艺出版社
地址：山西省太原市并州南路 57 号　邮编：030012
电话：0351-5628696（发行部）　0351-5628688（总编室）
0351-5628695（编辑室）　传真：0351-5628680
网址：http://www.bywy.com　E-mail：bywycbs@163.com
经销商：新华书店
印刷装订：三河市天润建兴印务有限公司

开本：660 毫米×960 毫米　1/16
字数：186 千字　　印张：13
版次：2017 年 4 月第 1 版
印次：2025 年 4 月河北第 4 次印刷
书号：ISBN 978-7-5378-5144-2
定价：49.80 元

菡萏心中的红楼

周汝昌先生说:"《红楼梦》不好读。"举凡伟大的作品,未必好读;复杂的作品,肯定不好读。《红楼梦》伟大又复杂,走进文采风流的曹雪芹和他营造的艺术"大伽蓝",自然是不容易的事情。

读者面前这部《菡萏说红楼》,就是菡萏心中的《红楼梦》。

王国维说:"《红楼梦》,宇宙的也,哲学的也,文学的也。"曹雪芹复杂的(多重的)创作动机,决定了《红楼梦》主题的多重性或丰富性。江南曹氏家族,从曹玺到曹寅到曹颙,祖孙三代历六十余年,诗书簪缨,钟鸣鼎食,至雪芹生父曹頫,仍有康熙佑护,袭职江宁织造,虽已入"末世",毕竟还是"百足之虫"。书中多次出现的一句令人心惊胆战的话——荣国公原型曹寅常说的:"树倒猢狲散。"官宦兼诗人、编辑家、出版家的曹寅,这位与纳兰性德齐名的江南才子,何等晓世之人,竟一语成谶。康熙这棵大树一倒,曹家的末日也就来临了。

如果说雍正六年曹家"籍没",表面上还只是经济及"他事"原因,乾隆五年二度被抄家,则是涉嫌"谋逆"大罪的政治灾难。家族荣衰大起落,雪芹岂能不刻骨铭心,政治主题遂成了作者创作的主要动机或深层动机。尽管作者为避文字狱,不得不煞费苦心把政治投枪包藏在花团锦簇当中,却怎么也按捺不住愤懑,偶尔露峥嵘——有些文字,率性的直露的表达简直让人不寒而栗。此外,为红楼女儿立传,构成人情世情主题,还有文化的反思,人性的探究,人生经验的记录,"传诗"等等,不一而足。顺便说说,不少红学家看《红楼梦》的文化主题,说是"三教合流",这就偏离了作品的原义。只要细读第二十二回,我们就能发现,曹雪芹对传统社会儒、道、释共生的文化生态有深入的研究和反思,他对主流文化的这三个版块,持有截然不同的态度。至于中国传统文化的很重要的一个另类版块——游民文化,也有所涉猎——他写了游侠柳湘莲。仔细研究之后,我们有理由相信,曹雪芹走出了儒、道、释的乌托邦"围城"。正因为这一点,王国维才说它是"哲学的也",是"绝大著作";鲁迅才断言,"总之自有《红楼梦》出来以后,传统的思想和写法都打破了。"

《红楼梦》艺术上也是伟大而复杂的。比较容易看出来的特色,一是写"真人"(鲁迅),一是写"生活流"。身处文字狱猖獗的险恶环境,《红楼梦》可以说是被逼出来的。曹雪芹继承了史官的"春秋笔法",集中国古代文学和民间文学之大成,呕心沥血,使尽浑身解数,创造出一整套他的"特笔"。他晚景凄凉,于黄叶村著书时期,幸有一位最重要的伴侣脂砚斋,为多情公子"红袖添香"。脂砚斋的名字被存于书名《脂砚斋重评石头记》,与这部伟大著作并行传世,本身就是一桩耐人寻味的"奇事"。若有点灵心慧性,不难发现她很可能是女性,一位才情非凡的女性,《红楼梦》最早的评论家——姑不论她是不是周汝昌先生说的史湘云的原型。她有一段文采斐然的文字,讲述《红楼梦》的秘法:"事则实事,然亦叙得有间架,有曲折,有顺逆,有映带,有隐有见,有正有闰。以至草蛇灰线,空谷传声,一击两鸣,明修栈道、暗度陈仓,云龙雾雨,两山对峙,烘云托月,背面傅粉,千皴万染诸奇,书中之秘法,亦不复少。"可以这么说,《红楼梦》如茂密的大森林,脂批则是为穿行者指点迷津的一个个路标。没有她的"逐回中搜剔刳剖,明白注释",读者就会迷失在黑暗中。

《红楼梦》不好读到了什么程度?随便提出一个看似极其简单的问题,寻找答案也并非易事。譬如,薛姨妈为何住进贾府就不走了?薛宝钗因"选秀"入京,为何没有了下文?她是没有参选还是落选了?薛宝钗究竟爱不爱贾宝玉?贾母在贾宝玉婚姻对象的遴选上,到底站在钗黛二女哪一边?林黛玉怎么死的?是"玉带林中挂",还是"一抔净土掩风流",还是"泪尽而亡"?当然更有趣(却是很严肃)的问题,我预计还会争论一万年的老大难:钗黛之辩,你究竟如何选边站?

《蕗苕说红楼》,以一位女性的聪慧敏感细腻之心,带着对《红楼梦》和红楼人物的挚爱,顺着脂砚斋的指引,穿行在"红楼梦森林"里,欣赏一木一石,采撷奇花异草,用感性理性兼备的散文笔墨,编织她心中的红楼之梦。她有梳理,有考据,有发现,有领悟,有吟叹,有感喟,敢爱敢恨,有歌有哭。我特别注意到蕗苕对《红楼梦》和红楼人物的评价的倾向性,欣赏她对思想

艺术有倾向性的看法。我以为,没有倾向性的作品,世界上是不存在的。钗黛之辩,曹公其实是态度分明的。遗憾的是,一些红学大家,竟也会陷入"钗黛合一"论的泥淖,正所谓"智者千虑,必有一失"吧。菡萏的红楼人物论,既没有陷进新红学的既定的结论性框框,也没有考据癖常会犯的臆断和穿凿的通病。她以现代人的眼光,审视历史和历史人物,审视文学和文学人物,做出了有创见的评述。她对林黛玉、薛宝钗、史湘云、刘姥姥、王熙凤以及晴雯、袭人、香菱等红楼女性的理解,都不是平面的,简单化的,把握了人物性格的"圆"度。认识不了曹雪芹"正邪两赋"的人性观,就回答不了人物自身看似相互矛盾的描写。以黑白两极的思维模式,是读不好《红楼梦》的。泥古拘今的呆脑筋,也是读不好《红楼梦》的。脂砚斋称这种人为"无心肝"。所以,无情不读红楼,无慧心无慧眼不读红楼。我很高兴地看到,《菡萏说红楼》的负面指向,恰恰是这等"无心肝"。

我曾说,情感是文学人物的血肉,思想则是其骨骼。没有思想的人,是"立"不起来的。同样,没有思想的文章也是"立"不起来的。菡萏文中说到曹雪芹的爱情观。

那在曹雪芹眼里,真正的爱情又是何样的呢?就两个字"体贴",亦称"意淫",也就是以精神恋爱为主,真性情的表达。他认为那些才子佳人的故事,都是强拉硬扯,忽聚忽离,严重脱离实际,编造成分居多,并且没有感情基础。他把男女风月之事分为皮肤之滥与意淫两种。皮肤之滥意指纯肉体和纯物质的,或因一时迷恋苟合的。当然贾赦、贾珍、贾琏、贾蓉,都属此例。贾珍聚麀,可以和很多男人共女人;贾琏属熊瞎子掰苞米,掰一穗,丢一穗;贾赦是多多益善;贾蓉是无耻下流,这里都没有爱的成分。警幻仙姑对宝玉说,吾敬你是千古第一大淫人,也就是宣布,宝玉是精神恋爱的启蒙者。

这里,她既有正面阐述,也有反面例证;既有观点的厘清,又有原文恰当的征引。她对"意淫"的理解和阐释,与脂砚斋的批注,完全契合。

《红楼梦》需要精读,细读,反复读。记不得谁说过,读一遍《红楼梦》,等于到世上多活过一回。这是最精彩的读红体验之一。中国古代小说,我建议读者尤其是青少年读者,少看或不看《水浒传》《三国演义》,甚至《西

游记》，多看《红楼梦》。文学评价最后的、最高的标尺，是人文精神。《红楼梦》是中国古代唯一经得起人文精神检验的大著作。曹雪芹是超越其时代的启蒙先行者。《红楼梦》完全可以作为新公民教材，陪伴终生。

有鉴于此，我郑重地推荐菡萏这部认认真真读红楼、认认真真说红楼的著述。当然，菡萏的《红楼梦》研究还在继续，某些看法，还会细化、深化。读者不妨认真一读，没准你也能读出一部你说红楼的好作品出来呢。

是为序。

黄大荣

2016年1月20日写于绿窗轩

（黄大荣，中国作协会员，荆州市作协主席，湖北省作协理事。）

和菡萏一起读红楼

菡萏大作《菡萏说红楼》就要出版,让我写点文字。我不是红学家,连合格的红学爱好者也不是,只是读者,为一本说红楼的专著作序,实在自不量力,心怀感激,而又惶恐,但盛情难却。自打在长江网新散文版相识,她贴出的每篇说《红楼梦》大作,我都仔细阅读,复帖交流,一来二往,成为知己。建立新汉语文学聊天群后,我专门推荐过她的包括说《红楼梦》随笔在内的散文小辑,她后来推荐我接任中国文学论坛散文随笔首版。两年多的文墨交往,我对她的经历与创作状态大致有所了解。

菡萏早年从事播音、撰稿、宣传工作。年轻时,曾在当地媒体发表一些文章,后下海经商,封笔。三年前她开始重新提笔写作,屡有作品发表,喜欢用自己的视角解读社会,相信爱和温暖,希望在文字的海洋里能让自己的灵魂早一步触摸春天。我印象最深的,是她的文字里有一种典雅的气质,不仅文字功夫很好,还是当代为数不多的毓秀类作家。

比如,她把绸缎、苏绣与女人联系起来,认为女人要有丝绸一般的质感,像苏绣一样用绵绵的情感与自己谈一生的恋爱,活成绸缎一般,成了烟,入了画,一生都那么细腻温和,风雨不透(《绸缎、苏绣与女人》);她把书信称作纸质细软,认为是文字中的黄金,带着灵魂的香气和体温,值得一封封码好,用红色丝带打上蝴蝶结,安放在藤条小箱里,随我坐绿皮小火车流浪远方(《纸质细软》);她希望养一朵雪花,一直捧在心里,认为我们都是自己的旅者,风过竹响,溪流花红,一片雪花就是一个童话,一群美好的精灵住在洁白的城堡里,灵魂就该养着那些值得养的东西(《养一朵雪花》);她以情致烹制光阴,认为情致是一种慢光阴,是老了的月,生活之美缘于细微的情致,光阴是煨出来的。走累了的时候,不妨停下来,侍弄点花草,翻两页闲书,学会以情致烹制光阴,才有细细的美(《情致,烹制光阴》);她认为"高贵,缘于羞涩""修养,是一个人的精神长相""女人,不管多大年龄,都要长一双隐形翅膀,飞向喜欢的地方"。如此等等,不一而足。我相信通过这些简约的转述,读者对作者菡萏如"瓷上光阴"般的典雅气质与聪敏毓秀已经有了大致的了解。

《菡萏说红楼》所展现的，不仅是优雅的气质、不凡的学识和扎实的文字功底，更是那种不计功利，沉心读书思索，抚摸《红楼梦》里的每一个人物，熟知每一个情节，心领神会把握原作的精妙之处，准确评点，发出内心最诚挚的声音，这种功夫和状态不是当下每个人能做到的。许多人的才华常被红尘琐事打断，入不了状态，下不了功夫，在这里，作者付出的心血足以让许多人汗颜。我想，《菡萏说红楼》的最大现实意义，不在于普及了多少红学知识、贡献了多少学术见解，而在于用沉心读书、精思熟虑、用情书写，把日子托付给名著的一群人物、一段故事，从而使自己变得书香四溢的行为意义。这也是我乐于与和菡萏一起读红楼、品红楼、说红楼，"不计工拙不计多"的原因所在。

《菡萏说红楼》共分四辑，第一辑说妻妾、父子、宝黛恋爱关系，第二三辑说红楼里的十六位女性人物，第四辑哭曹侯，献出一曲心灵挽歌，是一本涵盖面广、品析透彻的读红专著。此部著作意在与爱好者交流读红心得体会，不在发布红学研究成果。读者对象主要是文学爱好者和青少年，不是红学家。但不是说没有研究价值，除框架与理论未见完整外，许多局部，时有独到和新奇见解，想必对若能俯身以就的红学家也不会全无收获。

纵观全书，我认为主要有以下特色：

一是故事脉络清晰，介绍准确。这对尚未读过或虽已读过，然时日已久、对故事人物记忆模糊的读者，具有极好的领读作用。作者按专题顺序，将隐散在原著中的妻妾关系、父子关系、宝黛恋情、各色女性人物的诸多细节梳理剔扒、分列于专题下，省去读者阅读原著必须梳理情节、连贯复位的许多功夫，以便有更多时间与精力深入品析。《红楼梦》巨制浩瀚，人物众多，精彩纷呈，没有很好的梳理功夫，难以把握其内涵，领会其无穷意味。有了菡萏的领读，回味和重读原著，会变得更加有味。

二是捏拿准确，析理透彻。作者介绍人物关系、人物性格、人物命运是为了表达自己对原著的研究和理解，因而只有深研原著、忠实原著，才能使自己的品读出之有据、言之有理，引发别人的思悟探寻，以致点头称赞、击

节认同。我以为这一点菡苕做得非常到位,是忠实原著的品读解析、引申兴叹,不是天马行空的自我张扬和不着边际的随口戏说。

三是用情很深,自成见地。作者深爱《红楼梦》,对每一专题、每一人物的选取和评说用功扎实、用情极深。因而,书中交流的看法,不是人云亦云的翻版,而是经过个人心灵筛选加工之后的真实见地。并运用历史学、社会学、文艺学、心理学的多重知识分析论证,准确表达。她的看法与观点,既在忠实原著的范围内,也在绝大多数人的艺术经验的范畴中。对关心、喜爱《红楼梦》的读者来说,同菡苕一道读红楼、品红楼、说红楼,也是一次检验和提升自己文学经验、生活经验、襟怀状态的畅快之旅、有益之旅。

当然,这不是一本全面论述《红楼梦》的书,不可能面面俱到。比如,未介绍《红楼梦》的创作和流行过程,没有概述和引述红学界大量的研究成果,没有介绍《红楼梦》的文学成就、文学地位和艺术手法,没有介绍曹雪芹的艺术思想和审美理念,这些当然重要,也是《红楼梦》爱好者应当了解的。但是这些功夫,要靠读者自己去做。在一本书的篇幅内,她只能选取自己感兴趣并有把握完成的一部分与大家交流分享。大家因她的领读而产生兴趣,焕发品读研究的热情,就有可能做得更好。仅此,已功莫大焉。

个人认为,《红楼梦》不仅是文学爱好者必读书目,而且是每个中国人必读书目。了解博大浩瀚的中国文化,提升民族文化修养,《红楼梦》和唐诗宋词一样,是最便捷的阶梯。任何民族的文化必定有源有流,最初经典是典型的源,集大成的经典汇聚最大的流。《红楼梦》就是一部集大成的文学经典。如果说,西方文学起源于希腊神话与《圣经》,至现代,有什么哲学流派就有什么心理学、美学、文学、文艺批评学流派,而《红楼梦》则集中体现了中国易学、道学、儒学、佛学、医学、建筑学、历史学、诗词文艺学、语言学、民俗学、日常生活美学等等方面的精粹。读西方经典可以了解西方文化脉络,读《红楼梦》则可以沉入中国文学精粹的长河,窥见中国人的宇宙观、价值观、人生观。鲁迅先生曾曰:"遍感哀凉之雾者,惟宝玉而已。"如果我们认真地读《红楼梦》,完全可以比贾宝玉走得更远,突破贾宝玉难逃意淫的悲哀,将个人精神气质上升到现代健全人格所需要的境界。

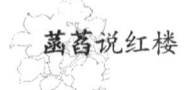

1999年，我在网上与文友讨论，谈到过《红楼梦》的三重文本结构及其指归问题，我说："《红楼梦》无论结构、语言、民俗、僧道、诗词歌赋、厨艺园林、村言俚语、情爱忧伤、人生领悟均在行内，非行外人所能'非其山而强为其山，非其水而强为其水'。小说这种大众文学样式，读者虽然僧者看僧、道者看道，毕竟要存在多重审美欣赏和反复琢磨的可能性，其综合艺术水平要求自然很高。至少，从文面看，要有吸引读下去的故事和性格鲜明的人物；从文里看，要包纳全景式社会生活场面、社会生活素材及知识充实丰厚；从底蕴看，绝对要有独特的人生领悟，并且深含在不动声色的'言他'之中。如近有论者所说的平民化与日常化、无技巧是最高的技巧等等。"

"《红楼梦》有三重文本结构。第一重，是爱情故事，宝黛、宝钗三角恋；第二重是家族故事，贾、王、薛的盘根错节、盛衰兴废；第三重，是佛道文化故事，虚假道德与人性觉醒的冲撞，灵如宝玉也悟不透的因果轮回，'白茫茫一片大地真干净'（理想）与'乱哄哄你方唱罢我登场'（现实）的双重必然、永久悖论。不读出这三重，枉费曹雪芹'其中味'。"

"我依然坚持：《红楼梦》表达了对于人人信守中道、人世清净美好的无限向往和事实上浑浊不堪、万劫不复的无可奈何。正如我们圣洁的理想多么美好，可就是不能实现，人生就在这类矛盾中游来游去。《红楼梦》触发我的是这根弦。它含量大，是座富矿。"

"我对《红楼梦》实在情有独钟，它确属一本好书。关于结构方面的分析，七格（本名陆秉文，东方早报文化版的特约记者）之论备矣！人生、社会本在梦幻与现实之间，既不能完全出世，也不能完全入世，儒道互补也。那么，好的文学作品岂能只取神话或现实一个'半环'？而文本结构方式与文本内容（或曰变量）是一体的，分析的时候可以分开，创作的时候不能分开，也就是说变量同样影响结构。《红楼梦》的结构与内容是互为依傍的。正因为作者一方面看透世人即便灵如贾宝玉者，能逃脱功名利禄、虚假礼教的羁绊，却难逃'意淫'（……心有所爱，不能深爱；心有所恨，不能深恨，谁做得到），一方面十分向往看破红尘、永世无争、白茫茫一片大地真干净的人生、社会境界；如果不借助头尾神话、中间现实，间或相扣的结构，怎能把他的

哲学向往与无可奈何的现实运行方向表达得淋漓尽致？从这层意义上说，高鹗续书正合曹意。然多少红学家不知有否论及这一层？曹氏学识，也达到古典文人高峰。如果说《三国演义》《西游记》《水浒传》结构都有相似的话，那是流行中的老、庄文字禅，曹氏才是深得老、庄哲学真义的自觉者。而且，从马克思主义哲学再向前，也不难得出与曹氏相似的想法。理想与现实、精神与功利、短暂与恒久等矛盾，是人类永远难以调和的哲学悖论。"

同菡萏一起读《红楼梦》，是一件愉快的事。勾起我中学时代懵懵懂懂看原著看小人书，"文革"前结合毛主席支持蓝翎、李希凡两位小将挑战俞平伯《红楼梦研究》读《红楼梦》，"文革"中结合《中国古代思想史》读《红楼梦》，20世纪80年代初期结合王朝闻《论凤姐》、李泽厚《美的历程》读《红楼梦》，20世纪90年代与21世纪初为探索小说技巧再读《红楼梦》的许多回忆。世纪之交，因我一篇《国中谁比曹雪芹》的短帖，竟引起青青草网站的数十名文友加入的文学大谈论，整理出的讨论摘要就达二十余万字。看来，《红楼梦》是经久不衰的话题。我虽然前后通读十余遍，然而对《红楼梦》的博大精深依然只能击节赞叹，不能了然于胸，需要和菡萏一起读红楼。幸有《红楼梦》，我们的业余生活才变得如此丰满精彩。基于激动和感动，不揣浅陋，贸然为序，无知之处，还望谅解与批评。

元辰

2016年1月19日于宜昌寓所

（元辰：袁国新，当代作家、评论家、书法家。）

目录

第一辑

第一篇 红楼妻妾关系浅析 …………………… 一
第二篇 红楼父子关系浅析 …………………… 一四
第三篇 宝黛情爱之路 ………………………… 二二
第四篇 红楼男风 ……………………………… 四三
第五篇 红楼豪奴 ……………………………… 四九

第二辑

第六篇 打秋风深谙世故 说姣姣 …………… 五七
第七篇 浑融天真莲讶菱 说香菱 …………… 六九
第八篇 得东风渐入金屋 说袭晴 …………… 七九
第九篇 一失足成千古恨 再回头已百年身 说二尤 …………… 八九

目录

第三辑

第十篇 袅东风稀世俊丰 韵天成才情旷古 说黛玉 ……九七

第十一篇 停机德柱自人赞 挂金锁也是徒然 说宝钗 ……一〇七

第十二篇 晋妃才得省亲至 未料正是哀运来 说元春 ……一一五

第十三篇 秉正气曹侯另布 惊风雨脂砚挥泪 说探春 ……一二五

第十四篇 芍药茵慢启秋波 芦雪庵勇夺魁首 说湘云 ……一三八

第十五篇 居楹外曲高寡合 莲泥潭运暖驼 说妙玉 ……一五〇

第十六篇 参因果失母丢嫜 遇虎狼花落人亡 说迎春 ……一六五

第十七篇 失狐有余忘缩手 挥青丝缁衣独卧 说惜春 ……一五七

第十八篇 身后介锦绣全抛 眼前无路想回头 说熙凤 ……一六九

第十九篇 守孤寡娟墨成素 得荣华美人迟暮 说李纨 ……一七九

第二十篇 乱人伦命绝天香 留嘱托顶戴无光 说可卿 ……一七七

第四辑

第二十一篇 哭曹侯 ……一八五

后记 ……一八九

第一辑

第一篇　红楼妻妾关系浅析

一

　　曹侯妙笔，百变生花，假中有真，真中有假。忽而横云断水，忽而飞流出峡，手法之新，包罗之广，是别书无法比拟的。实是一部万花筒般的百科全书，仁者见仁，智者见智，视角不同，看法不一。但不管是横看还是竖看，都是历史再现，人性不变。毛泽东就说过："我把红楼梦不是当故事看的，而是当历史来读的。"他曾推荐过三本书：《金瓶梅》《红楼梦》还有《聊斋志异》，并说只有这三本书才是写历史的。但《红楼梦》是他一生中最挚爱的，言："只有那里的女人才是真正美的化身，呈现出真实而又丰富的性格。"在张爱玲的眼中，红楼里每一个人物也都是可爱的，包括赵姨娘在内。

　　所以说，红楼是最真实的历史，是最鲜活的第一手资料，强过许多教科书，这点才是曹侯为我们做出的最大贡献。虽活着时穷困潦倒，却强似那些华冠美服，禄厚官高的士大夫不知多少倍。他虽说此书只为喷饭供酒，消愁破闷之用，但却是一部恢弘的历史巨作，而不仅仅只是那点男女私情。就像《金瓶梅》表面看只不过是西门庆那点家事，但就是这点家事还原了明代的历史风貌。他告诉了我们，那时的男人咋样，那时的女人咋样，那时的家庭结构、吃穿用度、社会风俗及其道德礼仪又是如何。毛泽东为何说，不读红楼就不是真正的中国人！因为作为一个中国人，至少应该了解一点老祖宗的那点事，并且知道历史是怎样一步一步走到了今天。

　　在封建社会，尤其是大家族里，最尖锐的矛盾不是来自婆媳而是妻妾。那时的媳妇早已习惯于婆婆高高在上的地位，并身体力行维护这种制度与尊严。这点，不管是邢夫人、王夫人还是凤姐几乎无一例外，做得都很好。但妻妾间的床笫之争却风起云涌，硝烟不断。

　　红楼里的男人都有妾，并且一般还是先有妾后有妻。男主人公往往在十几岁，刚有性能力时，家里就会在其身边放上两个丫鬟，供其使用。纳妾也很简单，可以是买，也可以是丫鬟收房，还可以是赠予，并不需要明媒正娶那些繁文缛节，开个脸、磕个头就完事了。像香菱还有嫣红是买来的，赵姨娘、周姨娘是丫头收的房，秋桐则是贾赦赏赐贾琏的。像平儿和袭人只是通房大丫头，还没晋升到妾的位置，无须开脸，也不见得非要磕头，主人点个头就完事了。所以袭人渐入金屋时，只给王夫人磕了头，因瞒着贾政和贾母，王熙凤就吩咐，不用过去给贾母磕头了。

在红楼里，宝玉的哥哥贾珠二十岁就死了，但房里已有两个女人，是不是妾没明说，后来均被李纨打发走了，估计是没有开脸的通房大丫头。贾琏在红楼开篇时，除了凤姐，只有平儿一个通房大丫头，最早的几个，已被凤姐清理掉了。最后贾琏偷娶了尤二姐，贾赦又赏了一个丫鬟秋桐，算是一妻两妾一个通房大丫头。红楼梦里对尤二姐的定义是"娶"而不是"纳"，置了外宅，母妹随同入住。贾琏连私房钱也一并交其管理，可见待遇之高，还令下人以奶奶呼之，就有了新二奶奶、旧二奶奶之说。在古代只有妻才可以称作夫人、太太、奶奶之类的，妾只能唤作姨娘。贾琏当时是被美色冲昏了头，忘记家里还有个母老虎蹲着，不知咋奉承二姐为是。所以当凤姐盘问兴儿时，兴儿说走了嘴，带出了"二奶奶"的字样，连忙自己掌嘴。那时的凤姐才是虎狼屯于阶陛尚不知，人家明摆着不是想做一个妾么简单，而是另立朝廷，谋权篡位。凤姐也就毫不客气，一道手斩尽杀绝了。

贾赦，也就是荣国府的长子，他的妾最多。每次邢夫人出场，都是华服丽妃一堆，前呼后拥的。凤姐也说："老太太说过：'如今上了年纪，作什么左一个小老婆右一个小老婆放在屋里，没的耽误了人家。放着身子不保养，官儿也不好生做去，成日家和小老婆喝酒。'"贾赦好色，和孙绍祖一样不仅把丫头淫遍，且一生都在纳妾进行时，吃着碗里的，看着锅里的，一把胡子了，还想着鸳鸯。但由于鸳鸯的刚烈，贾母的反对，未果，就花了八百两银子买了嫣红。

贾政，也就是宝玉的父亲，在红楼里是一个正人君子形象，但也有一妻两妾。分别是王夫人、赵姨娘和周姨娘。红楼里最尖锐的矛盾就围绕这房展开。别的院落虽也是你死我活，但还不至于太祸及子孙。当然，凤姐是一箭双雕，害死了尤二姐和她腹中的胎儿。贾政这边，周姨娘没有子嗣，相对安静些。赵姨娘却不同，生有一哥一姐，就有了资本和筹码，也就埋下了兄弟逐鹿的

祸根。

在红楼里，斗争最惨烈的是香菱。夏金桂则是亲自披挂上阵，丑态百出，闹得鸡犬不宁，并不顾忌自己是住在亲戚之家，丢尽薛家的颜面。最精彩的是凤姐，运筹帷幄，决胜千里，弄连环，使小巧，借剑杀人，计谋绝倒天下。最能保持身份和涵养的要算王夫人，但有时气急了也会大骂："养出这样黑心不知道理下流种子来，也不管管！几番几次我都不理论，你们得了意了，越发上来了！"这是第二十五回，宝玉烫伤，王夫人在骂赵姨娘。这就是环境的力量，贵妇可以变成泼妇。妻妾制度就是，你必须天天要面对自己不喜欢甚至是怀恨在心的人，并且还要共侍一夫，哪怕她是娼门出身。

二

那么妻和妾到底有何区别呢？

第一，家庭背景不同，也就是娘家的贫富差距。那时讲门当户对，有钱人家的小姐是不会做妾的，大家族也不会娶太寒素家庭的女子为妻，几乎都是政治经济联姻，像贾母、王夫人、凤姐、李纨皆是。但填房续弦条件可以相对宽松些，家世不用那么显赫，如邢夫人、尤氏等。妾，一般是攀附富贵或家里贫穷，想拿女儿换点钱，也就等同卖掉。一般稍有点体面的人家，是不会这样做的。即便是寒门，也多半选择找个同等之家，安安稳稳过日子。

第二，结婚仪式不同。妻要三媒六聘，有父母之命，媒妁之言。还要择选吉日，张灯结彩，用八抬大轿风风光光从大门抬入。妾只要花一定数目的银子，从角门入住，挂不挂红，摆不摆酒均可。如娇杏就是当夜抬入，香菱是摆了酒，明公正道地做了房里人。丫头收房更简单，本就私有，连钱都不用花，并且很多丫鬟都是争着抢着上位。

第三，嫁妆不同。妻是要有陪嫁的，妾是不需要的。古代有聘礼和陪嫁一说，多少箱子抬进来，多少箱子抬出去，并且一般陪嫁的数目相当可观。王熙凤就对贾琏说过："把我王家的地缝子扫一扫，就够你们过一辈子呢。说出来的话也不怕臊！现有对证：把太太和我的嫁妆细看看，比一比你们的。"

那到底需要多少，我们不妨看下。《红楼梦》第五十五回探春当家，因家里入不敷出，日趋艰难。凤姐和平儿闲虑家里以后的几件大事，说宝玉黛玉一娶一嫁，由老太太拿私房，不用动用官中的；迎春是大老爷那边的不用管，剩下三四个，满破着每人花上一万两银子。环哥娶亲有限，花上三千两银子，不拘那里省一抿子也就够了。这里歧视贾环，意思是说可以在不显眼的地方节省点，但并不敢明目张胆不公，因为那时庶出、嫡出的地位是一样的，已无太大的区别。剩下的无非就是探春和惜春了，惜春虽是贾珍之妹，但在襁褓间就被荣府收养了。也就是说这姐俩的陪嫁各需一万，这个数字远远超过贾环娶亲的钱。如果黛玉和宝玉不成，外嫁的话，也要这么多。实际上，黛玉非常命苦，红楼第四十五回黛玉旧疾复发，宝钗探视，两人说体己话。黛玉说自己是无依无靠投奔这里的，一无所有，吃穿用度，一草一纸，皆是和他们家的姑娘一样，那起小人岂有不多嫌的。宝钗就戏她："将来也不过多费得一副嫁妆罢了，如今也愁不到这里。"虽是轻描淡写一笔，也就告诉我们，黛玉平时的吃穿用度，请医看病都是小钱，最犯愁最大的开销是这笔嫁妆。那一万两银子到底合现在多少钱呢？大概是四五百万人民币，不奢侈的话，够一个女人花一辈子的了，当然，这是出身豪门。

　　迎春出嫁是贾赦操办的，但赦佬很不地道，自己好色又赌。曾收过孙绍祖五千两银子，孙要了几次无果，就指着迎春大骂："你别和我充夫人娘子，你老子使了我五千银子，把你准折卖给我的。好不好，打一顿撵在下房里睡去。"至于贾赦给了多少陪嫁不知道。但总体不是个人，钱都留着自己娶小老婆，胡花乱搞用了。但不管聘还是陪都只是代表一种诚意，一种对婚姻重视的态度，如存有别想，终是祸根！

　　红楼第八十回，蒙回末总批："此文一为择婿者说法，一为择妻者说法，择婿者必以得人物轩昂、家道丰厚、因袭公子为快，择妻者必以得容貌艳丽、妆奁富厚、子女盈门为快，殊不知以貌取人失之子羽。试者桂花夏家指择孙家，何等可羡可乐。卒至迎春含悲，薛蟠遗恨，可慨矣夫！"是说第八十回这一回，主要写了嫁娶两件大事。选女婿的都以为择到器宇轩昂、家资富饶的是一件幸事。娶媳妇的都以为找到容貌亮丽、嫁妆丰厚的才是快事。实际这就像孔

子以貌取人，失去子羽一样。试想要是夏金桂嫁给孙绍祖那样的人，该是多么可喜可慕的一件事……这里告诉我们过分注重钱貌实是婚姻一害，自古不变，也直指贾赦爱财。一大警训也！

古代陪嫁还包括人，也就是活动的嫁妆。迎春出阁，宝玉就唉声跺脚地说又少了五个清净洁白的女儿，这里包括四个陪嫁丫头。一般陪房丫头也会被男主人收房，像平儿就是如此。宝玉曾对莺儿说，"明儿不知那一个有福的消受你们主子奴才两个呢！"对紫鹃也说过："若共你多情小姐同鸳帐，怎舍得你叠被铺床。"

第四，经济权利不同。妻是要当家的，有经济支配权和继承权。妾没有，只是领取一定的月例，生了儿子之后，儿子才有继承财产的权利。所以拼命生子，成了妻和妾共同的目标。尤氏就说过"赵姨娘和周姨娘是两个苦瓠子"。赵姨娘也对马道婆说，"有什么好东西会落到我的手里"。彩云也把王夫人的东西偷出来，送与贾环，这都反映妾的经济地位之低。曹侯的好就是看问题入木三分，冷静客观，他恨的人、爱的人、远的人、近的人，在他的笔下都更像人。

第五，她们的月例不同，也就是工资待遇。在红楼里，王夫人每月是二十两纹银，赵姨娘是二两外加一吊钱，将近少十倍。当然这不是绝对的，到了民国袁世凯是一妻九妾，几乎月例都在八十至一百块大洋之间，每生一子就多加三元大洋，所以他就有十七个儿子，十五个女儿，因袁世凯自己就是妾生的，对妾相对好些。

第六，姻亲关系不同。在古代，男方家族只承认和妻的姻亲关系，彼此互相走动，往来吊贺。妾，只要本人，并不承认其娘家。五十五回，赵姨娘忘了形，对探春说，"你舅舅如今死了，我在这屋里熬油似这些年，又生了你和你弟弟，越发连个袭人也不如。"探春气急："谁是我舅舅？我舅舅年下才升了九省检点，那里又跑出一个舅舅来？我倒素习按理尊敬，越发敬出这些亲戚来了。既这么说，环儿出去为什么赵国基又站起来，又跟他上学？为什么不拿出舅舅的款来？"就是说有时连亲生子女都不承认这样的亲戚。我们现在的人可能觉得不可思议，会批判探春嫌贫爱富，攀高枝，冷漠不认生母，违背人伦等。但那时的宗法礼教就是这样，并且非常支持。所以探春用了"按理"而不是"按情"。实际上，探春本就是堂堂大小姐，贾府千金，无须攀高枝，和生母的地位不能同日而语。

到了民国也是这样，袁世凯是一妻九妾。他的妻子就是因为一句话得罪了他，守了一辈子的活寡。有一次，袁世凯看见于氏系了一条红腰带，就调侃说像马班子。马班子意指烟花女子。于氏回说，我不是马班子，我是有姥姥的。有姥姥的意指有娘家，而袁世凯的母亲是妾，因妾的娘家不被承认，所以袁世凯是没姥姥的。不管于氏是不是有意，但直戳了他的痛。以后的岁月他们始终是相敬如宾，但再无夫妻之实，那年于氏还不足二十岁。

第七就是归宿不同，妾是不能和丈夫合葬的，灵位也不能进入家庙。像尤二姐就随便找个坟地埋了，并且活着时也不能参加祭祀。实际就是一个编外人员，替代品，确切地说只是一个生育和泄欲的工具。

第八，地位不同。准确地说，当时的中国是一夫一妻多妾制。妻妾分明，不像现在这样混乱，妻可以当街扒小三的衣服，小三也可以打上门来。现在的二奶呀小三呀都是后来杜撰出来的名词，本就是对女性的一种侮辱。试想下小二是谁，大奶又是谁，简直乱弹琴。妻自古以来只有一个，位尊无比，往往还掌握生杀大权，就像皇帝虽是三宫六院，也只有一个皇后。妾是介于半主半仆之间的，对下是主的身份对于妻和夫则是奴的身份要听他们的使唤。在红楼里，李纨就感叹平儿："可惜这么个好体面模样儿，命却平常，只落得屋里使唤。"宝玉也思平儿："并无父母兄弟姊妹，独自一人，供应贾琏夫妇二人。贾琏之俗，凤姐之威，她竟能周全妥帖，今儿还遭荼毒。"虽然姨娘对下本是主，但有些得势的丫鬟，并不把姨娘当人，也是看人下菜碟。蔷薇稍回了几句嘴，芳官挨打，蕊官藕官葵官豆官四个人一拥而上和赵姨娘厮打起来。探春很气愤，但也很无奈，就说："那些小丫头子们原是些玩意儿，喜欢呢，和她说说笑笑；不喜欢便可以不理她。使她不好了，也如同猫儿狗儿抓咬了一下子，可恕就恕，不恕时也该叫了管家媳妇们去说给她去责罚，何苦自己不尊重，大呓小喝失了体统。"这反映赵姨娘在那个被压迫的环境下，已然变态，一心想报仇，只要有一点机会就闹。同时也说明探春对这些丫鬟

的态度和宝玉是不一样的,用一句"玩意儿"就概括了。

另外,在红楼里妻妾是不能平起平坐同桌吃饭的,并且妾要到妻房间晨昏定省,像媳妇对婆婆那样。妻坐着,妾要站着。刘姥姥初次进府,在王熙凤房里,看到独凤姐坐着,余者皆立着。到贾母那,看到凤姐独站着,贾母王夫人邢夫人,宝玉黛玉全坐着,这就是森严的等级制度。妾并且要侍候妻吃完饭,自己才能吃,如果妻妾关系好,允许同桌,也不能平起平坐,像凤姐喊平儿一起吃,平儿也是一膝单跪。在贾母处,贾母吃完饭,喊尤氏吃,看见银蝶,连带说这个孩子也好,也同你主子一块来吃,等你们离了我,再立规矩去。银蝶是贾珍之妾。这就是说妻妾有严明的规矩。

所以,妻妾永远是不能公平的,妻并且有惩罚打骂妾的权利,但她们一般顾及自己的身份,很少这样做,多是借剑杀人。王夫人就借凤姐经常打压赵姨娘。夏金桂却不同,公然折磨香菱,比如让她睡地下,一会摇背,一会倒水,折腾一宿不得安生。王熙凤是典型的明是一盆火,暗是一把刀,杀人不见血。但丈夫一般是不管家事的,遵循男主外,女主内的原则,家里一切归妻管。袁世凯虽然不用正妻管,委托大姨太和五姨太。但他平时还是每隔几天到正妻房中闲话家事,陪坐聊天。

第九,她们所生的孩子归属不同。妾生的孩子也是归正妻所有的,他们管正妻叫嫡母,管妾叫庶母,有的直接喊姨娘。探春就是只承认王夫人是母亲。贾环却不同,宝玉挨打的那一回,贾环四顾无人,向贾政贴膝跪下悄道:"我母亲告诉我说,宝玉哥哥前日在太太屋里,拉着太太的丫头金钏儿强奸不遂,打了一顿。那金钏儿便赌气投井死了。"他这里就对赵姨娘用了"母亲"二字,这是违反宗法的,但贾政并没阻拦。这也说明,探春和贾环对生母的态度是不同的,也就是情和理始终是两个矛盾的双胞胎。所以鲁迅说,那是一个吃人的社会。

到民国也是这样,袁世凯死后,于氏大哭,说你一生都对不起我,娶了这么多姨太太,给我留了这么多的孩子,叫我以后咋办啊!庶出的二儿子就带领一群子女给于氏跪下,喊着请娘赐死。虽是一出闹剧,但也说明这些孩子是正妻宗法意义上的儿女,始终管正妻叫娘。当然,这些孩子最后还是和生母一起鸟兽散了，生母才是母，这点到啥时都不会变。

在古代，嫡出的不论在继承权，家族代表权都优于庶出的，遵循"立嫡以长不以贤，立子以贵不以长"。但在红楼里不是，有一次，贾赦就夸贾环作的诗好，有气象，说这世袭的前程是跑不了你的，并赏了很多小玩意。那时宝玉还在，既嫡且长，可见历史是不断演变的。另外，妾生的孩子和妻生的孩子平时的待遇也是一样的。他们享受同等的月钱，同等受教育的机会，同等的婚嫁，并且用人的制度都是一样的，宝玉用几个丫鬟，贾环也要用几个，丫鬟的月例也是一样的。第三十六回，凤姐就说："袭人原是老太太的人，不过给了宝兄弟使。他这一两银子还在老太太的丫头分例上领。如今说因为袭人是宝玉的人，裁了这一两银子，断然使不得。若说再添一个人给老太太，这个还可以裁他的。若不裁他的，须得环兄弟屋里也添上一个才公道均匀了。"就是说宝玉和贾环的待遇要一样才公平，凤姐的话里没有任何歧视的意思，这是按理，公事公办。但按情却不同，一是老太太偏爱，愿意自己少用一个人，留给宝玉。当然还有许多的私房，像钱呀衣服呀古董呀想给谁就给谁，这是争不来的。二是宝玉有元春宠爱，入住大观园，也只有宝玉而没有贾环的分。这就是说没有绝对的公平，还有个私人感情在里边，这也是赵姨娘愤愤不平的原因。

三

那妾哪一点能和妻平起平坐呢？有的，那就是性爱，这也是唯一的一点。所以你看到贾政是长期宿在赵姨娘的房中，并且赵姨娘也吹了不少枕边风，让贾政一看到宝玉就恨得咬牙切齿。这点妻是不能干涉的，也无能为力，即便是怒火中烧，也要打落牙齿往肚子里咽。

在古代，丈夫是有责任为妾提供性义务的，如果怠慢，还要受到批判。袁世凯就风水轮流转，公平对待，自己不行时就吃鹿茸之类的壮阳药，一直到死都如此。并且妻在这方面是不能妒的，妒是七出之一，你如果犯了这条，就有被休的可能,因为血脉的传承是这个家族最重要的事情。像王熙凤再跋扈，同样不敢明着妒，也怕说她不贤良。她过生日，贾琏偷人，被她撞见，厮打起来，

她披头散发跑到贾母跟前，没敢说贾琏偷人不对，只是说偷听得他们商量要用毒药把她毒死，把平儿扶正等，实是一大半谎话。贾琏拿剑追赶凤姐时，也是口里嚷着，我杀了你这个"妒妇"。他本来是惧妻悖理的，但一旦事发，也要为自己偷鸡摸狗的行为，披上一件冠冕堂皇的外衣。贾母也说，啥大不了的，打小都是从这过来的，只不过是猫偷腥。说得很轻描淡写，一半是祖护孙子，一半说了大户人家的实情。

第二十一回，贾琏求欢，平儿跑了出来，两个人一个窗里一个窗外的说话。凤姐看见就问为何不在屋里说，平儿回说屋里没有人我在里面干什么？凤姐就笑说"没人才好呢！"平儿正色道："别让我说出好听的了。"然后也不给凤姐打帘子，自己摔帘子先进去了。蒙双行夹批："笑字妙！平儿反正色，凤姐反赔笑，奇极意外之文。"平儿为何敢一反常态摔帘子，那是因为凤姐理亏，平儿为了避免凤姐吃醋，自己做得很好，一年间不让贾琏近身一次。也就是说，她自己主动放弃了性爱的权利，同时也放弃了生子的权利，让王熙凤无话可说。

那妾有没有翻牌的机会呢？有的。一是扶正，也就是把原配休了，取而代之，或原配死了，自己上位。贾琏偷娶尤二姐时，贾蓉就游说说，凤姐身体不好，过个一年半载的死了，就把二姨接进去扶正；鲍二家的也说还不如把平儿扶正等。但那时扶正的概率很小，在红楼里，我们能看到的只有娇杏被雨村扶了正，平儿都是个悬念。实际上，古代封建制度有规定，妾永远是妾，即便妻死，都和妾无关，这个男人同样是鳏夫，要另行择娶才行，但到红楼梦时代已经有所改变。

二是依靠儿子翻身。只要自己生了儿子，地位就能提高一大截；如果儿子能继承家业或日后出人头地，如中个进士什么的，自己就可以彻底翻身。这样的例子在历史上数不胜数，包括皇室，有的还为其生母追加封号。赵姨娘就存有此想，宝玉无疑就成了最大的绊脚石。只要宝玉在，贾环就难有出头之日；如能铲除，偌大的家业连同世袭的爵位就统统落到贾环囊中，王夫人那时自然坐冷板凳。虽然说生的儿女名义上都归正妻所有，但一腔的热血依旧归生母，只要自己强大，没有几个不拉扯自己亲娘的，这点毋庸置疑。包括探春也不会例外。李纨就说过，"姑娘满心的拉扯，哪能说得出口。"

这也反映出赵姨娘的愚钝和不明智。

很多人就质疑,贾政极其没有水准,纳了赵姨娘这么一个不着调的妾。这是只窥其一斑,贾政对其应该是喜爱的。最初的赵姨娘肯定也是个像袭人那样,小心做事,谨慎做人,娇媚可人的人,要不升不上来,纳妾也需得到家长同意。另外一般丈夫和妾的感情要好于妻,妻是家族找的,妾是自己选的。赵姨娘之所以变到今天这个地步,那是环境和欲望造成的,是她和王夫人互相倾轧的产物,内心变态的结果。另外赵姨娘不可能很丑,年龄也不过三十几岁,贾母也最喜欢漂亮人。至于贾环长得猥琐,那是因为心灵阴暗,不够阳光,举止自然不能俊朗飘逸,又屡受打压,胆小怕事,只能暗地里使坏。另外又继承了父母的缺点,在我们心中,就连带觉得赵姨娘也不够美,这是一种思维误区。

探春和贾环同出一母,均为庶出,但为何为人行事却天差地别呢?主要是环境。探春在贾府是没人敢歧视的,反而很多人怕她,包括其生母,连王熙凤都惧她三分。那是因为她自强,有一身的正气和能力。她之所以能光明磊落,心怀坦荡,最主要的原因是她从小跟随贾母长大,始终生活在阳光下,对生母的处境不是第一手了解,也不会有切身体会。接受的教育也不同,理多于情,以家族为念。而贾环始终生活在斗争的漩涡中,从小就受赵姨娘的挑唆,受王夫人的打压,一直在尔虞我诈的环境里成长,自小就埋下仇恨的种子,时时准备报复,把自己和赵姨娘等同,以个人利益为念。如果探春和宝玉也同贾环一样,在相同的环境下生活,至少心态不会像现在这般健康。还是那句话,人是环境的产物,天性只是一部分。

妻妾制度是一种万恶的制度,是一种践踏人性的制度,最大的恶果就是手足相残。宝玉和贾环本是亲兄弟,但就是因为生母的不同,始终彼此冷漠。宝玉就对黛玉说过:"我又没个亲兄弟亲姊妹。虽然有两个,你难道不知道是和我隔母的?我也和你似的独出。"宝玉只是感情上的疏远,而贾环却是恨之入骨。我们能看到的有两件事,一是《红楼梦》第二十五回,贾环故作失手,想用灯里的滚油烫瞎宝玉的眼睛,并带出先前屡次暗中算计不得手之事,那年他不会超过十一岁;第二件就是《红楼梦》第三十三回:手足眈眈小动

唇舌，不肖种种大遭笞挞。在他父亲面前使小坏，谎言告状，为此宝玉几乎被打死。逢五鬼事件是赵姨娘亲自操纵的，下了血本，拿出了全部的体己还写了五百两的欠契，请马道婆施法，凤姐宝玉连衣服都预备下了，几乎送命。

这只是几件代表作，平日的作为可想而知，曹侯不可能一一写来。那宝玉恨不恨贾环呢？应该是恨的，要不也不会起个贾环的名字，贾坏也。但全书不见宝玉有任何报复的举动，这就是宝玉的高贵和善良之处。我们每个人都是有爱恨之心的，但好人和坏人最大的区别就是遇到伤害后，是否报复，这也是对"宁可得罪君子，而不得罪小人"的注解。贾环长大世袭后，肯定还有更疯狂的行为。

那贾环和赵姨娘真的十恶不赦吗？作者写得很客观，赵姨娘也有党羽，很多人同情她，包括尤氏，李纨等。另外书中还有一个很不一般的丫头在帮他们，她叫彩云，是王夫人的首席大丫头，但心里独喜贾环，对宝玉反置若罔闻。宝玉同她闹，她都不肯，与金钏的举动简直天壤之别。并且这个丫头心里有数，一应大小的事都知道，和赵姨娘相契，与鸳鸯平儿袭人的关系又极好。这就变得很复杂，王夫人最得力的人，竟是赵姨娘的知己，我们不得不细思之，并且这个人还不错。

芸芸众生，微尘沙粒，都是因为偶然的机会来到人间，本就不该有贵贱之分。赵姨娘是时代的产物，我们不处在相同的环境不说一样的话。幸好那个时代结束了，罪恶的制度也灭亡了，社会正一天天朝着和谐健康迈进。但我们要记住，平等和尊重才是脱离动物思维的开始，那么宝玉无疑是那个时代的先驱！

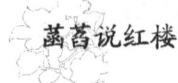

第二篇　红楼父子关系浅析

在古代，父子关系是一种很沉重很复杂的关系，是海是山。不同于母子关系那样温情和纯粹，是花是叶。因为一个男孩的诞生，本就标志着一个家族血脉的传承和兴旺发达，以至于从出生之日起就肩负着责任和使命。又因一夫多妻制的存在，同父异母的兄弟屡见，而同母异父的罕有，这就导致情感世界天平的倾斜，孩子往往和母亲更亲些。

像元春归省，外男独宣宝玉觐见，揽入怀，抚其头，一语未完，泪流满面。在元春心中，惟宝玉才是她的亲弟弟，有眷念切爱之心。而探春、贾环虽与之同父，但隔母，已相去甚远。这就形成一个以母亲为中心的感情集团，在家族中以父为尊，在情感上却以母为重。

"子不教，父之过。"是一种成文和不成文的规矩。子孙不肖，父罪最大。就像贾政打宝玉时说的："也免得上辱先人下生逆子之罪。"母亲虽也有相夫教子的义务，却可以躲在背后，不处在风口浪尖上。所以你很难看见王夫人管教宝玉，宝玉即便有错，也是别人的错，发生事情，很多人都要陪在里面。茜雪之事就是例证，李嬷嬷因宝玉喝酒，也挨过两日的骂。宝玉也经常滚到王夫人的怀里撒娇或搬着王夫人的头说话，其状甚是亲昵。而对贾政躲之唯恐不及，像避猫鼠似的，风闻贾政将回，慌得不得了。以贾母之话，胆子都唬破了。这些都是严父慈母最好的写实。

在红楼里，父子的关系和父女的关系截然不同。父亲对儿子一般要求甚严，动不动家法从事，而对女儿多半宠爱，毫发不动，交于内帷，读书识字，针黹纺织。只要性情贞静，品格贤淑就好，出嫁时备一副丰厚的嫁妆也就完事。贾府几位千金皆随贾母过活，长大后，在大观园里由李纨带着针线游戏，吟诗作赋，享尽在娘家做姑娘时的快乐，环境空间甚是宽松和优雅。

在红楼里，我们能看到的父子关系很多，贾政和宝玉，贾赦和贾琏，贾珍和贾蓉等，甚至是秦钟父子。但所有的父子关系都是惩戒有余，而温情不足。

荣宁二府是潭潭大宅,深深院落,从上到下乌压压一片,少说也有上千号人。但真正的主子没几个。贾母这边,有两子,贾赦和贾政。贾赦为长,又育二子,贾琏读书不成,为人机变,人情世故上去得,在叔叔贾政这边帮忙。贾琮年幼,是一个脸还没洗干净的毛孩子。贾政有三个儿子:贾珠二十岁夭折。贾环尚小,见着贾政也是唬得骨软筋酥,一次大着胆子告宝玉的状,也是贴膝跪下,惊恐万状,品性极坏。宝玉嫡出,容貌丰美,神采俊逸,聪慧灵秀,自然成了焦点人物,被寄予厚望。但因宝玉抓周时,弃笔墨,而取脂粉钗环,被贾政一直厌弃。

身教重于言教,父母的修养和行为,直接影响下一代的精神品质和行事作风。这种潜移默化的力量,不可小觑。这里身教先不论,只说言教在贾府名存实亡,父子间连最起码的沟通都没有,动不动就打。如贾政和宝玉说话,不是喝,就是喊,要不就是冷笑,开口"畜生",闭口"畜生",充耳都是"又出去""还不滚"之类的话。

赖嬷嬷曾对宝玉说:"不怕你嫌我,如今老爷不过这么管你一管,老太太护在头里。当日老爷小时挨你爷爷的打,谁没看见的。老爷小时,何曾像你这么天不怕地不怕的了。还有那大老爷,虽然淘气,也没像你这扎窝子的样儿,也是天天打。还有东府里你珍哥儿的爷爷,那才是火上浇油的性子,说声恼了,什么儿子,竟是审贼!"

从这段话不难看出,贾府从上到下,教育儿子的方法就一个字,那就是"打"。贾代善就是这么打贾政的,对贾赦也是天天打;东府里珍哥的爷爷,就是贾敬的父亲贾代化也是这么打贾敬的,并且极其残忍,像审贼一样,丝毫没有半点父子温情,听着都不寒而栗。这些都是封建伪道德留下的祸根,是不可违抗的高高在上的父权在作祟。

这个赖嬷嬷也不是一个普通人,在所有奴才里地位尊显,家里也是楼阁亭轩、泉石林木一应俱全。他的儿子赖大是贾府总管,孙子也是丫头、婆子、奶子捧凤凰似的长大,又捐了州官,比有些根正苗红、忍饥挨饿的主子还要显得体面。那她为何能如此尊贵呢？因为她是贾政的乳母，书中虽没明言，但细看便知。在贾府，奴才能得势的不是乳母就是陪房，乳母代表夫家势力，陪房代表娘家势力。像宝玉最大的跟班李贵，他是李奶母之子。贾琏的乳母赵嬷嬷，王熙凤也要敬她三分，她的两个儿子赵天梁、赵天栋在修大观园时，跟着贾蔷也当了肥差。整个贾府的奴才也成金字塔状，有着清晰严密的脉络。

赖嬷嬷是贾府的老人，与贾母平辈，王熙凤见了都要起身相迎，可见地位之高。她是贾府最大的乳母头子，对贾府了如指掌，所以作者借她之口，迁出往事。

贾赦、贾政就是这样一路被打过来的，然后再这样打下去，以暴还暴，忘记了自己做儿子时所受的痛苦和压制。那父亲为何要打儿子呢？因为要规范他们的行为，要让他们立志功名，荣耀显达，光耀门庭，担当起家族的重任。也可以像宝钗说得那样，更冠冕些："读书明理，辅国安民。"但效果如何，实不敢恭维。贾赦的官是世袭的，也就是接班，只不过职位降一等。贾政是皇帝体恤，赐了个主事之衔，都不是凭自己本事上镜。不像林家四代为侯，到林如海虽不能世袭，却是科甲出身，高中探花，所以黛玉尽管是孤儿，但底气十足，既是钟鼎之家又是书香门第。并且我们从王熙凤口里得知，贾赦官也不好好做，一天到晚左一个小老婆，右一个小老婆的，只知道陪小老婆喝酒。贾政也是养了一大堆的门客，什么单聘任（善骗人）、詹光（沾光）、卜固修（不顾羞）、程日兴（成日兴）等，并和贾雨村相厚，最后受其牵累。观其友，则知其人，这些足以看出贾政的品位和自身的质量。

只有宁府的贾敬高中进士，算一文化人，有书香之仪。但偏偏生性淡漠，弃官不做，到庙里和一些和尚道士胡羼，一心想得道成仙。这是一个极大的讽刺，当初他爹贾代化审贼样地打他，无非想让他上进读书，光宗耀祖，没想到竟是这样不靠谱，书倒是读了，但国事家事一概不管，留下珍爷一人胡闹。乱伦也好，奢靡也罢，聚赌娈童也行，都与己无关。脂砚斋曾批："荣、宁世家未有不尊家训者。虽贾珍尚奢，岂明逆父哉？故写敬老不管，然后恣意，

方见笔笔周到。"红楼曲也唱:"箕裘颓堕皆从敬,家事消亡首罪宁。"

我们再来看贾政。贾政平日里道貌岸然,不苟言笑,自恃清高,实际没多大本事,女儿封妃后,他多少算作皇帝的老丈人,这才是他最高的身份。他对宝玉不仅严格甚至冷酷,并且不能客观判断事物,尊重事实,喜欢主观臆想,凭自己喜好出发,先入为主。贾政为宝玉抓周之事耿耿于怀,再加之赵姨娘那点枕边风,宝玉的处境可想而知。《红楼梦》第十七回,宝玉题对额,大展奇才,贾政虽声色俱厉,但也不曾为难,是父子间最温情的一次。贾母不放心,一遍遍遣人来问,贾政的小厮也回说喜欢。事后小厮讨赏,解去宝玉身上所有配饰,抱着抬送至二门,好看煞!对宝玉来说,这是难得的快乐时光。

讲身教贾政、贾赦皆不是楷模,因为他们自身都不是高品质的人。贾赦为人虽荒淫,但还有那么一点点热度。《红楼梦》第二十五回,逢五鬼,凤姐和宝玉人事不知,贾赦一直忙着各处寻僧觅道,希望出现奇迹。而贾政见不灵效,着实懊恼,就阻贾赦道:"儿女之数,皆由天命,非人力可强者。他二人之病出于不意,百般医治不效,想天意该如此,也只好由他们去罢。"贾赦不理此话,仍是百般忙乱。从这看,政老确实叫人心寒,宝玉是他亲子,而王熙凤只是赦老的儿媳妇,赦老却比他上心。当然贾母最激烈,不仅痛骂了赵姨娘还要把做棺椁的拉来打死。

宝玉是极其惧怕贾政的。怕到什么程度,我们来看一下。《红楼梦》第八回,宝钗小恙,宝玉和黛玉分别前去探视,薛姨妈留下他们吃饭。宝玉意恬心洽多饮了几杯,李奶母劝他不住,就使出撒手锏,言今天老爷在家,小心问你的功课。宝玉一听就霜打的茄子蔫了,脑袋立马耷拉下来。黛玉忙说:"别扫大家的兴!舅舅若叫你,只说姨妈留着呢。这个妈妈,他吃了酒,又拿我们来醒脾了。"这里,我们不可错会黛玉助长宝玉的习气。而是黛玉冰雪,知道舅舅的作风,虑宝玉长此以往,会形成巨大的心理阴影。薛姨妈也说:"别怕,别怕,我的儿!来这里没好的你吃,别把这点子东西唬的存在心里,

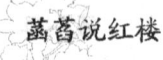

倒叫我不安。

这是第一次讲宝玉怕贾政，淡淡叙出。以后经常从贾母和王夫人的口中听到"就欠你老子捶你"这样的话。贾政也是一个缺少温情的人，无缘无故就呵斥宝玉："小心靠脏我的门，站脏我的地，还不滚"等。这里有恨铁不成钢的成分，也有自己的武断。

贾政打宝玉，肯定不止一次两次，书中张弛有度，明暗有别，不会一味累文赘墨。《红楼梦》第三十三回，手足眈眈小动唇舌，不肖种种大遭笞挞。这是代表性的一次，作者明写，也是打得最狠的一次。起因，一是蒋玉菡；二是金钏。贾政一叠声："拿宝玉！拿大棍！拿索子捆上！把各门都关上！"喝令："堵起嘴来，着实打死！"后来不解恨，亲自上阵，棍子下得又快又急。门客看打得不详，觅人进去送信，幸亏王夫人和贾母及时赶到，才避免了进一步的伤害。贾政打完，宝玉伤得很重，臀部以下几乎没有完好的地方，是用藤屉子春凳抬出去的，躺了很多时日。这只是其中一次，这样的经历在宝玉的成长中不会少。实际上，贾政很虚伪，从不私下和宝玉沟通，每次都是当着众门客、下人和小厮的面批驳凌辱宝玉，以显示他做父亲的威风和尊严，昭示他尽到了职责。

至于宝玉挨打的原因，先说蒋玉菡。蒋玉菡是忠顺王驾前承奉的一个戏子，应属包养。寻之不见，便找至贾府。在这件事里，宝玉是一个陪客，宝玉和琪官虽交厚，但也只是一介少年，对忠顺王构不成任何威胁。真正与其抢夺琪官的应该是北静王，蒋玉菡送给宝玉的那条红色腰带"茜香罗"就是北静王送他，他又转送宝玉的。这是皇室内部王爷间的斗争，宝玉白白夹在里面。再者宝玉对琪官的态度和他们有别，在他们眼里琪官是戏子甚至是玩物。但在宝玉心中，就多了平等友爱和尊重，这是宝玉的可贵之处。忠顺王府势力极大，根本就不把贾家放在眼里，长史官趾高气扬，话里有话。贾政也很害怕，口口声声痛斥宝玉祸及于他。他打宝玉不完全是为了教育宝玉，而是怕自己受牵连，从这点就可以看出贾政的自私。

金钏之事，也不是贾环口中的奸淫母婢，那是无端捏造，歪曲事实。这点王夫人最清楚，只不过宝玉替她背了黑锅。金钏性格热烈，经常挑逗宝玉，宝玉也喜她娇媚可爱，常与之玩笑。偏偏这次是在王夫人眼皮子底下暧昧，王夫人假寐，听得一清二楚，出手又快又急，迅雷不及掩耳，嘴巴子打得那是脆生生地响。金钏是王夫人的首席大丫头，比袭人的地位还要高，从来没吃过这样的亏，自然觉得很没脸。王夫人怒骂她："下作的小娼妇，好好的爷们，都叫你教坏了。"并一气之下，撵了出去。这对她肯定是灭顶之灾，名声坏了不说，以后顶多配个小厮，过清寒生活，不会再有好的前景，加之家里的数落和谩骂，投井也就成了顺其自然的事。

这里，我们能看出王夫人对宝玉的溺爱，错都是别人的，儿子是最好的，有气扇的是别人的耳光子。金钏死后，王夫人说宝玉，也是把声音压得很低，宝钗进去就掩口不提了。

再说贾赦和贾琏。贾赦是荣国府的长子，贾珠死后，贾琏就是荣国府的长孙。《红楼梦》第四十八回，平儿急忙忙地跑来管宝钗要治棒疮的药，说贾赦把贾琏打得动不得，板子棍子混打一气，脸上破了几处。起因是石呆子案，贾赦看上他几把扇子，贾琏无能，一直没营谋到手。最后是贾雨村拍贾赦马屁，出面讹其拖欠官银，拿来充公，赦老随愿。贾赦就拿着扇子指着贾琏鼻子问："人家怎么弄了来？"贾琏回说："为这点子小事，弄得人坑家败业，也不算什么能为！"贾赦认为贾琏拿话堵他，里面可能再夹杂点鸳鸯之事，怪贾琏没从中出力，又怀疑鸳鸯恋着贾琏和宝玉，嫌自己老，就旧账新账一起算，打了起来。并且打得很重，一打就病了，就卧床不起了。这是暗写，可与贾政打宝玉对看。

实际上，父权在演变的过程中，不只是高高在上，而且随心所欲，甚至有很大的泄气成分在里边，已经不再是教育二字那么简单。因己不端，而牵怪他人，何谈教育。这里我们也能看到，贾琏比较温热，做事还有底线，不像贾雨村那么老谋深算，也不似贾赦那么冷血。

这是荣府。在宁府，贾敬尚在，他和贾赦、贾政平辈。但他几乎不在府里住，只在庙里胡混，万事不管。贾珍一个人说了算，他对贾蓉的教育，也是继承了老祖宗的规矩，打是必然，但是管得着三不着两，并另类出彩。 清虚观打醮回，贾母带着全体女眷出动，贾珍随往伺候，又喊贾蓉。贾蓉怕热，躲到钟楼那边凉快去了。贾珍就说："你瞧瞧他，我这里也还没敢说热，他倒乘凉去了！"就命小厮啐他。也就是往脸上吐口水，小厮知道贾珍平日的性格，违拗不得，就照做。这是很变态的一种行为，这个老子不仅霸占了儿子的老婆，还如此侮辱儿子，根本就不把儿子当人看。贾蓉也是个活得极没尊严，自己也不想有尊严的人。贾珍又命贾蓉赶快回府，接尤氏母子前来服侍，贾蓉怕热本想让小厮去，又怕日后对出，少不得自己跑了一趟。

从这三对父子关系来看，儿子都是怕老子的。老子管儿子那也是毫不留情，不仅缺乏理性，甚至还很任性。他们父子之间的关系，几乎就是两个字："打"和"怕"。

那是不是做儿子的就真正惧怕了老子呢？实际不然，这个怕只停留在皮肉上，心里其实并不害怕。并且这种打，本身就是一种失败和反效果。

宝玉挨打后，一直躲在园子里，连晨昏定省都免了。贾政不是不让他游荡优伶，和琪官那种人来往吗！他躺在床上疼痛难忍时还对黛玉说，为这些人死也值得。贾政不是让他读书上进，求取功名吗！但在这次打后，他变本加厉，除了四书，迁延古人，把所有的书都烧了。暴力家教的后果，就是激起更大的反抗。

贾府的教育是非常失败的，并且这种失败一代代延续下去。望子成龙，振兴和维护家业，是一个家族的宗旨。像贾府这样的钟鼎之家，如果能金榜题名应是再好不过的了。他们行伍出身，打仗起家，荣宁二公都是跟随皇帝出生入死才得以封公，但科甲成名也不是一件容易的事。贾府至第二代，贾代善和贾代化均是世袭。第三代贾赦也是世袭，贾政是赏赐。到了第四代贾琏是捐了一个同知，也就是买了一个虚名。宝玉贾环未知，不过从书中伏笔看，

贾环应世袭。第五代贾蓉也是花一千二百两银子捐了一个龙禁尉，简直是一代不如一代，开始买官了。贾兰倒是一块料，文的武的都来得，但书中描写手法很是讽刺，他没爹，这一切赖他母亲李纨教导。这足以显示父权教育的失败。

关于教育问题，莫言说过这样的话，"作家不是教育出来的，政治家、科学家也不是教育出来的，甚至是叛逆和反抗出来的。"此话对与否，那要看我们理解的视角。如果说曹雪芹是宝玉的原型，曹雪芹能写出《红楼梦》，绝不是贾政教育出来的结果，这是肯定的。

那什么是教育呢？教育就是一个保护和帮助的过程，就是让一粒小芽平稳地长成一朵鲜花或树苗，帮助它克服困难，经历风雨，而不是吓成一摊烂泥，瘫在泥土里。实际教育是无形的，父母陪伴就好。孩子的前半生你悉心照顾，你的后半生他来关爱，这是最好的状态。所以教育，首先是教育自己，把自己做成一个标杆，去影响他；所以教育就是让自己成为一个有质量有情趣的人。为什么南怀瑾先生说，"一流的家庭，孩子往往受到最末等的教育，因为孩子是佣人带出来的。"这也说明陪伴和相处对于孩子多么重要。

红楼给我们的启迪是深刻的，这里的父子关系，有着深深的旧时代的烙印。我们这个时代应该更温情些，似向阳花，一天比一天阳光灿烂起来。让天下的儿子透过父爱的肩头，可以看到更高远的天空和辽阔大海。

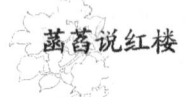

第三篇　宝黛情爱之路

上

前些天写《红楼妻妾关系》时，曾对一个朋友说，红楼里是没爱情的。那里的男人妻妾成群，他们只有女人而没有爱；那里的女人也只热衷生孩子，巩固地位，并不真正爱自己的丈夫。我说完后，方觉失言，因为宝黛之情，无疑就是划破这茫茫黑夜里的一颗流星。

对于宝黛的爱情历来人们评价极高。南京大学潘知常教授就言称，"宝玉是中国文化里的亚当。"尽管有些人认为此言差矣，但我还是赞同的。何为文化，文化就是文明教化，就是一个社会的和谐和美好，任何书籍与知识，都是为此服务的。我们地球上只有两种人，一种是男人，一种是女人，一个歧视妇女的社会，肯定是野蛮愚昧的。宝玉无疑是一面鲜红旗帜，一下子警醒了世人的目光。

宝玉是一种精神的化身，一个人性美的使者，更是中国爱情字典里的开山鼻祖。曹雪芹对红楼以前的爱情下的定义是"淫邀艳约，私定偷盟。"他曾借贾母之口批驳那些才子佳人的故事，是毁人子女，妒人富贵。说那里面的女子只要一见到男人，就人不像人，鬼不像鬼，想起自己的终身大事来了，何谈大家之仪。同时也说明中国古代女子身居闺中极其闭塞，对男子难得一见，根本就没有萌生爱情的土壤。

那在曹雪芹眼里，真正的爱情又是何样的呢？就两个字："体贴"，亦称"意淫"，也就是以精神恋爱为主，真性情的表达。他认为那些才子佳人的故事，都是强拉硬扯，忽聚忽离，严重脱离实际，编造成分居多，并且没有感情基础。他把男女风月之事分为皮肤之滥与意淫两种。皮肤之滥意指纯肉体和纯物质的，或因一时迷恋苟合的。当然，贾赦、贾珍、贾琏、贾蓉都属此例。贾珍聚麀，可以和很多男人共女人；贾琏属熊瞎子掰苞米，掰一穗，丢一穗；贾赦是多多益善；贾蓉是无耻下流，这里都没有爱的成分。警幻仙

姑对宝玉说，吾敬你是千古第一大淫人，也就是宣布，宝玉是精神恋爱的启蒙者。

那么宝玉的爱情又是什么样子的呢？我们不妨看一下。

红楼是一部为女人树碑立传的书。在那个男尊女卑，拙荆、贱内不离口的时代，实是开历史之先河，令人耳目一新。首先是男人喜欢看，从上往下流传，手抄风行；其次女人爱读，包括后来的慈禧，都是如获至宝。书里描写了各色美好少女，她们青春浪漫，纯美无瑕。但所有这些，我们都是通过宝玉那双清澈的眼睛看到的，他的眼睛就像一把尺子，为你丈量出这些女孩子精神世界的纯度。宝玉最大的好，是对女性高度的尊重和对美好事物的发现，其次是自身善良干净，当然还有才华，如无品学，焉有红楼一书。虽书中一再贬低自己，实是自站脚步，个人口角而已，不可当真。他不仅敬重黛玉这样不染世俗、才貌双全的女子，还关爱着像二丫那种普通贫穷的劳动少女。在这个贵族公子的眼睛里，是没有贫富，没有阶级和势利的，只有人性的深度美，这点极是难能可贵。所以在爱情的王国里，我们要学会相信一个人的品质，而不是一味夸大个人魅力。

宝玉是一个光环性的人物，在贾府被称作"活龙""凤凰"，喜欢他的女子不计其数，那么他为何独钟情黛玉呢？书里讲得很清楚，就两个字："知己"。何为知己？就是懂得、疼惜和尊重，也就是会心。彼此的灵魂能在一起呼吸，而不是把自己的意志强加于人，讲一些大道理或一味改造、捆绑对方。宝黛二人因有共同清澈的内心、共同对事物的认知、共同的价值取向，所以才互相倾慕。那么，我们不妨看下他们是怎样一路走来的。

红楼以神话开篇，点明故事出处：西方灵河岸边三生石畔有一颗绛珠草，绛，红色；珠，血泪也，就是带红色泪珠的小草。因赤瑕宫神瑛侍者，每日浇灌，得以存活，后受天地精华，雨露滋养就成了仙。化作女体后，她不吃饭，饿了就食"蜜青果"，渴了就喝"灌愁海水"，这个人就是黛玉。也就是说黛玉本就是一个不食人间烟火的女子。赤，红色；瑕，瑕疵。点红。神瑛侍者就是宝玉，宝玉一生喜红，他不仅自己穿红，并且喜欢穿红衣服的少女，他还喜欢吃丫头嘴上的胭脂，他门斗上贴的是绛云轩，他住的是怡红院，他幼时的名号叫绛花洞主，曹雪芹的书房也称悼红轩。从这些，我们不难看出宝玉一生爱红，是个内心热情，流淌着鲜红血液的人。他讨厌那个外表看似繁华却内在冰冷的社会，他喜欢这些心底纯美的少女。他始终认为她们才是最可爱的，只有她们的心灵没被世俗所污染。

　　一日，神瑛侍者凡心偶炽，想到凡间历幻一番，警幻问及灌溉之恩。绛珠说："他用甘露惠我，我并没有此还他，他下世为人，我也下世为人，我用一生的眼泪来还他，也就抵偿过了。"以此可见，天界的神瑛侍者是喜爱绛珠的，否则是不会精心呵护的，对绛珠有救命之恩。绛珠也有情有义，否则是不会随其下凡，目的很纯粹，只为还泪。

　　这是一场别开生面的生命之旅，是一场浩大的心灵之约，同时也为我们开启了一段伟大浪漫的爱情故事。甲戌侧批："余不及一人者，盖全部之主惟二玉二人也。"明言宝黛是全书的男女主角，余者皆是陪客，没有宝黛就没有红楼梦的诞生。蒙侧批："恩情山海债，唯有泪堪还。"我们从书中可以看到，眼泪是真性情的代表，是内心的甘泉，是情到深处的自然流露，不光黛玉爱哭，宝玉更爱滴泪。脂砚斋曾批："以顽石草木为偶，实历尽风月波澜，尝遍情缘滋味，至无可如何，始结此木石因果，以泄胸中悒郁。"其意是说作者历尽了各种风月故事，情感滋味后，认为只有不带任何功利的感情，才是弥足珍贵的，因此用这木石情缘来倾泻心中的郁愤。那我们就不难理解红楼曲中的终身误："空对着，山中高士晶莹雪；终不忘，世外仙姝寂寞林。纵然是齐眉举案，到底意难平。"啥叫终身误，就是误了一生，对自己的婚姻不满，对金玉之说极其痛恨。因为只有草木之情才是纯洁芬芳的，有呼吸有生命力的，是爱情最好的底色和成本。

　　红楼无非就是一记棒喝，警告后人，那些只图别人家世，依附男人改变命运的女子，是永远得不到真爱的，即便有一时的蜜里调油，也会转瞬即逝。

那些见一个爱一个，恨不得天下女人皆为我用的男人，也是与爱无缘的！

我们接着往下看，宝玉和黛玉不是一天落地的。天上一天，人间一年，宝玉生日书中没有明写，应是四月春夏交替之际，黛玉生日书中明言是二月一十二日，也就是宝玉比黛玉大将近一岁。他们出生地也不同，一个投生到苏州林家，一个出生在京城贾府。

他们在人间的第一次见面，已是七年之后。宝玉那年七岁，黛玉六岁。黛玉从苏州乘船迤逦而来，是一个非常美丽乖巧冰雪的江南小女子。宝玉见之心头一震，说这个妹妹我见过，并奉为天仙。那么黛玉对这位表哥也有耳闻，以为是一个什么样的惫懒人物、懵懂顽童，但见后也是大吃一惊，暗忖何至眼熟至此。实都是对方梦中之人。

从此二人便和贾母同住，一个碧纱橱内，一个碧纱橱外，只一帘之隔。过去的碧纱橱相当于现在的隔断，用木格雕花作为装饰，把房间分开，当然也有人说是活动的屏风或帷幔之类。不管怎么样，两个人同处一室是真，关系极其亲密融洽，可谓"言和意顺，略无参商"。这种风平浪静美好的日子有多久，书中没有明言，因为下一节宝钗紧接着进府。但我推算应该至少有四年。因为宝钗进京已十三四岁，为选秀而来，她比她哥薛蟠小两岁，薛蟠十五岁那年打死冯渊，加之路程，到京城估计宝钗也就十四了。宝钗过十五岁生日回，凤姐就对贾琏说过这是薛大妹妹进府的第一个生日，可知此言不谬。宝钗比宝玉大两岁，比黛玉大三岁。那么那年，黛玉最少也有十一岁了，在贾府已生活四五年。后文我们也多次通过薛姨妈和宝钗之口，印证黛玉小时既来，和宝玉一处长大。

宝钗的到来，如平静的湖面，投下了一颗石子，顿起波澜。宝黛之间开始出现小摩擦，当然，这主要来自黛玉，因为黛玉忽然有了对手，并且宝钗丰美端庄，又很会为人处世。那时宝黛还处在孩童时期，并不知道情爱之事，宝玉待姐妹们皆出一意，并无区别。但由于和黛玉熟惯亲密，性情相契，就格外好些，也就时时在乎黛玉的情绪。只要黛玉一不高兴，他就前去俯就，软语慢恳，直到黛玉开心为止。一切都在自然发展中，但这仅仅只是黛玉不舒服的开始。

在这里，我们理顺一下关系。黛玉是宝玉的姑表妹，宝钗是宝玉的姨表姐，这是对宝玉而言。对贾母，黛玉是她的亲外孙女，黛玉之母贾敏是贾母最疼的子女。黛玉进贾府后的吃穿用度都和宝玉一样，亲孙女迎春、探春暂且靠后，可见贾母对黛玉之宠爱，并且黛玉是母亡后，贾母派人放船千里接来。宝钗只是贾母儿媳妇王夫人娘家妹妹的孩子，拐了几道弯，与贾母没有任何血缘关系，在贾母眼里只是客。对王夫人来讲，黛玉是丈夫的亲侄女，宝钗是自己的亲外甥女，自然待宝钗要比黛玉亲厚些，这都好理解。但那时贾母还活着，一切归贾母说了算，留下薛姨妈一家，也是贾母发的话。人多说，宝钗行为豁达，随分从时，不比黛玉孤高自许，目无下尘，故比黛玉大得下人之心。实际上，那时宝钗客居在此，想不懂事都很难。宝钗点戏吃东西，都会顾及贾母，平时还要承色陪坐，这原是她懂事，也是无奈。但黛玉没必要这样刻意对待她的亲姥姥，一切出于自然就好。

黛玉和宝钗一家都是依附贾府而来，但性质不同。黛玉最后是双亲皆亡，孤苦无依，就在贾府常住下来。薛姨妈一家虽然有钱，但是没人没权，已趋没落，属于精神依附。后文中我们经常会看到说薛家"仗势依财"四个字，并一住就住了很多年，先在梨香园，后筹建大观园，把这处给了戏班子，他们也没走，只不过挪了一个位置。薛蟠结婚也结在了别人家，连薛蝌宝琴进京，也投到这里。他们就是有家不归，这样的日子持续了很多年，一直从曹侯笔下的第三回延至八十回末。

情节继续往前滚动，到第六回，宝玉有了性爱。这是在大观园没建，元春未省亲之前。宝玉那年最多不会超过十二岁，发生的对象是花袭人。袭人和宝钗同岁，比宝玉大两岁，已经渐醒人事。那时宝玉刚刚发育成人，有了性能力，花袭人是她的贴身丫鬟，睡在他外床，每日耳鬓厮磨，接触最多。即便宝玉没有梦中警幻之事，发生性爱的对象也会是身边最近的人，可以是

晴雯，也可以是麝月，只要谁和他睡在一起就会是谁。这和爱没关系，只是看谁近水楼台。

紧接着第八回，就传出金玉之说。回目叫：比通灵金莺微露意 探宝钗黛玉半寒酸。宝钗小恙，宝玉探视，宝钗要看宝玉的通灵玉，莺儿说上面的话和她家姑娘的像是一对。这一回，金玉之说正式露面。实际上，丫鬟就是小姐的代言人，莺儿多处为宝钗打广告，后面紫鹃也急着给黛玉张罗婚事，可与莺儿对看。

这时候，我们已知宝钗落选无疑，要不不会传出金玉之说。如果说非要找个有玉的才能嫁，那么我们不妨把"有玉的"三个字细思之。什么才叫有玉的，是指身上佩的还是祖传的，如果是这两种，那些达官贵人几乎人人都符合条件。要说胎带的，恐怕只有宝玉。冷子兴演说荣国府时，言京城出了一大奇事，亦指宝玉衔玉而诞，可见轰动。那么这个金锁岂不是有备而来。

但金玉之说并没有影响宝黛爱情的萌芽。第十九回宝黛情窦初开"意绵绵静日玉生香"。黛玉独自午睡，丫鬟皆不在，宝玉前来探视，怕黛玉睡出病来，就编故事讲她听。两人同处一榻，情意绵绵，言语诙谐幽默，自然干净，毫无一丝淫气，一切都是那么纯洁美好。连读者都伏案击节，拍手称奇。黛玉聪慧，聪慧到你不知道她何为心，何为齿，也不知她脑子里都装些啥，人又娇媚可爱。宝玉说她身上有奇香，黛玉就抿着一缕头发歪着头笑问："我有奇香，你有'暖香'没有？"宝玉不解。因问："什么'暖香'？"黛玉点头叹笑道："蠢才，蠢才！你有玉，人家就有金来配你；人家有'冷香'，你就没有'暖香'去配？"可见那时金玉之说已是满城风雨，尽人皆知。黛玉本是调侃，但意思很明显，言下之意薛家之金是后天硬造的，专门为玉而来。

那么我们不妨看下这个金锁的来历。第八回我们从莺儿口中得知，是个癞头和尚送的两句吉利话，须錾在金器上，这里并没说非要有玉方配。后来宝玉挨打，宝钗思忖："经常听妈对王夫人等说，金锁是和尚给他，要等有玉的才能嫁……"这里还有个"等"字，可见和很多人都提起过，薛姨妈这是在借题发挥编故事和大造舆论。宝玉有玉不假，是胎带的，实是石头变的，是幻象，是块假宝玉。可是在世俗人的眼里，就成了真玉，可知看走眼的不在少数。但在作者心里，只是块顽石，这块顽石是要配草的，而不是金。何为金，不难理解，就是金钱；何为玉，就是权利。过去汉朝佩玉要看官阶，玉始终是权势的象征。金玉之说实是金钱和权利进行婚配，重走家族联姻的老路。另外，宝钗进京入选时，并没提及此说，可见是退而求其次。

但就是在这种压力下，大自然的顽石和小草还是迎来了自己的春天。

紧接着湘云第一次出场，宝钗过十五岁生日，大观园落成，元春省亲等等，一系列轰轰烈烈的事情过后，忽然春暖花开，姐妹们搬进了大观园。她们下棋作画吟诗唱赋，过着世外桃源的生活。宝玉在百无聊赖之际，做了《四时即事》，才名远播，那年他仅十三岁。进入青春期后，这也不好，那也不对，在茗烟挑唆下开始看杂书。

一次，宝玉独自在沁芳闸桥边，桃花底下偷看《会真记》，看到落红成阵时，恰有一阵微风吹过，花瓣散落，满书满衣皆是，宝玉怕践踏了，就兜着放入池中。这时恰逢黛玉背着花锄袅娜而来，看到便说我那边建了花冢，何不埋起干净，又问他看的何书等等。这，我们就不难想象黛玉平日的行径，自是与别个不同，有着自己独特别致的小情趣，不是庸俗之辈。然后两个人共看西厢，你言我语，情意浓浓，好看煞！蒙侧批：儿女情，丝毫无淫念，韵雅直至！

什么是知音？这就是知音，因为他们有共同对大自然对生命的珍爱，身上流淌着和谐的韵律之美，像一泓清泉，而不是死水。葬花这种事，在当时有些人眼里也是可笑的，认为花开花落，本是自然规律，何苦伤悲，做无病呻吟之状。要不人也不会笑颦儿痴，宝玉傻，实是他们灵魂之呆板。这个花锄你得看谁背，五大三粗的也不像，即便是学，那也是东施效颦，这是只属颦儿的千古一景。这个书你得看谁读，心生杂念的当然看不到绿洲；胸有稼穑的自有收获，这就是人与人的不同。就像有些人看《金瓶梅》那是满纸淫荡，有些人读起来却是醇香怡情。曹侯这段其实想写，一个人在成长过程中，

真性情的自然流露和变化。实际他本人经过很多岁月后,并不看好这些故事,但对作为年少的宝黛来讲,却是新鲜和具有吸引力的,这点毋庸置疑。

宝玉看杂书这件事,他是不敢和宝姐姐讲的,如果和宝钗说,宝钗就会教育他,让他多看点《大学》《中庸》之类的正经书。但宝钗也是从这个年龄段走过来的,这些书她早就看过,连宝琴都读过。四十九回宝琴做了十首怀古诗,最后两首暗隐《西厢》《牡丹》两景。宝钗便说,听着怪生的,何不另作。宝琴是她堂妹,她是怕宝琴有失风范,丢了薛家的脸面,被人耻笑了去。在当时,《西厢记》《牡丹亭》被视为淫词艳曲,不光闺阁,就是男儿也不许看。那个社会就是如此虚伪,正常美好的人性要被压抑和扼杀,而那些狂嫖滥赌,男盗女娼之事却习以为常并得以纵容。薛姨妈对贾母说过,我们家也没这些杂话给孩子们听,实是做大人的往自己脸上抹粉,看一看薛蟠的行径就知道了,看了春宫,还要炫耀一番,只不过是把唐寅读作了庚黄。

黛玉就对宝钗说,宝姐姐你也太胶柱鼓瑟了,谁还没听过这两出戏。实是宝钗这个人太凝色虚伪,娇柔做作了。如果是生,就不会令删掉,皆是太熟之故。并且这些故事,李纨、探春、迎春都晓得。再者这世间何为正事,并不是八股科考才是正事,并不是为官做宰才是正事,往往无用之事才养心,有用之事才劳神。一个人读书听曲,吟诗作画,做点闲事,心灵自然干净通透一些。我们每个人的思维是有限的,如果总想着,如何取悦别人,如何留意别人的态度,如何品评算计别人的生活,如何出人头地等等,心灵自然枯竭,因为生命这场盛大的旅行,毕竟还是属只于自己的。我们可以看到袭人湘云议人长短,但却难见黛玉背后评人是非,因为她的心思全不在此。

看完西厢,宝黛收拾好残花,黛玉回房,路过梨香园墙角,听到小丫头们演习词曲,有一两声断断续续飘来:"原来姹紫嫣红开遍,似这般都付与断井颓垣。""良辰美景奈何天,赏心乐事谁家院。"便听得如醉如痴。心想:"原来戏上也有好文章。可惜世人只知看戏,未必能领略这其中的趣味 。"这就是黛玉,更注重文章辞藻的美好,而不是情节的热闹和俗艳。庚辰侧批:

"非不及钗，系不曾于杂学上用意也。"明言宝钗比黛玉看的杂书多。

这时候，尽管有金玉之说，但在别人眼里，宝黛还是天生的一对。《红楼梦》第二十五回凤姐就对黛玉说，"你吃了我们家茶，咋不给我们家做媳妇呢？"一直到六十五回，四五年过去了，兴儿对尤二姐和尤三姐说，"看情景宝玉已经有了，将来准是林姑娘定了，老太太一开言，那是再无不准的。"

但这时候宝黛关系还是一波三折，虽有甜蜜但还处在试探和猜疑阶段。宝玉当然没话说，对黛玉那是无微不至，实在的好，只怕她想要天上的星星，他都可以变着法子摘下来，一切惟妹妹为是。黛玉对宝玉也是关爱有加，休戚与共，这里就不赘述。但金玉之说始终是笼罩他们头上的阴影，黛玉更是常常挂在嘴边，以此打趣宝玉。宝玉呢，内心着急，赌咒发誓，想表白又表白不清，因此他们之间就不断发生琐碎口角。

《红楼梦》第二十六回，晴雯迁怒宝钗深夜来访，害得她们不能休息，便连黛玉叫门也不开。黛玉错疑到宝玉身上，接着又传出宝钗说笑之声，便心中动疑，徒生伤悲。想起自己无父无母，宝玉竟然也靠不住，回去滴了一夜的泪。第二天又遇芒种饯花之期，便一人躲至花冢，且哭且吟："花谢花飞花满天，红消香断有谁怜……"就是有名的《葬花吟》。宝玉找不见黛玉，就知道她躲了起来，看见许多凤仙石榴花锦重重落了一地，她也不收，便兜了起来，穿云渡水奔了那日葬花的旧址。到了香冢，看见黛玉在此一行数落一行哭，不觉痛倒。黛玉见他，抽身便走，宝玉赶上拦住说："要有今日何必当初，姑娘刚来时，凭我多心爱的姑娘要，就拿去；我爱吃的，听见姑娘也爱吃，连忙干干净净收着等姑娘吃。一桌子吃饭，一床上睡觉。丫头们想不到的，我怕姑娘生气，我替丫头们想到了……如今谁承望姑娘人大心大，不把我放在眼睛里，倒把外四路的什么宝姐姐凤姐姐的放在心坎儿上，倒把我三日不理四日不见的。"这些，都是宝玉掏心掏肺的话，宝钗对他来说只是外人，是礼、情之事，对黛玉那是比亲人还亲，并时时处处把自己和黛玉划为一体。宝钗病时，他吩咐丫鬟："谁去瞧瞧？只说我和林姑娘打发了来

请姨太太姐姐安。"这样的例子，在书里不胜枚举。

黛玉因为没父没母，寄人篱下，心里极其脆弱。看到那晚情景难免不疑，这都是恋爱中小女子正常的表现，并不是一味小性，不可看做拈酸吃醋之辈。另外也不要以为黛玉一天总是哭哭啼啼，她只是一时伤感，平日和姐妹们在一起还是活泼可爱，诙谐幽默，玲珑乖巧的。她的眼泪也只给宝玉，别人想得也得不到。她心里时时在乎的只是宝玉的态度，对姐妹们还是极好的。即便和宝玉生气，也是点到为止，并不多做纠缠，很快就云开雾散，风过无痕了，并且每次收得机智巧妙。为不开门之事，宝玉说回去要好好教训下那帮丫头，黛玉听了，就一本正经地道："你的那些姑娘们也该教训教训，只是我论理不该说。今儿得罪了我的事小，倘或明儿宝姑娘来，什么贝姑娘来，也得罪了，事情岂不大了。"说完抿着嘴笑。宝玉听了，哭笑不得。这一段就此收过，两个人随即天晴。

没想到一波没平，一波又起。转眼端午节到了，元春赐出节礼，独宝玉和宝钗的一样，黛玉与迎探惜三春相同。当时宝玉就很奇怪，问是不是传错了，应该我和林妹妹一样才对，怎么会和宝姐姐的一样。实是元春表明态度，暗示金玉之说。有些红学家言称这是对宝钗落选的安慰，实不敢苟同。宝钗选秀是十四岁的事，十五岁生日在进大观园前就过了，宝玉的春夏秋冬诗也已面世，过了这么久，还安慰啥，明摆着是支持金玉之说。虽然这个家是贾母说的算，但皇权是至高无上的。一石激起千层浪，节礼这事大家都心知肚明。宝玉忙让紫绡把自己的端去给黛玉选，黛玉回说前都得了，二爷自己留着用吧。等宝玉再见到黛玉，问起此事，黛玉脱口就出："我没这么大福禁受，比不得宝姑娘，什么金什么玉的，我们不过是草木之人！"宝玉一听就急了"除了别人说什么金什么玉，我心里要有这个想头，天诛地灭，万世不得人身！"黛玉也知道自己说错了，就笑了。宝玉又接着道："我心里的事也难对你说，日后自然明白。除了老太太、老爷、太太这三个人，第四个就是妹妹了。要有第五个人，我也说个誓。"宝玉实在是好！一直在给黛玉去疑，恨不得把心都掏出来给她看，但这金玉之说就像赖在他们身上的狗皮膏药，怎么揭也揭不掉。

　　接着清虚观打醮，全府出动。张道士开始给宝玉提亲，这是第一次有人正式给宝玉提亲，但被贾母拒绝了，说宝玉还小不应早娶，言下连元春之意也一并否了。你想宝玉都到了谈婚论嫁的年龄，那宝钗呢，比宝玉大两岁，作为大观园首席女子，却稳坐泰山。她母亲对王夫人和很多人讲过，要等有玉的才配，明摆着是等宝玉。王夫人肯定也是愿意的，这点毋庸置疑，放着娘屋里这样一个贤德贞淑，懂事端庄的女孩不要，会要黛玉这个病秧子？！看一看王熙凤能嫁于贾琏，并能进府当家，就知道她一贯的态度。

　　宝玉嗔怪张道士给他提了亲，第二天说什么也不肯去了，并言称再也不见张道士。书中说"宝玉自小和黛玉耳鬓厮磨，心情相对；及如今稍明时事，又看了那些邪书僻传，凡远亲近友之家所见的那些闺英闱秀，皆未有稍及林黛玉者，所以早存了一段心事，只不好说出来，故每每或喜或怒，变尽法子暗中试探。"这时，宝玉虽和林妹妹好，但一腔的心事一直没敢表白，内心也急切地想知道颦儿的想法。

　　那黛玉因为中了暑也没去，宝玉看见黛玉病了，自己饭也吃不下，就不时来问。黛玉也是想宝玉好，就说你别管我，你只管看你的戏去。宝玉很是烦闷，觉得自己的苦心黛玉竟不解，就说我白认得你了。黛玉正闹心，一听就气了，话赶话，又提了我拿什么配你，好姻缘之类的话。宝玉气急，无可奈何，因为再多赌咒发誓都不能消除黛玉心头的疑虑。他就狠命地抓下玉，开始砸。你们不是说金玉良缘吗！我砸了岂不完事了。这事情就闹大了，惊动了贾母王夫人以至全府诸人。原来是两个人私闹，今天好了，明天恼了，无非围绕着金玉这点破事。这下好了开锅了。过后紫鹃劝黛玉说："若论前日之事，竟是姑娘太浮躁了些。别人不知宝玉那脾气，难道咱们也不知道的。为那玉也不是闹了一遭两遭了。"这里，我们不可错会黛玉多疑，实是别人势力太大了，自己孤苦无依，无人做主，只有这么一个宝玉。

　　砸玉之事是节礼的连锁反应，也是宝黛相闹的高潮。那么这事，最挂不

住的是谁呢？宝黛的爱情又将会怎样发展呢？

下

上次说到宝玉砸玉，惊动全府，那最挂不住是谁呢？当然是宝钗。虽然她平日里雍容大度，沉稳老练，但面对这样的事，还是很尴尬。自己天天挂着个金字招牌，要等有玉的才嫁，可人家偏偏要砸掉。为此，闹得家翻宅乱，尽人皆知的，自己就是再装作浑然不觉，但面子上还是很难堪。

宝玉砸玉虽是对黛玉表明心迹，但无形中也是对宝钗的一种伤害。宝钗是个心有成算的人，可谓世事洞明，没有她不知的。平时不动声色，大度冷静。另外不大度也不行，毕竟宝玉只敬重她不亲近她，贾母又极溺爱黛玉，她是客居，也不便发作。但宝玉这样公然宣布自己的态度，她还是吃不消的。

宝黛闹够，过几天，宝玉到潇湘馆，好妹妹，千妹妹，万妹妹的这么一叫，两个人就手拉着手没事了，可宝钗这边却有事了。第三十回，宝黛复好，一起来至贾母房中，宝钗恰在，宝玉就有点讪不搭的，自己先不好意思起来，搭讪着和宝钗讲话，但话没说对，一下子把宝钗比作了杨妃体丰祛热。宝钗当时不由大怒，寻思一会，又不好咋样，就搁下脸冷笑了两声，说道："我倒像杨妃，只是没一个好哥哥好兄弟可以作得杨国忠的！"此话一出，很多人费解，当然也包括读者。宝玉本无心，只是顺口一说。宝钗一是受落选刺激，二是讽刺宝玉。接着靛儿跑来，问扇子之事，也就成了垫背的，宝钗就指她道："你要仔细！我和你玩过，你再疑我。和你素日嬉皮笑脸的那些姑娘们跟前，你该问她们去。"又借机奚落宝黛，你们通今博古，知道负荆请罪，我不知道。这是宝钗第一次发火，也是唯一一次发火，这样一反常态，是砸玉的连锁反应，也是必然反应。

搁在平日，宝钗是不会和一个丫鬟计较的，因为毕竟自己是客居，不是这里的正经主子。一是没权利，二是失身份。第六十二回，宝玉过生，探春说"月月都有人过生，就是二月没人。"袭人道："二月十二是林姑娘，怎么没人？就只不是咱家的人。"这里就点明，林黛玉虽贵为小姐，贾母再宠爱，都不属于贾府之人，袭人可以算，但她不是，何况宝钗。邢岫烟住在迎春那，还时不时要打点讨好底下的丫鬟婆子；像尤氏看见荣府黑灯瞎火的角门没关，欲找当班的询问，那些伶牙俐齿的下人还说各家门，另家户的话，嗔其多事。曹侯写文历来细针慢缝，精雕细琢，连丫鬟的名字都不放过，像刚才的靛儿，取其谐音，垫儿，垫背之意。

那宝钗喜不喜欢宝玉呢？肯定是喜欢的，并一直留意等待这门婚事。砸玉之事风平浪静后，有很长一段时间，宝玉这块玉一直没带，其间又发生了金钏投井，宝玉挨打一系列的事件，大家也就淡忘了。当初络玉的穗子是黛玉做的，闹时，被黛玉赌气剪断。黛玉还一行哭一行说："我也是白效力，他也不稀罕，自有别人替他再穿好的去。"后来果真如此。事后，黛玉后悔"千不该万不该剪了那玉上的穗子。管定他再不带了，还得我穿了他才带。"这点倒是恰恰相反。宝玉挨打后，袭人烦莺儿打络子，莺儿问打啥，宝玉袭人一时想不出个具体名目来，讨论了半天，说还是汗巾吧，又研究花色等等。这时宝钗走来，说这些有什么意思，何不把那块玉络上。简直是一语惊醒梦中人，可见，这个宝钗太在乎这块玉了。主人想不起来，连事无巨细的袭人也想不起来，可偏偏她时时刻刻记挂着。这件事的脉络就是，有人砸，有人剪，就有人穿。

虽然书中常说宝钗知道宝黛一处长大，不避嫌疑，听母亲又说自己要拣有玉的才能嫁，故总远着宝玉。这都是作者的障眼之法，混人而已，实际这个宝姐姐很喜欢亲近宝弟弟。我们从书中看到，她不论早晚，没事经常往怡红院跑，或探视或讲解以醒午倦，弄得晴雯都很烦。但宝玉却几乎很少到她那雪洞般的蘅芜苑去，信步走来的都是龙吟细细，凤尾森森的潇湘馆。就像宝玉自己说的，我就是死了，魂也要一日来一百次。人与人之间，不管关系还是情感都存在一个互动，不能剃头挑子，一头热。宝钗很悲哀自己连第三者都不算，因为宝黛关系一直很好，虽经常口角，但越吵越亲，越吵感情越明朗。唯一的第三者，只是那块金锁。

如果用颜色，把他们三个加以划分的话，那宝玉是红，黛玉是绿，宝钗应该是白。宝玉喜红绿二色，写尤三姐就是绿裤红鞋。宝玉过生日，芳官是柳绿汗巾，水红撒花夹裤；宝玉是大红棉纱小袄子，绿绫弹墨袷裤，他最初给怡红院题名也是红香绿玉。宝玉时时标榜自己是一个俗了又俗的俗人，这就是曹侯的哲学。但这种俗不是那种俗烂，是从俗到雅再到俗的一个过程，是一种本性的回归，也是一种温热。绿是中性色，清幽舒服，亦如潇湘馆那几竿翠竹，宁静怡人。可能有人认为黛玉冰清玉洁配白才对，恨不得电影电视剧里的扮演者皆白衣胜雪才好，实是一种思维误区。白是一种纯洁，也是一种凛冽，一个人的眼睛长久处在白中，是要瞎掉，失去光明的。宝钗冷，作者故意赐姓"薛"，为"雪"之意。喻香菱是"菱花空对雪澌澌"；叹宝玉是"空对着，山中高士晶莹雪；终不忘，世外仙姝寂寞林。"宝钗再好，对宝玉而言，乃是一生彻骨的寒凉。婚姻之事不是父母眼中的配与不配，也不是这个姻那个缘，而是你的温度适不适合我的温度！沸腾也好，温暾也罢，总要温暖才行。

我们再回头看具体情节，第三十二回史湘云来府，湘云劝宝玉常会下为官做宰的人，讲下仕途经济学问，以后也好应酬事务等等。宝玉当时就翻了脸，请史湘云到别的屋去坐，这是很过分的，属于公然撵客。袭人说宝钗也说过此话，宝玉亦如此，又夸宝钗有涵养，自己讪了一会就走了，又引申若是黛玉，你得赔多少小心才行。实际这是一己之见，鼠目而已。因为这里有个前提，一是黛玉会不会说这种话；二是宝玉会不会这样对黛玉。所以说，有些人的存在只能是隔靴搔痒，就像袭人哪怕天天和宝玉同榻，也很难明白宝玉真正想要的是啥。宝玉再好，情是情，理是理，他可以做小伏低，甚至给丫鬟充役，但他的人生观、价值观、是不容玷污的。这些，丫鬟们岂能知晓？也难怪于此。宝玉当时就说"林妹妹才不说这混账话，如果这样，我和她也生分了。"直言他为何和黛玉亲，而与她们疏，当然这种疏远不是指身体而是心灵。黛玉因灵魂纯洁，没利禄之心，故深得宝玉喜欢。人言女子有三美，干净为大美，修寂为中美，体貌为小美。如果说黛玉是大美，宝钗只能算是中美。一个女人一旦染上利欲之心，也就与可爱失之交臂了。

这时刚巧黛玉走来，听见此话，又惊又喜。想宝玉果然是自己的知己，平日竟没看错，并且不避嫌疑一片私心赞她，就悄悄退了出去。实际上，黛玉根本不在乎别人说她啥，留心的只是宝玉。前面袭湘之议，早已入耳，但并不介意，待她们依旧如初，可见黛玉并非小气之人。她的小性均对宝玉，亦是恋爱中的小女子的常态。

黛玉出来一行走一行抹泪，想着自己无父无母，虽有一腔心事，但无人做主。这时宝玉赶上来看见黛玉有拭泪之状，就抬手帮她擦。黛玉连忙后退，嗔怪他动手动脚的。这一段里，宝玉有一番刻骨铭心的表白。他对黛玉说："你放心"。黛玉装作不知，宝玉就叹道："好妹妹，你别哄我。果然不明白这话，不但我素日之意白用了，且连你素日待我之意也都辜负了。你皆因总是不放心的缘故，才弄了一身病。但凡宽慰些，这病也不得一日重似一日。"宝黛关系虽融洽，但一直没表明心迹，这是宝玉第一次公然示爱，黛玉虽百感交集，但没给他说下去的机会，只搁下一句话，"你说的我都知道"，便抽身走了。这就是马瑞芳老师说的："爱到深处永不言爱，情到深处永不言情。"这是宝黛最亲密的一次谈话，也是唯一的一次表白，但黛玉没让他把爱说出口，也因此，宝黛的爱情始终是纯洁干净自然的。大了后，黛玉连拉手都不让宝玉拉，宝玉也特别尊重这个妹妹，满是呵护和关心，并没非分之想。黛玉是那种自珍自爱、非常严谨之人，睡个觉都把被子裹得严严实实的，为人更不失天真烂漫，既娇憨可爱，又无市侩之心，也就难怪宝玉爱之惜之了。

黛玉走后，袭人赶来送扇，宝玉还沉浸在自己的意识里，满肚子的话要和妹妹讲。就错把袭人当作黛玉说："好妹妹，我的这心事，从来也不敢说，今儿我大胆说出来，死也甘心！我为你也弄了一身的病在这里，又不敢告诉人，只好掩着。只等你的病好了，只怕我的病才得好呢。睡里梦里也忘不了你！"袭人一听吓得魄飞魂散，直叫"神天菩萨，坑死我了！"这里有一句"睡里梦里都忘不了你"，实是宝玉在波澜不惊的外表下，是内心的煎熬，

是对妹妹的一往情深。袭人当然知道宝玉这种痴傻的表白不会是对她的,因为她还不够格。爱情有一个高度和重量的问题,要看你的精神高度,能不能够得着对方的境界,另外还要看你在对方心中的分量。在这些姐妹中,唯黛玉没劝过他立身扬名,所以他深敬黛玉,并把很多书烧了,痛斥闺阁亦染此风。宝玉是个怪异的人,和姐妹们丫头们虽好,但对有些事是声严色厉的,比如为官做宰,出人头地。他给那些束带顶冠之人下的定义是"国贼禄鬼",就是国家的强盗,拿俸禄的恶鬼。他用四个字就把天下当官的一网打尽,当然也包括他的伯父贾赦,他的父亲贾政,还有贾珍,等等。那他说得对不对,是不是有些偏执呢?应该是对的,清朝也是"三年清知县,十万雪花银",买官卖官司空见惯,国库皆因这些蛀虫掏空,再廉洁之人,污池之内难保清白。宝玉不是一时激愤不成熟,也不是青春期叛逆,实是从小看多了这些士大夫的嘴脸,深切痛恨那个黑暗腐朽的社会,也不惜用手术刀解剖给你看。我们纵观他的一生,就是一个不慕庙堂之高,有鱼鸟之思的人。他的内心世界你理解也好,不理解也罢,都无所谓,一个人知道就好,那就是黛玉。

紧接着贾政动雷霆之怒,痛打宝玉。先不说为何挨打,只说挨打后,促成两件事。一是花袭人渐入金屋,提薪加例。她的进谏得到王夫人赞赏,她从贾母之人变为王夫人的人。二是宝黛定情,结束了彼此吵闹试探的阶段。两个人感情趋于稳定,心意相合,再没起任何波澜。

宝玉挨打后,担心黛玉不知哭成啥样,就让晴雯送去两块旧帕。冯梦龙有诗云"不写情词不写诗,一方素帕寄心知。心知拿了颠倒看,横也丝来竖也丝。"这里的"丝",是双关语"思"的意思。黛玉体会出其中的含义,又喜又悲,不顾嫌疑避讳,挥笔题了三首诗。其中有一句是"眼空蓄泪泪空垂,暗洒闲抛却为谁?"这标志着他们爱情关系正式确立。手帕是他们的定情之物,如果说前面是两小儿无知自由发展,一路懵懵懂懂走来,那么现在基本已心意明朗,水落石出。

第三十六回,是一个很重要的回目:绣鸳鸯梦兆绛芸轩,识分定情悟梨香院。在这一回里，宝玉对以往的感情做了了解，逐渐明白人生情缘，各有分定。袭人地位提升，宝钗前去祝贺，袭人贤惠独守宝玉午睡。宝钗换她出去，无意中听到宝玉梦中喊骂："和尚道士的话如何信得？什么是金玉姻缘，我偏说是木石姻缘！"宝钗一下怔住。曹侯行文到此戛然而止，收过无痕，用别事岔过。这里没再继续描写宝钗六味杂陈的内心，这就是曹侯的高明之处，含而不露，留白读者，随你去想。但有一点可以知道，那就是金玉之说，一直像噩梦样时时缠绕宝玉，挥之不去。此话偏又让宝钗听到，实是作者精心安排。先是砸玉以证心迹，宝钗不死心，让用金线穿起。这回，宝玉又用这种方式再一次表明态度，宝钗又该做何感想！如果砸玉是间接，那么这次是等于直接告白。

另外，宝玉是个宠儿，他以为天下的女孩都喜欢他近他，没想到在梨香园受到龄官的冷落和厌弃，内心倍受打击。又看到龄官和贾蔷的情景，才明白各人有各人的归宿，并不是所有人的眼泪都来葬他，最后守着他的只是那么两个人。

此回后，金玉之说销声匿迹，没再被提起。这是宝玉反抗的结果，也是宝黛彼此信任的开始。以后宝黛默契，平淡中见真情，他们的感情穿插在一些别的情节里，文中故事开始不断扩大，不再围绕着他们两个转。但你时时能感受到宝玉对黛玉的关心，比如宝玉不时来问，睡的咋样，吃的如何，一夜醒几次，咳几回，想吃什么他同贾母去讲，总比丫鬟明白些，变着法子给黛玉要燕窝等等，简直无微不至。庚辰双行夹批："此皆好笑之极，无味扯淡之极，回思则沥血滴髓之至情至神也。岂别部偷寒送暖私奔暗约一味淫情浪态之小说可比哉？"这就是宝黛的爱情，虽没有干柴烈火般的燃烧，但很平静温馨。不论刮风还是下雨，宝玉都要亲自探视他妹妹，两个人的情感世界春暖花开，一片祥和。随之，黛玉和宝钗也成了最好的朋友，并管薛姨妈叫妈，心中所有芥蒂烟消云散。我说过女人和女人之间不存在嫉妒，主要是男人的态度，此话不假。

后来大观园里，又来了很多鲜艳妩媚的女子：宝琴、岫烟、李纹、李绮，还有史湘云。这些外姓人，都是贾府媳妇们的娘家亲戚。湘云是贾母那边的，宝琴是王夫人这头的，邢岫烟是邢夫人内侄女，李纹、李绮是李纨寡嫂的女儿。这里最美丽、最有才华的要算薛宝琴，贾母一见非常喜欢，逼着王夫人认做了干女儿，把最好的两件衣服，其中的一件凫靥裘也给了她，又要把宝琴说给宝玉，但这些并没有引起黛玉的不舒服和嫉妒，黛玉反而待宝琴如亲妹妹一般。

对此，很多人不解，包括湘云、宝玉，宝玉觉得自己反落了单，不明白钗黛为何如此之好。问黛玉是几时孟光接了梁鸿案？梁鸿案是东汉的一个故事，梁鸿太学毕业，娶了富家丑女孟光，婚后，七日不理妻子。孟光问他，梁鸿说自己理想中的妻子是一个穿朴素衣服，过隐居生活的女子。孟光听后，赶快换装，两个人从此恩爱和睦，齐眉举案。应该是梁鸿接了孟光案，但这里曹侯反用，意在太阳从西边出来，何时你俩相敬如宾了。黛玉说了酒令和燕窝之事，说原以为宝钗藏奸，竟是自己错了。实是黛玉和宝玉进入了和风细雨的恋爱阶段，看一切皆阳光明媚。曹侯在这里，给我们呈现出了一个全新的黛玉，一个沐浴在爱情光辉里的黛玉，过去的疙疙瘩瘩一扫而净，满眼都是美好。高鹗写的后四十回，就晦涩不堪，钻入死胡同，把黛玉的性格又写了回去。比如心性多疑，一听到宝玉定亲就病情加重，意欲速死，或忽好忽坏，听婆子骂丫头，也疑在自己身上等等。这是不合情理的，宝琴这样受宠，又要说给宝玉，你看黛玉如何，仍是一片赤诚。宝琴不在十二钗之列，这个人物在整部脉络里即使砍掉，也不会影响主线，如果在后四十回中没多大作用的话，就是作者用此衬托黛玉的胸襟。

当然我们不知道贾母葫芦里到底卖的什么药。宝琴早就定了梅翰林家，上京本是为了发嫁，贾母焉有不知，但书中就是这样写了，贾母有意于宝玉。如果说这一举动，是贾母没把黛玉当作候选人，那也更没考虑宝钗。金玉之说如此之久，宝钗这样的晨昏定省，讨老祖宗欢心，虽贾母夸她懂事，但还是无意于她。宝琴受宠，黛玉毫无知觉，倒是宝钗对宝琴说过玩笑话："你也不知是那里来的福气！你倒去罢，仔细我们委曲着你。我就不信我那些儿不如你。"

随后姐妹们在一起联诗填词好不热闹，情节不断流动，她们的年纪也在慢慢增长。四十五回中，黛玉自称已十五岁了，宝钗也就有十八岁，都到了婚配的年龄。除了湘云定了，邢岫烟说给了薛蝌，宝琴待嫁，黛玉、宝玉、宝钗三个人的婚事还是死水一潭。这时候有一个人沉不住气了，这个人是谁呀？就是紫鹃。

第五十七回，慧紫鹃情辞试忙玉，慈姨妈爱语慰痴颦。紫鹃是一个很聪明的丫头，黛玉待她如姐妹，她也是一片赤诚为黛玉着想。按理说婚姻大事理应父母操心才是，因黛玉是孤儿，紫鹃就成了那个最着急的人。她哄宝玉说黛玉要回家去了，过了年，这边府里不送回去，林府也会派人来接，说得有鼻子有眼的。宝玉心实，信以为真，一听急火攻心，不省人事。袭人跑来兴师问罪，李奶妈也号啕大哭说没救了，贾母、王夫人等一片惊慌，又是一番混乱。直到紫鹃一去，宝玉拉着紫鹃才哭出声来，并且不准天下人再姓林，连贾母都说林家人都死绝了。宝玉这番痴傻癫狂的行为，傻子都能看出来，是想把他的林妹妹留在府中一辈子，如果真的走了，只怕连命都要搭上。

宝玉病好后，对紫鹃说，如果真要是定下琴儿我还是这个样子吗！原来我砸玉，你们也没劝过。可见，他既否认了宝钗又否认了宝琴。他还说："活着，咱们一处活着；不活着，咱们一处化灰化烟。"这话虽是一时的傻话，但也是贾宝玉灵魂深处流出来的眼泪。还有什么能让读者更动容的，放着健康貌美的富家女不要，偏要林黛玉这么个穷孤儿，还是个病秧子，又没非分之想，只想这么守着她，看着她好。图啥呀！就图那点真心，就为那点情意！

紫鹃这一试果真就试出了宝玉的真心，但光有真心是没用的。过去讲父母之命，媒妁之言。即使彼此同意，还要第三方保媒才行。像邢岫烟被薛姨妈看上，还要尤氏从中调停。贾母八十岁生日回，南安太妃请出姐妹们，她一手拉着探春，一手拉着宝钗，不知道要夸哪个好。不久官媒婆来府，是探

春的婚事动了,被相了去。但我们看黛玉和宝玉的感情就像马拉松一样漫长,好不焦人。同回里面,薛姨妈开玩笑说若把你林妹妹说给你宝兄弟,岂不四角俱全。紫鹃一听就急了,连忙跑出来央告姨太太何不就做了此媒。但自始至终不见薛姨妈有任何动静,人家只是玩笑,紫鹃却信以为真。黛玉就是再管薛姨妈叫妈,也是假妈,谁会真心疼你,只是颦儿年轻单纯心热而已。你想想,宝钗那年已经十九岁了,却稳如泰山,薛姨妈想的就是这门婚事。再者王夫人也不会要黛玉,紫鹃就说过趁着老太太硬朗作定大事,只要贾母一死,黛玉的靠山没了,宝黛之事也就打了水漂了。之所以至今金玉姻缘未成,还是因为贾母的装聋作哑和宝玉的决绝。

　　我们无缘看到后四十回,不知贾母死在黛玉之前还是之后。黛玉死时应该是十七岁,宝钗那年已二十岁。只要贾母一死,天平肯定倾斜,但黛玉应是病死,并在宝玉成亲之前。清人明义有诗云:"安得返魂香一缕,起卿沉痼续红丝。"言病逝,要不还可以继续接起这根红线。人生有时是很无奈的,死了的人死了,活着的人还是要活着!宝玉就是从这生离死别中一路历练过来的。

　　宝玉最后还是娶了宝钗,一个他敬重但心里很疏远的姐姐。贾母没了,那就是王夫人的天下,宝钗无疑是最佳人选。贾母在,王夫人得站着说话,贾母走了,她就是最高指挥官。即便贾母活着,她虽可以请她的女儿元春下旨,但圣旨再大大不过生命,如果黛玉还活着,宝玉还清醒,她们用任何手段,都做不成此事。高鹗后四十回写得很残酷,连贾母都面目全非,实际贾母一直是一个头脑清醒的老太太,并始终关心宠爱黛玉。砸玉回,贾母挂着拐杖看过宝玉,又到潇湘馆安抚黛玉,对别人从不如此,她拿宝钗是客,而黛玉是亲人。她不会不顾黛玉的死活,听任王熙凤的掉调包计,凤姐也不会如此下作,应尚有点人性余温。续书终是灰暗的,让人进入窄巷,一点亮光都没有,唯一合理的就是把宝玉弄成了呆子,可以任人摆布。真实的情况到底如何,不得而知,现在来看也不重要了。颦儿走了,一个内心纯美,才情风骨一流的女孩子告别了人世。她的泪流干了,使命完成了,宝玉爱过她,读者爱过她,她的温暖聪慧一直都在,她赢回了更多的眼泪,活在了世世代代人们的心中,这就足够了。

真正的爱情是什么?这是曹侯为我们提出的全新课题。不是淫情浪态,也不是偷期密会,是平淡中出真味,是每一秒都是牵挂,是每一分皆是体贴,是血液和血液呼吸,是心和心在一起跳动。就像贾宝玉梦见甄宝玉那样,躺在榻上梦中还在唉声叹气,旁边丫鬟问,是不是又为你妹妹的病胡愁乱恨了。现在很多人不管是择婿还是娶媳,首选就是条件,这里既包括物质,也包括健康,谁会要一个久病成疾、一无所有的人。甚至有的人打着爱情的幌子,游龙戏凤,过段时间,皆抛脑后。但宝黛的爱情始终是纯洁的,没越雷池半步。

我写文并不反对别人有异议,记得写《高贵,源于羞涩》一文时,就有人质疑,说宝黛爱情怎算高贵。但我想宝黛爱情至少有四点是弥足珍贵的:一是宝玉拒绝了很多诱惑与选择;二是他们关系纯粹没任何功利;三是时间长久和感情专一;四是彼此尊敬和干净。如果非得像梁山伯祝英台那样生死相随,大可不必。活着时给予温暖和怜惜就足够了,爱在生前,才是王道,这也是曹侯要对我们说的话。

品红楼很惭愧,没有啥新的发现,也不想一味探佚,几乎都是温习故事。但倘若我们每一次回顾,都能唤醒人性的良知,那也算没白看,因为生命仅仅只有一次。

第四篇 红楼男风

夜半有雨,缠绵枕上,滴滴答答,恍若置身幽海深潭,时空隔断。

红楼在侧,无事翻翻,聊以催眠。早起读高阳小说,方知清朝为何男风盛行,有兔子一说,这正和红楼第七十五回相契。贾敬死后,贾珍居丧,不便外出游荡,便在家以骑射为名,设局开赌。邢夫人胞弟邢德全与薛蟠抢新快,输后心绪烦乱,就嗔着两个娈童只赶赢家不理输家,骂道:"你们这起兔子,就是这样专洑上水,天天在一处,谁的恩你们不沾,只不过我这一会子输了几两银子,你们就三六九等了。难道从此以后再没有求着我们的事了!"

这里就有"兔子"一词,起先看红楼并不曾会意。兔子,娈童也。娈,美之意。娈童,美少年,亦称男妓。高阳说:清朝禁官吏宿娼,不禁狎优,因而梨园兴起,男色大行,文人笔下,称之为"明僮";一般叫他们"像姑",意思是"像个姑娘";有的像姑不爱听这两个字,于是用谐音称之为"相公";至于市井中人,就毫不客气地直呼为"兔子"了。

可见,兔子正是那时流行口语,同时也佐证了《红楼梦》成书时间和男风猖獗之实,但也不十分精准。

男风自古有之,从黄帝始,至汉盛。汉武帝有男宠五人,卫青、霍去病亦有此好。汉哀帝和董贤有断袖之爱,董贤白日睡其袖上,汉哀帝不忍推醒,遂割袖而起,故得名"短袖"。那时很多皇帝对男宠亲如妇人,同起同卧,有甚者疏于后宫,荒芜朝政。到宋依昌,明清更炽,宣德禁娼,致使男馆崛起,龙阳大行,从羽冠至布衣,上行下效,蔚然成风。禁娼令起于明,延于清,男色越发空前。袁枚、郑板桥亦有此癖。

《红楼梦》成书于乾隆朝,书中故事涉及康、雍、乾三朝,那时男风正吹,也就难怪书中势头之旺。今境外某些博物馆,依旧藏有不少清朝男色春宫图,有两人亦有多人,多人图活画出喜儿说的"贴一炉子烧饼"。这也是当时性文化的一种佐证。

红楼里嗜男风者甚多，遍布上中下阶层，从忠顺王北静王王爷级，至贾珍贾琏官宦级，再至宝玉薛蟠纨绔级，一直到喜儿隆儿奴仆级，大有横扫之势。

曾有外国留学生问张爱玲，贾宝玉是不是同性恋？实际上，这个问题不用思考，很好回答，是的。但古之同性恋和今之同性恋有别，不存在太大的心理障碍，男色女色并不犯冲。

人是环境的产物，红楼梦是大环境的缩影，宝玉生活在其中，难免有染。那什么是环境呢？环境就是一口锅，锅下积薪，加热后，锅里的米没有几粒不熟的，除非是石头。所以红楼梦叫《石头记》一点都不屈，因为宝玉怪异，有些方面已够标新，故自譬石头，只是男色难脱。

那时男风不被法律禁止，也鲜有道德谴责，得到默认许可，有甚者以娼耻伶荣，狎优成为一种身份象征和时髦，形成了一种普遍的社会风气，是一种性取向和常态，除有不务正业之嫌，没什么大惊小怪之处。就像今之人看女子缠足，一夫多妻，不可思议，但那时价值观如此，再正常不过。所以我们看《红楼梦》，不能站在今人角度，而要贴近当时背景去理解。曹雪芹书宝玉，男色是他生活的一部分，不可不写，这样人物方能立体，故记之。今人阅读，思维不可僵化，要是以己之意都刻画成正人君子，那就不是宝玉，不是大家子弟了。

宝玉为何进家学？就是因为恋着秦钟，想寻个由头长相往来，亲密接触。宝玉历来冷淡读书，何曾热心？如此这般，皆是醉翁之意不在酒，所以贾政呵斥他再休提读书二字。至于开外书房，读夜书更是唬人，秦钟死后，宝玉如何，可曾进学？薛蟠为何入学，书中写得更明白，就是动了龙阳之兴，到学校里哄骗几个少年供其狎欢。薛蟠有钱，代儒受贿，也就半睁半闭，任他胡来。族中不少子弟因贪慕其钱财而上手，金荣、香怜、玉爱都是呆大爷的相好。金荣母亲有一句话"那薛大爷一年不给不给，这二年也帮了咱们有七八十两银子。"脂批："因何无故给许多银子？金母亦当细思之。"明言无非是变相出卖色相，并时日之久。

宝玉秦钟亲密,秦钟大有女儿之态,宝玉也惯做小伏低,二人情景,自然逃不过众小儿之眼,闲言碎语不免布满学堂,又和香怜、玉爱八目勾连,续添碎诟。这些均不是正常情愫,如是友谊,不至于这样躲闪暧昧,属典型的男男之爱。金荣精灵,抓住秦钟和香怜躲出去说体己话,便要抽个头,贴烧饼,就是占点便宜,两人不允,这才发生闹学堂一幕。小儿相闹,实是男风所致。

事情闹大,惊动诸人,以宝玉这方告胜终结。金荣学里的后台只不过是薛蟠,薛蟠寄居贾府,尚是依附之人;家里的靠山是他姑妈璜大奶奶,也就是贾璜之妻,虽和荣宁两府同族,已属没落,是茗烟口里说的给琏二奶奶跪着借当头的主子。小儿无知,不谙人情世路深浅,才有这出。但这足以说明男风已蔓至学中,殃及少儿,人伦根本,首先悖乱。宝玉那年只不过十二岁,大观园尚未修建。

后秦可卿去世,秦钟得趣馒头庵,和智能儿偷期缱绻,被宝玉当场按住,抓个正着。宝玉对秦钟道:"你可还和我强?"秦钟笑道:"好人,你只别嚷得众人知道,你要怎样我都依你。"宝玉笑道:"这会子也不用说,等一会睡下,再细细地算账。"在"好人"后面,脂砚斋批道:"前以二字称智能,今又称玉兄,看官细思。"宝玉和秦钟正经的关系是叔侄,这个"好人"不是白叫的。如果说前面是神龙见首不见尾,小孩传言不实,大人遮掩有因,那么这里曹侯写得足够明白,不再暧昧。

秦钟死后,宝玉的另一相好登场,就是琪官。琪官,真名蒋玉菡,系一介优伶,京城名角儿。先是被忠顺王包养,在其膝下承欢,后来与北静王相交,赠有茜香罗腰带一条,和玉兄也一直厚密。宝玉挨打,一半因他。《红楼梦》第二十八回,宝玉和他初会,题目叫"蒋玉菡情赠茜香罗",无独有偶,第六十四回写贾琏和尤二姐初见,回目是"浪荡子情遗九龙珮"。回目拟得如此相似,一望便知底里。这里面都有一个情字,只不过是男女之情和男男之情。

在冯紫英家,宝玉初会琪官,见其妩媚温柔,心中十分喜欢留恋,便紧紧地搭着他的手说:"闲了往我们那里去。还有一句话借问,也是你们贵班中,有一个叫琪官的,他在那里?如今名驰天下,我独无缘一见。"后来玉哥和他过从甚密,以至于满城皆知,忠顺王府长史官亲自上府要人,宝玉推脱。长史官就说了:"现有据证,何必还赖?必定当着老大人说了出来,公子岂不吃亏?既云不知此人,那红汗巾子怎么到了公子腰里?"。想一想,红汗巾是北静王昨日所给,早起才上身,琪官就转赠宝玉,忠顺王并未见过,怎会知蒋玉菡有此巾?定是细察,来龙去脉了然于心,只是不好去找北静王,柿子挑软的捏,转头来寻玉哥要人。琪官是忠顺王府的小旦,一直住在府里,后来和北静王有染,又偷着在城外紫檀堡购房置地,最后竟不见了。购房买地,原是背着忠顺王的,如此机密,宝玉却知,可见相厚并信任。为何跑,定是厌倦了被玩弄的生活,自己有几个钱后,想过点踏实像样的日子。后来琪官咋样,书中没表,只能为之一叹,伏笔是和袭人结缡。总之,不管是学堂风波,还是挨打事件,都是男风之祸。

　　至于宝玉和北静王、柳湘莲,书中没有明言,也就不加妄断。柳湘莲不仅和宝玉相投还和秦钟要好,秦钟在第十六回就没了,那时元妃还没省亲。第四十七回"呆霸王调情遭苦打,冷郎君惧祸走他乡",柳湘莲正式出场,宝玉和湘莲说起秦钟,湘莲说最近还去修了坟,可见彼此关系之厚。柳湘莲得以认识秦钟估计也是宝玉引荐,书中也就把他们往日情景顺笔带出。

　　柳二郎赌博吃酒,眠花卧柳,吹笛弹筝,无所不为。既是无所不为,那么男风也就不在话下,但他并不是优伶,人人尽可。薛蟠瞎了眼,看错了人,犯了旧疾,湘莲怒从心起,本就想到外逛个一年二载的,索性就把呆霸王痛打一翻。这一切也是男风所致。

　　妓女,在最早的字典里,是:"女,乐者"。指唱歌跳舞的女人,以声色取悦男人,并不是现在完全靠出卖肉体换取一定报酬的民妓,古代的妓女也就相对高档些,琴棋字画皆通者大有人在,那么优伶一行也是如此。我们从宝玉会琪官一节可知,来的不仅有蒋玉菡,还有一名女妓云儿。云儿自然

也是京城名妓，要不到不了这样的场合，云儿既会唱曲，又能诌两句诗，比在学堂混的薛蟠强。除此之外，还有多名唱曲的小厮，在下伺候，可见男妓之盛，分去大半壁。这些人不会平白在此，均是冯紫英出钱喊来的，如妓女出台子。

薛蟠把柳湘莲误做此类人，他显然不快，难免动火。柳郎虽穷，但还是世家子弟，即便囊中羞涩，也不会做如此勾当。至于与谁相厚，你情我愿，那就得另说了。

北静王水溶是一个温文尔雅，神仙一般的人物，初见玉哥就很喜欢。他和琪官肯定有同性之好，和宝玉不得而知，但他和宝玉一直有联系。宝玉私祭金钏回，凤姐过生，宝玉就拿他打马虎眼，说他的一个爱妃薨了，可见过从甚密。

很多人说宝玉好色，实际在那个年代，只要有条件，男人几乎都好色，不好色者才是异类。男权社会，女人无权干涉，法律也不限制，可以为所欲为。爱情是一个新名词，那时候不讲专一，喜欢看重却是真。紫鹃就说过："公子王孙虽多，哪一个不是三房五妾，今儿朝东，明儿朝西？要一个天仙来，也不过三夜五夕，也丢在脖子后头了，甚至于为妾为丫头反目成仇的。"这些都是实话，三妻四妾是常态，限制这些的只是宗法规矩。男人女人在一起最大的意义就是生孩子，至于性行为和这并不矛盾，可以分开另说，也就谈不上忠诚不忠诚。制度决定一个人的纯洁性，那时候的女人不会一天嚷着你还爱不爱我这样的话，吃醋吃得也不一样，大多往钱和子嗣上使劲。环境决定思维，思维决定一个人的行为，把现今之人放到那时，一样不堪，甚至比宝玉更色。另外，男男之恋，对家庭和睦，传宗接代并不构成威胁，也就相对宽松些。

在这些人里，宝玉多少算作一个有真性情的人，同是好色，他和薛蟠、贾琏是不同的。也就是警幻仙子说的"淫虽一理，意则有别"，即意淫。相对粗糙的皮肤之滥，一时之趣，还有个痴病，还有个体贴，还有个真心，还有个长性。薛蟠就是一个字——"买"，不管男色女色，拿钱就能买。贾琏是发泄，以宝玉的话讲，"并不知作养脂粉"，这是对女色，于男色更甚。

巧姐出痘，贾琏在外书房斋戒，书中写道："那个贾琏，只离了凤姐便要寻事，独寝了两夜，便十分难熬，便暂将小厮们内有清俊的选来出火。"是说这个贾琏性欲强，没有凤姐，小厮亦可，同性泄欲，也是一乐。新版《红楼梦》拍出后，很多人质疑，明明是龙阳之兴，为何镜头拍成拔火罐，这个出火哪是那个出火，拍者简直没水准。因画面是流动的，旁独缓进，不知导演意图，是按下不表还是想以此混过。但确实不够高明，因为贾琏属于极其健康年盛之人，肩不疼，腰不酸，拔罐何用！横插一幕，只能落人讥笑。

以此我们也可以看出，贾琏的龙阳之好，无非就是泄欲，性享受，没有感情基调。

男风实际上就是一种性游戏，先是贵族，然后蔓延市井。造成这种现象的原因很多，前面说的明清禁娼是大环境，起着催生作用。落实到具体，有百无聊赖，追求刺激的，如薛蟠；有对女人厌倦的，如冯渊；有想泄欲，但受环境制约的，如仆人喜儿、隆儿；也有赶时髦表身份，如达官宴请，伶人作陪，贾珍赌局和冯紫英家宴都属此例。林林总总，不一而述，但总体都是心灵枯竭、奢靡堕落所致。

男风的对象，主要是伶人，他们或在胡同街巷开班设点，或由官宦人家豢养，像妓女样供人消遣。再就是被抄没的罪臣家人和奴仆，成为别家玩物，所以贾府抄没后，肯定很惨。也有自家从小豢养的娈童和奴仆。当然也有一些志趣相投，惺惺相惜者，如宝玉和秦钟。

对男风就不多加评论了，几乎有人类就有此，中华民族在法律上限制也就两百多年，以前均开放，属私人问题。但一旦形成社会问题，就不可小觑了。现在的艾滋主要来自同性，大有猖獗之势，并主要以青年为主，不能不引起警醒，不能不说是年少无知，误入泥潭，就怕到时悔之晚矣，需社会的正确引导。人性社会，尚要遵守道德，良与不良，自己定论。一念不生，万念俱静，天地造物，规范男女，各就各位，方见纯尚。

第五篇　红楼豪奴

说下赖嬷嬷。前几日读帖，见有人称赖嬷嬷为陪房出身，且呼声很高，故啰唆下。

对于家庭这个社会细胞，贾府足大，算艘航母。具体多少人，不得而知。《红楼梦》第五十二回，坠儿偷镯回，麝月在与坠儿娘的对话中涉及贾府人数，说："家里上千的人，你也跑来，我也跑来，我们认人问姓，还认不清呢！"如果此话坐实，也就是千把人，当然不知这里包不包括宁府。另《红楼梦》第五回，梦游幻境回，宝玉对警幻说："人说金陵极大，怎么只十二个女子？如今单我家里，上上下下，就有几百女孩子呢。"这几百女孩是指整族的，还是单宁荣两府的，也未明言。但人多是实。

贾府就是这样一个人口众多，事务繁杂、日夜运转的大机器，由主子、奴才两部分组成。主子寥寥，就那么几个，掰着指头数都数得过来。拿荣府来讲，贾母居首，其下两子。贾赦那头只有贾赦、邢夫人、贾琏、王熙凤、迎春、贾琮、巧姐和一些半主半仆的姨娘们；贾政这边也就是贾政、王夫人、李纨、宝玉、探春、贾环、贾兰和周、赵两位姨娘。出了嫁的元春不算，黛玉、宝钗更不算，连宁府一并也就那么几十个主子，余下皆为奴才。

奴才位尊者当属赖嬷嬷，她的两个儿子赖大、赖二分管宁荣两府，任大总管之职。所以我们不可小觑这个人物，她虽告老，是个老奴，但体面程度、富有程度比许多年轻主子愈甚，堪称豪奴。

豪到什么程度？我们看下：

一，她有单独的寓所。也就是另置了产业，并且不小，楼台亭榭，林泉木石，无一不有，亦有惊骇之笔。尽管赖嬷嬷自谦为"我们破园子"，但治理得井井有条，一片荷叶，一根烂草皆有用，均不曾浪费。探春去后感触诸多，回来方效仿治理大观园。这与那些依旧住在贾府的奴仆相比，堪称天壤。宝玉过生回，贾母、邢夫人、王夫人均不在家。宝玉清晨冠带而来，先至宁府尤氏处，再回荣府薛姨妈那里，然后从李氏起，长的房中一一拜过，复出二门，到四个乳母李、赵、张、王家让了一回，方进来，也就全程结束。这是一个排序，亦是一个尊卑表。薛姨妈是客，兼长辈，故拜。奴才里只有四大乳母，其他皆无，分属奶过宝玉的李嬷嬷，贾琏的赵嬷嬷，迎春的王嬷嬷，至于张嬷嬷是探春的还是贾环的不做深探。这四人代表着贾府最体面、最尊贵的奴才，至今仍住在贾府二门外，与古董级的赖嬷嬷相去甚远，不能同日而语。这里没提一个陪房，像邢夫人的陪房、王善宝家的和自己母亲的陪房、周瑞家的，均不在列，以此可见乳母地位之高。

二，奴仆成群。赖府三十年前便如此，孙子赖尚荣从小就丫头、老婆、奶子捧凤凰似地长大，花的银子可打出个银人儿来。溺爱程度不亚于宝玉，比贾环愈甚！更别提贾芸、贾芹之流，以赖嬷嬷自己的话说，正根正苗的忍饥挨饿的要多少？晴雯是她家买来送给贾母用的。赖嬷嬷自己也是由下人抬着，小丫头伺候着，闲了坐轿进来和贾母斗牌、闲话，没人敢委屈的主儿。这是凤姐说的。去凤姐那，凤姐得起身相迎；至贾母处，凤姐站着，赖嬷嬷则可坐在小杌子上。这是规矩，亦贾府风俗，年高服侍过父母的家人，比年轻的主子还有体面。

三，跻身宦海。赖嬷嬷至赖大辈尚属奴才，赖大仍在贾府听差，但大权在握，修建大观园这样的大事肥差，由他和主子一起调停，且有话语权。贾蔷去苏州采办戏子乐器行头，就言："赖爷爷说不用从京里带去，江南甄家还收着我们五万银子。明日写一封书信会票我们带去，先支三万，下剩二万存着，等置办花烛彩灯并各色用。"可见其权力。到了赖尚荣，承蒙贾府恩典刚出生便放了出去，意味着就此脱去奴才外衣，可以像公子哥那样读书写字，呼奴唤婢，在自己的小天地里过主子般的生活。估计读书不成，功名未取，二十岁在贾府的帮助下捐了一个前程，也就是买了一个官，这和贾琏、贾蓉相类。乐呵了十年，又求了主子选了出来，当了一名州县官，系实差，比那些挂着虚名的京官强得多，这在曾国藩的家书里，可管窥一二。当然，赖尚荣这三次命运的转折全赖贾府，故曹雪芹赐其姓赖。从一落娘胎的自由到跑

官要官得官，诸事皆顺，所以赖嬷嬷一口一个恩典，高兴得倾了家也愿意。赖府请客和凤姐过生几乎同步进行，均在《红楼梦》第四十五回左右，那时元春在宫里的日子尚还好过，亦能为家中出力。凤姐过生回脂批："盛宴难继。"意指以后不管贾府还是赖家，都将下坡，这是必然。

  那赖嬷嬷家为什么能豪华如此呢？我们先看下她的辈分。她和贾母年龄相仿，贾蔷管赖大叫赖爷爷，也就是她的儿子和贾政、贾赦、贾静同辈，赖嬷嬷和贾母一辈。上面说贾府的规矩是伺候过长辈的奴仆比年轻主子还体面，但不是所有伺候过的都如此，这里多指乳母。为何？因为功高。

  在贾府奴才得势的，就两种人，一是乳母，二是陪房。陪房是指女主人从娘家带来的，属心腹，像平儿、旺儿家的、王善保家的、周瑞家的皆是。主荣己荣，要看自家姑娘在府中的地位来决定自身荣辱。乳母是指男主人幼时为其哺乳，并一直陪其长大的女性家人。如宝玉的乳母李嬷嬷，贾琏的乳母赵嬷嬷等。哥的乳母和姐的乳母又不同，姐是要嫁人的，乳母地位也会随之变化，看书的人不可瞎比，当事人像迎春乳母王嬷嬷的儿媳妇王柱媳妇也懂得这些，故不能胡攀，这里有个可比性问题。哥与哥之间的乳母也不尽然，得看哥出息的程度，这是个细致、漫长的过程。若仕途发达或承袭家业，乳母与其子孙均会沾光，哥一般也会善待乳母，膝前尽孝、养老送终之类的，这里不仅有个"功"字，还有个"情"字在里面。 别看宝玉的奶母李嬷嬷倚老卖老，居功自傲，颠三倒四的，宝玉很烦。若以后宝玉飞黄腾达，那她的儿子李贵，也就是宝玉现在的大跟班的，也会随之水涨船高，而不是茗烟。当然，这里还存在一些具体环节和其他因素，不做细论。大家庭中，主子并不多，乌压压的全是奴才。这点，我们从王熙凤协理荣国府大点名中可知，另外也不好管理。陪房和乳母分别代表娘家和婆家两股势力，互相制衡，这艘大船，方能平稳前行。

  那赖嬷嬷是属于哪条线上的呢？

  有人定义她是贾母的陪房，实谬！要知道，封建社会是一个男权社会，这里终归是贾府，一个外来户，想扎下根，仗着自家姑娘的体面，达到如此显耀的地步，实难。乳母和陪房是有本质区别的，陪房仗势，乳母居功，两者不同。周瑞家的再得势，可以到处巡演，展示自身体面，各房也尊重她。女婿冷子兴犯法也可不当回事，轻描淡写地求求凤姐就完了。但这些都赖王夫人的面子，属其连带，离了王夫人她就啥也不是。来旺家的霸成亲，那也是王熙凤的面子，贾琏顾忌凤姐，没大管，若果不同意，这事断难做成。娘家势力再大也大不过夫家势力，这是事实，因为你得看在哪，封建社会自有它的一套规矩。王夫人看好袭人，想提成姨娘，得暗着来，先瞒着贾政，好有个进退，生米得慢慢做成熟饭，贾政一反对那就铁定完了。贾母尊贵，那是因为她有儿子，母凭子贵，另贾代善仙逝早，她就成了金字塔的顶尖人物。三十年前，也就是赖尚荣出生时，贾代善并不见得不在。乳母不仅奶过哥，对其有情，整个家族也感恩，这点陪房是比不得的。赖嬷嬷是乳母出身还是陪房出身，不言而喻，尽管没有铁证支撑，但相信只有乳母才会如此尊贵，这是肯定的。

我们读《红楼梦》一定要捋清一些东西，不可混淆。贾府分内外两部分，不同于我们现在的小家庭。里头指内帷，女眷活动的场所，别看王熙凤赫赫扬扬的，操心的也只是里面的这点家务事，外面的根本无法染指。比如修建大观园，整府的运作等都与她无关，想插都插不上手，她的财务报表只局限在一小部分。即便她帮净虚老尼办事，那也是假借贾琏之名。像大观园栽花种树这样的小事，也不归她管，只是那时，贾琏对其尚有情，她可以辖制贾琏，将贾琏原想给贾芸管理的小沙弥、小道士的事给了贾芹，说"好歹依了我这回，若老爷问起，你如何如何。"到了种树，贾琏内心已定，贾芸自己没底，反过来求凤姐，她收了芸儿的贿赂，听了奉承，也就顺水下坡。要知道这是贾政的家，贾政不理俗物，才让他们两口子过来帮忙。凤姐的手有时能伸得很长，那是通过贾琏的身体。另曹雪芹着墨点多放在内帷，有些朋友不细读，喜欢想当然，故混为一谈，觉得王熙凤无所不能，这是个误区，曹侯一笔都不曾错。在红楼里我们也多次从尤氏和下人口中，听到爷在外头如何如何。封建社会

男主外，女主内，内外的连接点还是爷，女的是出不去的。一个陪房也就是在内帷里兴兴声，还得自家姑娘得势才行，不能真正如何。

那赖嬷嬷是谁的乳母呢？应该是贾政的，没有别人。

我们看一段对话，也就是《红楼梦》第四十五回。此回亦系赖嬷嬷正传，包括感恩、请客、说宝玉、替周瑞儿子求情四个环节。赖嬷嬷对宝玉说："不怕你嫌我，如今老爷不过这么管你一管，老太太护在头里。当日老爷小时挨你爷爷的打，谁没看见的。老爷小时，何曾像你这么天不怕地不怕的了。还有那大老爷，虽然淘气，也没像你这扎窝子的样儿，也是天天打。还有东府里你珍哥儿的爷爷，那才是火上浇油的性子，说声恼了，什么儿子，竟是审贼！"

这段话透漏两个信息：一是她敢说宝玉。我们来看看整个贾府谁说宝玉，贾母、王夫人都不说，底下各路人马无不是看着贾母眼色行事。宝玉挨打，一起一起地往怡红院跑，溜须拍马还来不及。为什么她敢说，就因为她是贾政的乳母，有护子之心，认同贾政的做法，这和赵嬷嬷维护贾琏如出一辙。二是她对贾府过去了如指掌，对贾政、贾赦甚至宁府贾静小时候的情形无所不知。不是乳母，焉能如此。

那为何不是贾赦的乳母而是贾政的乳母呢？这里也有两点：一是贾母不待见贾赦，他的乳母也就相对弱些。二是贾母是和贾政过日子的，正门正院正厅均在这边，赖大也在这边当差。贾赦单过，另有黑油大门。至于为何如此，或有什么具体隐情，是不是亲生之类的，就不妄测。再者你看赖嬷嬷称贾政为老爷，异常亲切，视为己人，而不是二老爷。而管贾赦叫大老爷，带个大字，以作区别，这一般是对外人的称呼，就像现今喊三叔，四叔样。要知道，曹侯写《红楼梦》的立足点始终放在贾政这边。

我们再看一段话，也就是赖嬷嬷帮周瑞家求情时说的。她说："奶奶听我说：他有不是，打他骂他，使他改过，撵了去断乎使不得。他又比不得是咱们家的家生子儿，他现是太太的陪房。奶奶只顾撵了他，太太脸上不好看。依我说，奶奶教导他几板子，以戒下次，仍旧留着才是。不看他娘，也看太太。"

这里反映一个问题，周瑞家的再体面，她的儿子一旦骄横，一样开撵。当然贾母也下令驱逐过迎春乳母，这里还有个为人处世的问题。但我们要注意一点，她有一句"他又比不得是咱们家的家生子儿。"仔细琢磨这句话，言下之意是不是把自己括进家生之列。另外她还有一句话，她说："你哪里知道那奴才两字是怎么写的！只知道享福，也不知道你爷爷和你老子受的那苦恼，熬了两三辈子，好容易挣出你这么个东西来。"这是在凤姐那，说其自己教育孙子的话。不难理解，她的丈夫也曾为贾府鞍前马后立下功劳。

至于宁府大总管赖二是不是她的儿子，书中没有明言，一般认同。赖二、赖升、来升应是一个人，意在赖着贾府高升，如果赖二也是赖嬷嬷的儿子，也就是说赖嬷嬷不仅凭乳母尊贵，夫家也应是府中老奴，根基深厚。

实际上，赖府就是缩小版的贾府，亦是曹府背影。他们均系乳母出身，靠主子一步步富贵起来，属于双重身份，既是奴才，又是主子。只是主子不同，一个是贾府，一个是皇家，均系豪奴。这是曹侯的连环写法，环环相扣，层层影射。曹家本是包衣，曹母曾是康熙乳母，赖府身上或多或少都有他们的影子，贾府、曹府在皇家面前也都是这样既体面又小心翼翼的。

赖家能走到这步绝非偶然，不光凭深厚亲密的关系，还和其为人行事有关。赖嬷嬷嘴巴乖，知道感恩，平日多承奉，晴雯是她送给贾母的。她的媳妇也不错，会来事，看贾母喜欢宝琴，就立马单送宝琴两盆蜡梅、两盆水仙，既讨好了贾母又讨好了王夫人。不像伺候宝玉的李嬷嬷只知道唠叨、占小便宜，贾琏的赵奶母又过于老实木讷，迎春的乳母就更别谈提，赌徒一个。谁也不能与赖嬷嬷相比。

至于赖尚荣，典型的忘恩负义，不用看《红楼梦》后四十回，就知他在贾府落难时的作为。这是必然，也是事物发展的一个规律，他不记得自己的祖上是如何熬过来的，也不会记得主子曾有的恩典和关照。他有他的起点，前面的皆可忽略，谁也不愿承恩。赖嬷嬷还算明白，话里话外透着担忧，怕他仗势欺人，弄出乱子。凤姐的话也露端倪，说好几年没见他人了，年下只

见名字，实暗示后续关系慢慢疏淡。

　　红楼里一个故事套着一个故事，但水满则溢，月满则亏是不变的主题。曹雪芹从容书写中，是冷静客观和不断反思着的。从乳母起家到儿孙败家，是个起点到终点的变化过程，是从低到高再到低的一个抛物线过程。骄横是最大的祸根，知道方好。

第二辑

第六篇　打秋风深谙世故　报恩德尽显豪情——说姥姥

打秋风，古今有之，是指假借名目或利用关系向人索取赠予之意。在红楼里打秋风的很多，夏太监、周太监亦属此例，但能像刘姥姥打得那么漂亮的却极少。开口告人难，要想把别人的钱揣进自己的荷包，本不是一件易事，就连贾芸向亲舅舅开口借贷，都遭抢白，何况别人。

打秋风的动机有两种：一是因贪婪，无端索要；二是因贫困，不得已乞求，刘姥姥属于后者。

刘姥姥，机智可爱，有亲和力，喜欢装憨又人情练达，是红楼里一大亮点。在书中有着清晰的脉络，贯穿始终。全部故事情节应分为四大部分：一进、二进、三进，外加营谋巧姐。现在我们能看到的只有一进和二进，高鹗续写的三进实不可信，暂且丢过。随着这些文字的滚动，情节不断地推进，刘姥姥的身份也逐渐发生了天翻地覆的变化。从一个乞讨者变成了施恩者，由卑微低贱变得高大立体起来，身上那种侠骨柔肠，淳朴厚道的品质也慢慢凸显出来，并感动着一代又一代读者。所以说看人也要细水长流，孰是孰非不到一定时候难见分晓。秦可卿死时"白漫漫人来人往，花簇簇官进官出"达官贵人无数，几人出手？亲戚朋友接踵，有谁相助？落难之时，只有这么一个"千里之外，芥豆之微"的山野老妪挺身而出，救了十二金钗中最小的一钗，可谓心酸之至！

那么刘姥姥和荣国府到底有何瓜葛呢？实际上一点关系也没有。这里的"千里之外"曹侯并不是指路途之远，而是言关系之疏，因为两家本就城里城外的住着。只是一个为平民百姓，一个是皇亲国戚；一个锅中无粒，一个珍珠满地。可谓天差地别，八竿子都打不着。就像黛玉说的，也不知是哪一门的姥姥，话虽刻薄，倒是实情。凤姐也说："我说呢，既是一家子，我如何连影儿也不知道。"

那么我们看下刘姥姥的来历。刘姥姥是一个积年的老寡妇，只有一女，嫁给了狗儿。因女儿女婿忙不过来，就把她接来帮衬过活。女婿姓王，祖上在京城做过一个小官，因贪慕王家的势力，就和凤姐的爷爷连了宗，认作侄儿。连宗是指同姓之人认作本家，但却毫无血缘关系。后来狗儿家落败，狗儿之爹就搬出城外，退回原籍种田。几年前又因病去世，现今就剩狗儿一人。狗儿生有一男一女，分别叫作板儿和青儿，嫡妻就是刘姥姥的女儿刘氏，但男孩板儿并不是刘氏所出，刘姥姥也不是板儿的亲姥姥，他们之间没任何血缘关系。至于板儿的娘到底是谁，又跑到哪里去了，抑或是死了，不得而知，书中没有交代。很多红楼论坛节目说板儿系刘姥姥之外孙，是不准确的。封建社会是一夫一妻多妾制，妾的地位很低，只是一个生育工具，生的孩子仍归正妻所有，亦称母。就像探春就是管王夫人叫母亲，管自己的亲妈反唤做姨娘，贾蓉贾琏也分别管尤氏邢夫人叫母亲，如果非说板儿是刘妪的外孙也不算过分。

刘姥姥是一个朴素的哲学家，她的一句话"守着多大的碗，吃多少的饭"广为流传下来，可谓自然天成，不仅富有哲理还生动、亲切、接地气，比那些"知足常乐，镜里乾坤，云中世界"的不知要强多少倍。其实，哲学并不是一个深奥的东西，无非是让我们辩证地看待一些事物，不钻牛角尖，落到实际生活中就是为人处世，人情冷暖了。曹侯的可贵之处就是从不说大道理，也最厌虚假浮华，装腔作势那一套，他的观点都借这些小人物的嘴巴说了出来。刘姥姥就说她女婿："你皆因年小的时候，托着你那老家的福，吃喝惯了，如今所以把持不住。有了钱就顾头不顾尾，没了钱就瞎生气，成个什么男子汉大丈夫呢！"甲戌双行夹批："为纨绔下针，却先从此等小处写来。"

狗儿家和王府已经二十多年没有什么来往了。人常讲富在深山有人寻，穷在闹市无人问。更何况狗儿这样的境况，你不亲近别人，别人自然不会上赶着你。也是因为家贫，秋尽冬来，无法逾冬，狗儿气恼。刘姥姥脑筋转得快，就想到了王家，说"自然是你们拉硬屎，不肯去亲近，故疏远起来"等等，把狗儿的心说活了，也就为这种苦难的生活增添了一丝亮色。

狗儿就出主意，要去得先找周瑞家的。前些年，周瑞因买卖田地之事与人纷争，多亏狗儿父亲帮忙，原和狗儿父亲极好的。另外，还要带上板儿。你想想为何还要带上板儿而不是青儿呢？青儿还是嫡出。有人就说过，板儿无非是刘姥姥的道具，人看小孩可怜见的就心软，一心软自然就会施舍。这只是一方面，主要还是因为板儿是男孩，是狗儿家之后，刘姥姥自己去啥身份，谁会买账？板儿去才是名正言顺的，还得拿板儿说事儿。就像姥姥对凤姐说的："因家里他老子娘连吃的都没了，天又冷了，这不带着你侄儿奔你老来了。"言外之意是你看着给点，免得冻死饿死，不就绝后了吗！

那么狗儿爷爷是和金陵王家连的宗，怎么又跑到贾家了呢？就是打秋风也应该去王家打才对！这里面还有一层原因，当时王夫人的父亲，也就是凤姐的爷爷在京城做官时，只带了两个子女，一个是王夫人，一个是王夫人的长兄也就是凤姐之父。其他姊妹均留在原籍金陵，像薛姨妈等并不知道有这么一门亲戚。这个刘姥姥当年也是见过王夫人的，觉得王夫人说话做事爽快，不拿大，闻得出嫁后，又在贾府当家，是一个怜贫惜老，斋僧敬道之人。关键还是"当家"二字，当家才会有权有钱，说话管用。另外一点就是王家升了出去，也就是外迁了，京城没人。

再说周瑞家的。周瑞家的是王夫人的陪房，陪房就是陪嫁丫头，指活动的嫁妆，如平儿。后来嫁给了周瑞，就叫周瑞家的。周瑞主要是管荣国府田庄上春秋两季的租子，和狗儿之父王成认识，并曾经得力于他，这里曹侯写的一丝不乱。

就这样，刘姥姥起了个大早，带着板儿一路逶迤投奔贾府而来。人都说阎王好见，小鬼难搪，像刘姥姥这样的穷酸之人想见到诰命夫人，实是难事。守门的三等豪奴首先就戏弄于她，幸亏有个年长的心善，告诉他周瑞家的住在府后小巷。她运气又好，偏偏遇上。

周瑞家的是王夫人和凤姐的心腹，是一个宠奴，属于娘家这一条线上的，在贾府里很有面子。周瑞家的肯帮忙，一是不忘争买田地之事，二是想卖弄一下自己的本事，对刘姥姥的来意也心知肚明，就尽量从中斡旋。因此，刘姥姥才能顺利地见到了凤姐。凤姐对姥姥的态度是先倨后恭，一开始连眼皮都懒得抬一下。一句"怎么还不请进来"就大有居高临下之势和不耐烦之意。这也是对穷亲戚正常的态度，要是富人家的姥姥上门，早该两步并作一步迎出去才对。姥姥呢，极聪明又会奉承，说话和软，也善于权变应酬，但这些都不是她第一次进府成功的主要原因。关键还是她是凤姐娘家的亲戚，无形中就近了一层。凤姐一生有一大弊病，就是凡是娘家的都好。钱是娘家的多，物是娘家的精，人也是娘家的亲。姥姥要是别人家的穷亲戚她才懒得理呢，更别提打发了。但最后置巧姐于死地的，恰恰是她娘家最亲的人，这是作者对人情世路上的一个极大讽刺，不光针对凤姐，实是女人之通病。

在凤姐会刘姥姥的过程中，有一个小插曲，就是贾蓉来借玻璃炕屏，凤姐连忙止住刘姥姥的话头。很多红学家就分析说，凤姐和贾蓉有一腿。实际这些都是瞎扯，凤姐就是怕贾蓉听见她娘家有人告贷不雅。凤姐一生都是一个最爱面子、最爱显摆的人。刘姥姥也说过："没的给姑奶奶打嘴，就是管家爷们看着也不像。"生活的哲学，被这个老妪看得一清二楚。

凤姐是个语言大师，喜欢几句话并做一句话，像打机关枪一样地说，但清晰利落。她对刘姥姥说了三层意思：一是亲戚之间原本不该等上门，就应该帮衬，只是太太事务繁多，一时想不到，自己又才接手，实不知。二是大有大的难处，说了别人也未必信，这是告艰难之意。三就话锋一转说，你要不嫌少，我这里还有太太给丫鬟做衣服的二十两银子，暂且拿去。实际也就等于封口了，言外之意这二十两还是挪出来的，下次就别再来了。姥姥先是忐忑，后一听有二十两，马上就欢天喜地，心痒起来。

那二十两纹银到底是个什么概念，又折合我们现在多少钱呢？贾母、王夫人、邢夫人每月分例银子就是二十两，这是贵妇的工资，确切地说是零花钱。菊花诗螃蟹宴回，刘姥姥就算过一笔账，说这一顿饭连酒带菜，就得二十两银子，是庄户人家一年的开销。现今我们市面的螃蟹从几十到几百元不等，但宝钗家的是上等螃蟹，一斤只有二三个，很大，三篓也要有七八十斤，就

是折中算也要一万元左右。如果再加上几十个人的酒水和别的菜肴,那么保守的说也合一万元人民币。就是现在我国最偏远穷困地区,解决一户人家温饱一年也要一万多元钱。更何况刘姥姥家,是天子脚下,皇城根边,估计现在若是遗存,也早就划进北京城里。也就说,二十两银子就相当于现在最少一万元人民币。

　　但对当时的贾府确实不算什么:秦可卿的棺木,薛蟠象征性地收了一千两银子,是庄户人家五十年的生活费;贾蓉捐的五品龙禁尉是一千二百两银子;贾赦买嫣红是八百两银子,欠孙绍祖家的债是五千两银子;凤姐在张金哥案中受贿是三千两银子;贾蔷下姑苏聘请教习,采买女孩子,置办乐器行头等事,就先支放在甄家的三万两银子。刘姥姥说得对"你们拔根汗毛都比我们的腰粗。"但豪门大户并不是个个都有钱的,也不能小觑了这二十两银子,赵姨娘就为赵国基死时少赏二十两大闹,弄得探春声泪俱下。赖嬷嬷也说贾氏宗族有些正经的主子都没饭吃,可见这二十两的分量看掂在谁的手里。但刘姥姥却旗开得胜,第一次就讨得二十两纹银外加一吊车钱,蔚为壮观,是她连做梦都没想到的。另这二十两以凤姐的性格是不会私贴的,肯定要走公账的,要不就不是凤姐了。

　　姥姥再来时,已是第三十九回, 二进荣国府。这一回可谓花团锦簇,其乐融融,笑语欢声,全府皆动,是红楼梦里的一个小高潮。姥姥这次并不空手,因为日子过好了,家里丰收了,就扛来了两袋子新鲜瓜菜。姥姥会说话,说自己都舍不得吃,赶尖来孝敬太太姑娘姑奶奶们。凤姐听着喜欢,就说难为她"这老远扛来,天晚了,过一夜再家去吧。"结果被老太太听到了,贾母正闷得慌,想找了积古的老人说说话,可巧就来了这么一个,就命快快请来。那时消息闭塞,没有什么电视报刊新闻媒体之类的,女人又大门不出二门不入的,孤陋寡闻得很。姥姥呢就像外面的一股清风一下子吹了进来。看到珠围翠绕的,也不怯阵,上赶着管贾母叫老寿星。贾母的称呼很多,一般人叫老太太,凤姐出彩,独她叫老祖宗。姥姥也不示弱,发明个老寿星,并且搜肠刮肚地讲了许多新闻故事,把大家都听呆了。

人都说凤姐和黛玉的嘴最巧，还有一个比她俩乖的，那就是姥姥了。说书先生曾赞过凤姐，奶奶的嘴那是杠杠的，要是去说书，那我们就没饭吃了。但真正现场版的说书人却是刘姥姥，姥姥为讨大家喜欢，现编了两个故事。不仅情节生动真实，又娓娓而来，不像凤姐大珠小珠一起落，喜欢耍嘴皮子。头一个故事是雪中抽柴，讲一个叫茗玉的女孩，大雪天到别人家院子里抽柴取暖，还穿着大红袄子，白绫裙子。你闭眼想下，可是雪中一景，如梅般，好看煞，可见姥姥审美不俗。偏宝玉最是个怜香惜玉之人，又喜红，一下子就对了口味，就问可曾冻坏否，谁家女子等，刨根问底，寻根溯源起来。姥姥也就一气胡诌下去，编得有鼻子有眼的。第二天宝玉还当真叫茗烟一路去寻，说要再塑金身等等。这个故事实是说黛玉，黛玉就是因无依无靠栖息别人之家。这个老爷也是只有一女，女孩活到十七岁就病死了，又暗伏黛玉去世的年龄。

姥姥的第二个故事，就更高了，是老来得子，这是人类一件伟大的工程。说庄东头有个老奶奶九十多了，只有一个儿子，儿子生了一个哥儿养至十七八岁忽然病死了。但因为老奶奶吃斋念佛，积善行德，感动了玉皇大帝，就又给了一个孙子。今年十三四岁了，生得粉团一般。说的谁呀？是宝玉。一下子就合了贾母的心思，连王夫人都听住了。

第二天，刘姥姥又逛了一天的大观园。要知道大观园并不是谁都能进的，那么大的排场也不是单给刘姥姥预备的，是因为贾母要还湘云的席。刘姥姥机会好，就把没吃过、没见过、没玩过的都经历了。

姥姥性格开朗为人豁达，虽是村野之人却很有见识，脑子又极灵活。出入大户人家并不畏手畏脚，缩头缩尾的。遇到戏弄之事，也不硬骨俏皮，还极力配合。凤姐给她插了满头的花，她欣欣然地接受；鸳鸯拿她当外面的篾片相公取乐，她也不生气。最经典的画面就是吃饭时，大家都鸦雀无声。贾母说声请，独她站起，高声道："老刘，老刘，食量如牛，吃个老母猪不抬头"然后直眼发呆，鼓腮不语。起初大家全愣住了，等回过味来，一起爆笑。宝玉笑滚到贾母怀里，黛玉笑岔了气，伏在桌子上哎哟！薛姨妈的茶喷了探

春一裙子,探春的饭扣到迎春身上,惜春离座让奶母揉肠子,地下的丫头婆子皆弯腰曲背,蹲在地下笑。王夫人笑指着凤姐说不出话来,定格了,贾母笑到流出了眼泪。你看看,有没有比这更精彩更痛快的场面。贾府有史以来何曾全部笑倒过,这都是姥姥之功,牺牲一人换来大家的开心。本来这个玩笑是带有侮辱性的,调侃农民阶级食量大,能吃,没吃过什么好东西。是鸳鸯和凤姐促狭故意设计的。蒙回末总批:"寓贫贱辈低首豪门,凌辱不计,诚可悲乎!此故作者以警贫穷。而富室贵家亦当于其间着意。"

但姥姥装愚,并不过心。过后鸳鸯道歉陪小意,姥姥就说了:"姑娘说哪里话,咱们哄着老太太开个心儿,可有什么恼的!你先嘱咐我,我就明白了,不过大家取个笑儿。我要心里恼,也就不说了。"实际每个人都是有自尊的,姥姥第一次来之前,在家里就说过:"不过舍了我这张老脸罢了。"心里明镜似的,入豪门就要忍辱。红楼不只是为刘姥姥一叹,更是为天下贫穷一叹。

另外,姥姥还极聪慧,只是出身寒微,没有个大家庭给她管理,要不比凤姐也不会差到哪里去。她二进贾府时已经是七十五岁了,听到平儿和周瑞家的说螃蟹之事,就算了一笔账。她说"这样的螃蟹,今年就值五分一斤。十斤五钱,五五二两五,三五一十五,再搭上酒菜,一共倒有二十多两银子。阿弥陀佛!这一顿的钱够我们庄稼人过一年了。"这是算别人家的酒席钱,自己并没亲眼见过,可见姥姥这么老了还头脑清晰,思维敏捷。

再者说酒令时,姥姥本不会,但到跟前时,也依葫芦画瓢,现诌了一个。既天然又对韵。那时,连黛玉这个大才女都很紧张,生怕说错了,还是把《西厢记》《牡丹亭》的说了两句,被宝钗听了去。可见姥姥的机敏。另外有一点是很多人没注意到的,就是王夫人。唯王夫人的酒令是鸳鸯代说的。作者虽只一笔带过,但还是点明王夫人既没文化又愚钝。我原来写元春时,就提过,可见此言不谬也,要不宝玉和四春也不会随贾母长大。

姥姥还是个很讲究说话艺术的人,讨要东西并不露骨。在潇湘馆,贾母嫌黛玉的窗纱旧了,要换。就说起了软烟罗,质地轻软密厚,远看如云似烟的,云如今上用的都没这个好。上用的就是指皇宫用的。刘姥姥忙说:"我们想它做衣裳也不能,拿着糊窗子,岂不可惜?"贾母就发话了,多找出几批来,送刘亲家两批青的,家里去用。吃面果时,姥姥道:"我们那里最巧的姐儿们,也不能铰出这么个纸的来。我又爱吃,又舍不得吃,包些家去给他们做花样子去倒好。"贾母就赶快说了:"家去我送你一坛子。你先趁热吃这个罢。"蒙侧批:"世上竟有这样人。"就是说,世界上还有这样脸皮厚的人,变着法子管人家要东西。但也就是这样的人最后满身侠气,倾家荡产,救了贾府的后代。

二进,姥姥连来带去一共三天,走时满载而归。王夫人给了两包银子,共一百两,还留了话,说拿着买几亩田地或做点小生意什么的,千万别再投亲靠友了。一百两折合现在的人民币至少也是五万元钱,不过听起来那时的地好像不太值钱,还可以买几亩。如果是现在随便到郊区圈一亩地也要十几万,就是租也要大几千一亩。千万别再投亲靠友了,这是最主要的一句话,明言以后就再别来了,自食其力吧!凤姐又给了八两银子。姥姥共得一百〇八两银子外带一车东西。贾母送了衣服、药、软烟罗的纱还有小面果子等,鸳鸯平儿也各有心意。另外还有一件宝贝,是宝玉管妙玉要的成窑杯子,属于古董级的,并说让她卖了度日等语,平儿还为她雇了辆车。但只有一个人书中没提,那就是薛姨妈。刘姥姥投奔的虽是贾府,实是王家的亲戚,王家的人都给了,独薛姨妈一毛没拔。可见我上篇在香菱之文中说她小气一点都不过也。

姥姥此行淘到了最大一桶金,可想以后的日子,定会好起来,从此也就翻了身。同时也为以后营救巧姐埋下了伏笔,要不大笔的赎金从何而来?实是贾家的钱还是贴在贾家的皮上了,等于贾府在姥姥那存下了一笔小钱,却派上了大用场,是贾家最有价值的一笔投资。

三进,在八十回之后,应在贾府落败之时,离二进估计过去了很多年了。二进之时,板儿才四五岁,巧姐还抱在怀里。当时,姥姥是七十五岁,贾母比姥姥小几岁,但到七十一回贾母就过了八十岁的生日。三进最起码离二进快十年了，巧姐已然长大。具体情节我们无缘看到，但曹侯已写完，并在**前**八十回中多处埋下伏笔。脂砚斋也多次透露后面的情节，比如刘姥姥狱神庙探庵等。二进时巧姐拿着柚子和板儿抢佛手。脂砚斋就批："小儿常情遂成千里伏线。"柚子香团也，通缘；佛手指点迷津，是预言后来巧姐嫁给了板儿。

书中巧姐的判词是："势败休云贵，家亡莫论亲。偶因济刘氏，巧得遇恩人。"旁边还画了一个纺纱的美人。是言家败之后，众叛亲离，独姥姥相救，巧姐最后成了一名自食其力的劳动妇女。红楼梦歌云："留余庆，留余庆，忽遇恩人；幸娘亲，幸娘亲，积得阴功。劝人生，济困扶穷，休似俺那爱银钱忘骨肉的狠舅奸兄！正是乘除加减，上有苍穹。"

这里的狠舅奸兄，狠舅应该指王仁，忘仁也，王熙凤的哥哥无疑。奸兄历有争议，草字辈不假。有人说是贾芸贾蔷，还有的说是贾兰。哪到底是谁呢？最想害巧姐的是贾环，贾环发过狠，我以后让她不知是怎么死的，但这里却没提叔叔二字，也就丢过。贾芸和贾蔷离巧姐的关系实在太远，只是同族，就是落难之时不相帮，按理也不会加罪。贾兰稍近，属于叔伯堂哥，但嫌疑最大。

那巧姐到底是被谁卖到妓院里去的呢？不得而知，不是官府就是舅舅。凤姐的结局是被休了，哭向金陵事更哀。要抄家肯定全抄了，四大家族无一幸免，只是早晚轻重而已。巧姐应该是被舅舅卖的，但她的哥哥却坐视不管，惜钱，故叫奸兄。这倒也符合李纨的性格，更何况他们本就讨厌凤姐。凤姐生前也是要足了强的。

我们再说谋救巧姐。巧姐的名字是刘姥姥起的，一切从"巧"字而来。七月七，鹊桥相会，就是姥姥牵的线，巧姐嫁给板儿本就是天仙下凡。凤姐托没托孤不知道，即便是托，也是在狱神庙，在自己已没自由、没能力的情境之下。但姥姥要想把巧姐从妓院里赎出来的，不是一件简单的事，得需一大笔资金。那么到底需要多少钱呢？我们不妨参照个例子，贾赦买嫣红时，是花了八百两银子。更何况那是妓院，赎银肯定要高出妓院当初的买价。巧姐年小正是一棵摇钱树，价格不高，老鸨怎会放手。更何况巧姐生得很美，看看贾琏和凤姐就知道了，什么模子脱什么坯，一点不假。姥姥那时的日子肯定比原来强多了，有了最初的资金，又发展了几年，但等于还是连本带利又还回了贾家，也许还要东拼西凑，四处告贷，甚至被打回原形。算来，姥姥那年最少也将近八十五岁了，幸亏还健在，才能四处奔波营救巧姐。在红楼里，也只有这么个年迈的老人，侠肝义胆，来收拾残局，实是最令人感动的人物，不能不使人潸然泪下。

　　我们看电影、编故事，一般都是在危急关头，逢凶化吉，遇难成祥。实际上，现实生活要比那残酷得多，可怜侯门之女，流落烟花，落到如此悲凉的地步。不接客是不现实的，得亏姥姥侠义，巧姐才能远离魔窟，过上干净稳定的生活。

　　曹侯写文，打破了历来的窠臼，塑造的形象也是多方面的，但人性却更真实。他告诉我们一个道理，在这个世界上，并不是不饮盗泉之水，才是志士；并不是不吃嗟来之食才是君子。人性是复杂的，姥姥才是一个义无反顾的真英雄！脂砚也说："非经历过者，则云纸上谈兵。过来人那得不哭。"我们在细微的生活里，只要知恩图报，像姥姥那样有一颗普通感恩的心，就很高尚了。菡萏谨以此文给姥姥拜过，愿天堂里的姥姥吉祥安好！也愿我们这个社会像姥姥这样的人越来越多，越来越温暖。

第七篇　浑融天真莲转菱　幽谷乖蹇哭劫生——说香菱

　　香菱是红楼里最为苦命的一个女孩子，她不仅貌美还兼具有许多特质，在她的身上涵盖了女性几乎所有的优秀品质。她是红楼里第一个出场的女子，位居薄命司副册之冠，在通部红楼粉黛中排名第十三。十二钗一过，作者就为她另起炉灶。她就像一朵迷人的，让人怜惜令人心疼的小花，虽不能说是飞雁惊鸿，但却在你转身不经意之处，陡然惊艳。我们读她不仅是内心的一份感动和绵绵不绝的热泪，更多的是对人性冷漠的一种鞭策与思考。

　　香菱的一生很是曲折，充满了传奇色彩和戏剧性。她实是小姐，却身为奴婢；她具金闺花柳之质，却饱受精神和肉体上的双重折磨。即便如此，她却始终保持着自己的微笑，用一句"记不得了"便把往事烟消掉了。她就是用这种华丽的微笑掩盖了内心的苦痛，这是我们最感动的，也是最不忍的。如果说痛苦和欢乐是一个人的左右两个心室的话，那么她跳动的永远是那个快乐的心室，因为痛苦的大门，早已被她含着眼泪紧紧地锁住了。

　　香菱的一生可谓伤痕累累，遇到的几乎都是坏人。她遇到的第一个坏人是拐子，也就是这个拐子改变了她的一生，把她从一个千金小姐变成了一个任人买卖的婢女。要不然她同样可以过着奴婢成群，双亲怜爱的日子。在与拐子生活的七八年间，她屡遭磨难，如同惊弓之鸟，没有一丝安全感。当昔日的小沙弥套问她的家乡和年纪时，她因被拐子打怕了，不敢实说，只是摇头，言记不得了，拐子系她亲爹，因没钱才要卖她。可见拐子一直在打骂虐待这个美丽少女，拐子实是一个恶魔！

　　她遇到的第二个坏人就是薛蟠。薛蟠到底是一个什么样的人？可能有些人读红楼，并不觉得他有多坏，反而觉得他很豪爽温热。实际这只是他的一面，是我们在用石头的眼光，也就是内部人的眼光在看他。在外人眼里，他们家就是金陵一霸，是横行霸道，倚财仗势之门。即便是打死个把人也如同儿戏一般，依旧能大摇大摆扬长而去，国法纲纪如同虚设。薛蟠进京入住贾府后，更是狂嫖滥赌，无所不至，比当初还要坏上十倍。这个薛蟠实是个奸男占女，无恶不作之徒。他进贾府家学，也是因为动了龙阳之性，学里多数子弟都被他哄骗上手，包括香怜、玉爱、金荣等。第十回，金寡妇说那薛大爷一年不给不给，这二年也帮了咱们有七八十两银子。己卯侧批："因何无故给许多银子？金母亦当细思之。"蒙侧批："可怜！妇人爱子，每每如此。自知所得者多，而不知所失者大，可胜叹者！"可见世界上哪有免费的午餐，同时也说明薛蟠的骄奢淫逸，荒淫无度。

薛蟠对香菱，一开始肯定是向往的。凤姐对贾琏说过："那薛老大也是'吃着碗里看着锅里'的，这一年来的光景，他为要香菱不能到手，和姨妈打了多少饥荒。也因姨妈看着香菱模样儿好还是末则，其为人行事，却又比别的女孩子不同，温柔安静，差不多的主子姑娘也跟她不上呢，故此摆酒请客的费事，明堂正道的与他做了妾。过了没半月，也看的马棚风一般了，我倒心里可惜了的。"虽是这样，但那时香菱的日子还算是风平浪静，顺风顺水的。第六十二回斗草时，香菱说她有夫妻蕙；宝玉过生日时，她掣了一根并蒂花，上面写着"连理枝头花正开"，可见那时她和薛蟠还能相处得比较和谐。香菱实是个对生活要求很低的人，能容得下便好。到了夏金桂进门，千方百计刁难陷害后，薛蟠便觉碍眼，把香菱看得草芥不如，以至于棍棒相加，更别提什么夫妻之道了。

香菱遇到的第三个坏人，就是门子。当年拐子租住的就是他家的房屋，他明知香菱的真实身世，却一直没有告知，还为雨村出谋划策，简直就是一个地道的奴才。我们在这里，全作为是一种人性的冷漠，不去理论。

香菱遇到的第四个坏人是贾雨村。那整个就是一个忘恩负义、狼心狗肺之人，她的身世也就只能石沉大海，永无天日了。贾雨村当年穷困潦倒，靠卖字撰文为生，虽胸有大志，怎奈神京路远，不是他所能抵达的。多亏香菱之父甄士隐慷慨相助，为其封了五十两纹银，外加两套冬衣作为盘资，才得以赶上春闱。看到这里，观者几欲坠泪，两套冬衣足见甄士隐考虑之周到，待人之温暖。想香菱落难之时,除了宝玉之忧叹,何曾有人倾情相助,连搀一下,扶一把的都不曾有,这是作者对人性血淋淋地批驳!香菱之家是姑苏望族,她若不走失,也是一个千娇万贵、金枝玉叶的大小姐,也是父母的心头之肉、掌上之珠,只可惜命运多舛,红颜命薄。

贾雨村春闱高中后,又娶甄家的丫鬟娇杏为妾,不久后扶正,这个奴婢都比香菱过着千好万好的日子,我们怎会不为之一叹。后来雨村革职,又依附门生投靠贾家得以起复应天府,接手的头件公案就是两家争夺一婢,打死人命一案。小沙弥道出原委,并故作聪明为其绸缪。你想贾雨村是何等之人,一代奸雄,怎会不知如何处理,只是碍于颜面,借坡下驴而已。红楼没一处闲笔,在他和门子对话中间,作者轻描淡写插入一句"王老爷来拜",也就是说薛姨妈王家的势力到了。薛家倚财仗势,这个仗势就是仗着薛姨妈娘家亲戚的势力。那时雨村就心知肚明,内有成算,但回来后依旧佯装不知,并一再冠冕。脂砚斋挥笔一连批了几个"假"字。最后即使知道香菱就是当年的英莲,系恩人之女,为了保住乌纱,笼络住这股势力,还是置英莲于死地而不顾,断送了她唯一一次归家的路途。他的夫人娇杏也不会不晓得,正是这些人的冷漠,把香菱的命运进一步推向了深渊。

香菱遇到的第五个坏人是夏金桂,一个"外具花柳之姿,内秉风雷之性"的人。从小娇生惯养,喜怒无常,养成唯我独尊的性格,是个瞧万万人都不如自己的人。对香菱这个才貌双全的小妾更是妒火中烧,栽赃陷害无所不至,大有宋太祖灭南唐之意,卧榻之旁岂容他人酣睡!高鹗在续书里把她发挥得更是不堪,水性杨花,大有娼门之色。也就是说这个夏金桂除了貌美之外,几乎一无是处,和薛蟠正是旗鼓相当,天造地设的一对。一个眼里只有貌,一个眼里只有钱。香菱就生活在这个毒妇和恶夫的夹缝中间,哪会有一天的好日子过!再者薛蟠本是草莽,外强内弱,又喜新厌旧,几招过后,就臣服于夏金桂,对香菱厌恶之至,不惜拳脚相向了。

因为薛蟠,香菱又遇到了薛姨妈,也就是她的婆婆。不能说薛姨妈这个人有多么的不好，但就其为人，也好不到哪里去。薛姨妈的特点一是纵子，溺爱不明；二是只要一出事，首先想到的就是找亲戚帮忙或出钱摆平。我们从《红楼梦》第四十七回可窥一斑，薛蟠调戏柳湘莲不成，反遭痛打，薛姨妈意欲告诉王夫人，遣人寻拿柳湘莲。却被宝钗劝住说："如今妈先当件大事告诉众人，倒显得妈偏心溺爱，纵容他生事招人，今儿偶然吃了一次亏，妈就这样兴师动众，倚着亲戚之势欺压常人。"还有第八十回，夏金桂也说："谁还不知道你薛家有钱，行动拿钱垫人，又有好亲戚挟制着别人。"另外薛姨妈还炮制了金玉一说，放风说自己家的女儿要找一个有玉的才嫁，并在贾府一住就是很多年，大有把女儿送上门之势，这是很有失身份的。金玉之说本是他薛家的一己之说，与贾家何干？所以看红楼很难对这个姨妈产生好的印象。

我们再看薛姨妈对待香菱如何？香菱是一个温柔安静贤淑的女子，说话办事懂礼知分寸，并且心地纯洁，为人善良，是一个非常好的女孩子，平日里也不会做出什么出格的事。随薛蟠进京后，先给薛姨妈使唤，后来一直服侍薛蟠。到了《红楼梦》第七回，周瑞家的送宫花时，她已留了头，说明已是薛蟠的小妾。在古代妾是一种很尴尬的身份，介于半主半仆之间，对上你是仆，但对下你是主，也是要呼奴唤婢的。但在薛姨妈的眼里，你是我们家买来的就永远是我们家买来的，这是铁定的事实。她尽管知道香菱很好，一般的主子小姐都跟不上，但心里并不真正地看重和怜爱香菱。

薛蟠挨打后无颜见人，要出远门。薛姨妈先是叫香菱和自己睡，结果宝钗说："妈既有这些人作伴，不如叫菱姐姐和我作伴去。"薛姨妈说"正是我忘了，原该叫她同你去才是。我前日还同你哥哥说，文杏又小，道三不着两，莺儿一个人不够服侍的，还要买一个丫头来你使。"薛姨妈首先想到的是一直委屈了自己的女儿，不够人使，她们口里说的作伴只是涵养，实是充役。在她心目中，她的女儿是最娇贵的，而香菱也只配服侍人，可见一个买字就拘定了一个人的一生，宁不悲乎！一直到《红楼梦》第八十回，夏金桂容不下香菱，变着法地陷害香菱，薛姨妈的做法就是，赶快找个人牙子，不拘

几个钱卖掉完事。你想想香菱从十二三岁就开始进入薛家,一晃好多年过去了,现在的身份早已是一个明堂正道,尽人皆知的妾了。虽然没生下个一男半女的,也不能说卖就卖,张口就来,再者大家族哪有卖妾之说,撵了便是。就是在贾府,丫鬟大了,有的还开恩放出去,自己另行择夫的,相信后来的袭人不会是被卖出去的。读到这里便觉得十分可恶,也只能为香菱大哭一场!

另外薛姨妈还小气吝啬,对香菱很是苛刻。他们家是珍珠如土金如铁的豪门大户,以富著称。《红楼梦》第六十二回,香菱和芳官、蕊官、藕官、荳官斗草,被荳官推到积水里,裙子湿了半扇。宝玉跌脚叹道:"你们家就是一日糟蹋这一百件也不值什么……但姨妈老人家嘴碎,饶这样着,还说你们不知过日呢。"这里的"你们"二字自然不会包括宝钗,也不会有薛蟠在内。薛蟠从小就挥金如土,使钱弄性,不像宝玉想挥霍都没得钱。薛家包括奴仆本来就那么十几个人,主要还是指香菱。这是天下婆婆的通病,儿子花多少都不会在乎,媳妇一用就心疼。宝玉这样的外人都知道姨妈嘴碎,肯定平日薛姨妈经常唠叨数落香菱。宝玉还说免得惹姨妈生气,让她等着不动,把袭人的裙子拿来换上,这是宝玉的心细之处。我们也能看出这个书中口口声声说的慈姨妈,对香菱有多么的严格。曹侯写文一向绵里藏针,总是在不经意处刺你一下,前面所说的什么宝琴相送之类的话,只是障眼之法,为何情解石榴裙,就是惧怕婆婆。书中还有一句,说宝玉说的话,正撞在香菱的心坎上了,可见薛姨妈嘴碎,不喜欢香菱是实。

实际富家的生活并不是我们想象的那样,挥金如土那你得看是谁!"越有越奸"这句话是有道理的,给这样的人家做媳妇不是一件易事。像邢岫烟没等过门,因为戴了一块探春送的玉佩,宝钗就教育过她,"此一时不比彼一时了,你看我身上可有这些富丽闲装,要一切从简才是等"等。虽说是一针一线,当念物力维艰,但也不能太过,他们家的钱,只不过都大把大把地花在外面打官司,吃喝嫖赌,奸男占女上了。

当然,香菱也遇到了好人,宝钗算一个,宝钗对她做了两件好事。第一件就是把她带进了大观园，她才得以过了一年多清爽舒心的日子。第二件是在红楼第七十九回她母亲要卖香菱时，被她拦了下来，把香菱要到了自己的名下，等于解救了香菱，同时也保全了薛家的颜面。但宝钗这个人等级观念特别严重，是个要人尊敬的人，她虽喊香菱为菱姐姐，心里未必真正重她。香菱央告她说："好姑娘，你趁着这个工夫，教给我作诗罢。"宝钗却回说"我说你是得陇望蜀呢！"

实际上，香菱是一个非常可怜的人，她对别人没有要求，对自己要求却很高。她羡慕园中的姐妹，倾慕她们的才华，也希望自己能过上这种诗情画意的高质量的生活，她向往一种美好的精神生活。宝钗委婉拒绝她后，她等晚饭一过，宝钗往贾母那一去，就径直来找黛玉。

林黛玉，一个真正温暖，并把她当作朋友看待的贵族小姐，遇见她应该是香菱人生中的幸运。黛玉是一个伟大的女性，她的光芒足可以经受得起时间的检验。随着我们每一个人年龄的增长和生活阅历的增加，随着岁月的流逝，朝代的更迭，会有越来越多的人喜欢她。不喜欢她的人可以给她安上小性、爱哭、清高这样那样的缺点，但你永远不可能把她和虚伪、冷漠、世故、圆滑这样的字眼联系在一起。她和宝玉与别人的区别所在，就是身上永远闪烁着人性中最温暖、最动人的光芒。

黛玉是一个内心通透的人，她对香菱笑道："既要作诗，你就拜我作师。我虽不通，大略也还教得起你。"你看说得何其自然，没有半点扭捏之态。她还说："你又是一个极聪敏伶俐的人，不用一年的工夫，不愁不是诗翁了！"一下子就给香菱建立了信心。黛玉还是一个非常好的老师，不仅教育方法好，还有足够的耐心和爱心。她先给香菱布置作业，开出书单，也就是前期积累，并说作诗立意要高，不能墨守成规，流于俗套。在黛玉循循善诱和香菱自己的刻苦努力下，香菱在梦中终于吟出好句，成为大观园里的一位诗人。

黛玉对于香菱一生的重要意义，就在于为她开启了一道精神世界的大门，从此香菱的人生有了一个质的飞跃。

但有一点不明,就是香菱最初的文化从哪里来的?她被拐时尚小,不知士隐是否教她识字,和拐子生活后就别谈了,房子都是租住的,到处流浪,到薛家也是不可能。脂批中说她且曾读书,唯一的解释应该是自学。她也说她读过一些书,喜欢陆放翁的诗:"重帘不卷留香久,古砚微凹聚墨多。"这点就比袭人、晴雯强得多,她们在宝玉身边那么久,都不识字,也没有这种求知的欲望,所以说香菱是令人感动的。

有关香菱的年龄,很多人说她是三岁被拐,实际这是不准确的。在《红楼梦》第一回里,书中开篇交代英莲三岁。说一日,炎夏永昼,是夏天。甄士隐抛书午倦,伏几少憩,梦见一僧一道且行且谈,论及灵河岸边三生石畔,有绛珠仙草一棵,因神瑛侍者日以甘露灌溉,才得以存活,随修成女体,腹中缠绵了一段情意。近日因神瑛侍者凡心偶炽,绛珠仙草也愿随其下凡,以泪还之,这就有了《红楼梦》的诞生,同时也为我们开启了一段千古伟大的爱情故事。神瑛侍者贾宝玉是也,绛珠草林黛玉也,我们从中可知,香菱三岁时,宝黛是没有出生的,香菱的年龄至少比宝玉大三岁,比黛玉大四岁。文中时间继续推移到八月十五,中秋节士隐宴请雨村,并助他进京。忽悠又到元宵佳节,这个"忽悠"也不知道忽悠了几年,但最少也是第二年了,霍启(祸起)抱着幼小的英莲看社火花灯,不幸把英莲丢失,也就是说,英莲丢时至少是四岁而不是三岁。书中第四回 葫芦僧乱判葫芦案,由雨村口中得知"闻得养至五岁被人拐去"与门子之话相符,应该是事实。拐子卖她那年她十二三岁,薛蟠十五岁,宝钗比薛蟠小两岁,香菱的年龄和宝钗差不多,应该稍大一些。因红楼里的年龄比较混乱,我们也不做深究,但读的人也不能凭臆想草率定论。

香菱貌美,有多美,书中没有正面描写,但我们可以从不同人的眼光中得知。《红楼梦》第七回,周瑞家的送宫花,就对金钏说:"倒好个模样儿,竟有些像咱们东府里蓉大奶奶的品格儿。"金钏也回说:"我也是这们说呢!"秦可卿号称红楼第一大美女,我们从此话中可以知道香菱的纤细袅娜和文静美好。脂砚斋在第四十八回也批:"细想香菱之为人也,根基不让迎探,容貌不让凤秦，端雅不让纨钗，风流不让湘黛，贤惠不让袭平，所惜者幼年罹难，命运乖蹇，致为侧室。且曾读书，不能与林湘辈并驰于海棠之社耳。然此一人岂可不入园哉。故欲令入园，终无可入之隙，筹划再三，欲令入园必呆兄远行后方可。"是说香菱这个人长得不比凤姐和秦可卿差，并且是个各个方面都很优秀的人。贾琏第一次遇见香菱也是眼馋肚饱的，大有羡慕之意。对凤姐说"生的好齐整模样。我疑惑咱家并无此人，说话时因问姨妈，谁知就是上京来买的那小丫头，名唤香菱的，竟与薛大傻子做了房里人，开了脸，越发出挑的标致了。那薛大傻子真玷辱了她。"仔细看"玷辱"二字，薛蟠实实是不配也。

香菱不美，拐子也不会把她拐出来养大，再卖个好价钱。冯渊是名乡宦，家境殷实，酷爱男风，最厌女色。但一见香菱就一改原意，并立马破价买下，应该是惊为天人，才能如此决绝。并说再也不近男色，也不续娶，唯香菱一人是也，并定下三日后正式迎娶，也足见重视。不能不说动了真心，同时也可知香菱之美好！这种美好不光是因为是容貌上的，想冯渊其人也该见过多少容貌俏丽之女子，香菱若是庸常之辈，他怎会动心。一个人除了容貌还应该有个气场，就是因为香菱那种恬静和纯洁深深地打动了他。

拐子人卖两家，薛家势大，冯家难以抗衡。但冯渊并没退却，竟亲自上门索要，结果搭上了小命。薛蟠初见香菱也是觉得相貌不俗。薛蟠是个最俗之人，但也知道人之好坏。可见美好的东西足可以打动任何人。他便在十五岁那年做下命案，惊动了金陵京城两地，使香菱在未进贾府之前，已是尽人皆知。假使香菱果能嫁于冯渊，也算不失为一个好的归宿，就像她自己说的"今日孽债已满了"，说不定还能找见自己的亲生父母。就因为半路杀出这么个程咬金来把她死拉硬扯地拖走了，她的命也只能是一薄再薄了。

我们再说香菱的品格。香菱是一个内心非常明净的人，所以书中多次叫她憨香菱、呆香菱，是说她像一碗清水，没有任何的心计和城府，看问题也单纯。实际上，我们每个人评价他人只是一个目光问题，香菱喜欢用自己的眼光去看待别人。当听到薛蟠订婚的消息后，这个处境将是最危险的人，反而是最高兴的。她巴不得夏金桂早一点过门，她好有个伴，卸去一半的责任，诗社也好多个才貌双全的姐妹。她以为她喜欢吟诗别人也喜欢，她以为她心有草木之情别人也有，只可惜事与愿违，夏金桂的出现，直接导致了她的死亡。倒是宝玉一直为其忧虑，反而遭到她的嗔怪。

薛蟠被柳湘莲暴打后，我们不见薛姨妈和宝钗咋样，倒是她先把眼睛哭肿了。这个丫头心太实，对阿呆兄那是真心实意的好，可惜薛蟠不知惜福。

另外，香菱一直是一个诗意的女孩。虽然她生活的天空一直是灰暗的，但她眼睛却一直都是纯净的。她丝毫没有因为生活环境的丑陋，而把自己的心灵挤压变形。她有一颗最为干净的心，像一颗露珠那样不染尘埃。《红楼梦》第八十回，夏金桂找茬要给她改名字，说谁闻到菱角花还有香味的。香菱道："不独菱角花，就连荷叶莲蓬，都是有一股清香的。但它那原不是花香可比，若静日静夜或清早半夜细领略了去，那一股香比是花儿都好闻呢。就连菱角、鸡头、苇叶、芦根得了风露，那一股清香，就令人心神爽快的。"这样的善感倒有点像宝玉，心灵干净得一点渣滓都不曾有，在她的眼里世间草木万物都是可爱的，都有着自己的清香和美好，这岂是夏金桂之流能比能知的！

她对黛玉说她读王维的诗："大漠孤烟直，长河落日圆。"就想起当年上京时的情景，说那日下晚，便湾住船，岸上又没有人，只有几棵树，远远的几家人家做晚饭，那个烟竟是碧青，连云直上。这就是香菱，她的眼睛始终是透明的，即便是在惊慌失措被买卖的途中，都充满了诗意和平静。

我们再说香菱的出身。香菱的父亲是甄士隐，甄士隐是一个性情恬淡，不以功名为念的隐士。每日种花修竹，吟诗弄月，是个神仙一流的人物。英莲被拐后，又遇火灾，投人不着，丈人半哄半赚，他也就逐渐落魄下来，最后看破红尘随疯道人出了家。实际上，曹雪芹在大兴衰前写了这么一段小枯荣，是一个帽子，也就是一个总纲。甄士隐家住姑苏城，金陵也，也就是十二钗的出生地。十里街，势利也。仁清巷，人情也。家傍是葫芦庙，糊涂也。丈人叫封肃，风俗也。作者活画出这个炎凉的世道。葫芦庙炸供，牵三带四，把一条街都烧了，实际就是说皇家内讧，把四大家族都牵连了，应了"一荣俱荣、一损俱损"这句话。甄士隐实际就是宝玉的化身，甄士隐的结局就是宝玉的结局。香菱原名甄英莲，真应怜也，真应该可怜的意思。她是整个红楼女子的一个总括，囊括了她们全部的命运，所以她的身上兼具了许多女性的美好气质。

我们读香菱，也就是读众女儿，她们都是从英莲开始，从一朵美丽的荷开始，一直到香菱"根并荷花一茎香"，最后到秋菱"平生遭际实堪伤"，哀婉之叹。"致使香魂返故乡"，也就彻底凋零了。但那份纯洁和美好依在，那份感动和温暖依在。就让我们记住吧！记住这群可爱的女子，她们曾来过这个美丽的人世间，并且干干净净地活着过。

第八篇　得东风渐入金屋　获谗言夭归黄土——说袭晴

袭人和晴雯是整部红楼里，着墨最多、名号最响的两个丫头，风头盖过元、迎、惜三位小姐。他们隶属怡红，性格迥异，命运背驰。曹侯一直把她们对着写：一慧中，一秀外；一温和，一锋芒；一渐入金屋，一夭归黄土。在她们身上我们能看到不同的处事风格，不同的人生取向，不同的人性光芒。她们虽为奴婢，却是宝玉一生中非常重要的两个人物，她们都陪侍过宝玉的外床，宝玉夜里呼过袭人，也唤过晴雯，大有婴儿恋母、乳燕寻巢之态。

袭人是买进府的丫头，妈妈健在，哥哥花自芳现居京城。她自小伺候贾母，本名珍珠，是贾母的八大丫头之一。服侍宝玉后改为袭人，取花气袭人知昼暖之意。晴雯是赖大家买进府的一个小丫头，无父无母，不知姓氏名谁，家住何方。因聪明可爱，标致伶俐，贾母喜欢，赖家便孝敬了贾母，贾母后来又予了宝玉，成了宝玉的大丫头。

贾府在用人上有着很严格的等级制度。贾母有八个一两的大丫头，王夫人减半有四个一两的，赵姨娘有两个一吊的。丫头也是一级管一级，大丫头并不指年龄之大，而往往是资格之老，月例之高；小丫头也不是指年龄之小，而是指离主人之遥，月例之少。宝玉用丫头的标准和贾环是一样的，并无正庶之分。他们的大丫头最高分例是一吊，小丫头是五百钱。宝玉因贾母宠爱，就把自己的大丫头袭人借给宝玉用，袭人的月例是一两银子，还在贾母那边账上拿，因此袭人还算贾母的人。

宝玉有七个大丫头，八个小丫头，加袭人是十六个丫头。袭人因资格最老，待遇最高可算是领班。大丫头一般是管小丫头的，主人往往不插手。大丫头在屋里干些端茶倒水的细事，小丫头在外面做些担水扫地的粗活。因此有的小丫头，宝玉是不认识或不熟悉的，像小红、四儿都是宝玉身边无人时才得以近身，以至招嫉。

袭人是宝玉的贴身丫鬟，在丫鬟里面身份尊贵。宝玉的饮食起居都由她照顾，她年龄比宝玉长两岁，虽名为丫鬟实有姐姐和母亲之仪。宝玉心里对其相当依赖，往往回家先问"你袭人姐姐呢？"我们从留酥酪、私访花家这两件事就可以看出，他们两人感情之深厚、关系之亲洽。

宝玉在未进大观园前，是和贾母同住的。那时最多不超过十三岁，就已和花袭人偷试了云雨情，待袭人比别人自是不同。通部红楼（前80回）看去，明写和宝玉有肌肤之亲的女性只此一人。性爱对宝玉来说是人生中的一件大事。第六回，宝玉梦中遗精，属正常的生理现象，被袭人穿衣时发现，问了许多话。宝玉便把梦中之事含羞告之，两人随即偷试了一番。这里有一句话："袭人素知贾母已将自己与了宝玉的，今便如此，亦不为越礼。"实际上，这是开脱之词，只是袭人自己心中私度。后面第七十八回晴雯被逐，王夫人欺瞒贾母谎称其懒惰多病，患了女儿痨。有贾母口中真正说出的一段话："晴雯那丫头我看她甚好，怎么就这样起来。我的意思这些丫头的模样爽利言谈针线多不及她，将来只她还可以给宝玉使唤得，谁知变了。"可见贾母是有意把晴雯留给宝玉，袭人只不过是近水楼台先得月。红楼的高明之处就在于云深雾罩中伏有万千丘壑，读者自思之。

袭人好强，素有争胜夸耀之心，做人做事目的明确，一心想留在宝玉身边，一步一步往上走。脂砚也说过，袭人是好强所误。她的人生轨迹亦如她所愿，我们看到八十回时，她已是半个姨娘。什么是半个姨娘？就是还没成为真正的姨娘。正式的姨娘要像赵姨娘那样，处于半主半仆之间，名正言顺，自己也有丫鬟侍候，分例在公账上领。袭人是在第三十六回，被王夫人看重，从自己的二十两月例里拿二两银子一吊钱给袭人，把她的待遇提高到老姨娘的水平，独瞒贾政。贾母也是在第七十七回晴雯被逐才得以知道，也就是渐入金屋，离姨娘还有一步之遥。王夫人说过，先浑着，过两三年再说，也就还有个缓冲考验的阶段。后来，赵姨娘想向贾政为贾环讨彩云做妾，贾政说不急，他已看上两个，一个给宝玉，一个给环儿。赵姨娘告之宝玉已经有两年了，可见两年之后，袭人还没有当上正式的姨娘。此书我们无缘看到八十回后的情节，脂砚斋说过，不见后三十回，便不知红楼之妙。我们现在虽阅断臂，仍觉精彩万分，可见前八十回的情节都不会是浮文涨墨，废节赘章，实是草蛇灰线，伏脉千里。花袭人武陵别景，桃红又一春，具体原因不得而知。她在薄命册里她位居又副册，与晴雯平等，贾府没落，宝玉没死，可见还没有成为真正的妾，否则不会别嫁。真正的妾是麝月，一直荼靡花谢，患难与共。

在红楼里，丫头分三种。一是外来户，就是自小买进府的，像袭人；二是本地户，世代为仆的，像鸳鸯、彩云、金钏、司棋、小红；三是别人送的，像晴雯。每一个丫头都是从小丫头做起，然后晋升为大丫头，到了一定年龄就指配小厮为婚。个别受宠的，主人开恩放出去自己择夫。当然最好的结果就是留下来做妾，待有机会再扶正，就像平儿，但这样的例子极少。一个人能从小丫头、大丫头、妾、夫人这样一路升上去很不容易，不仅要有品有貌，还要有能力、智慧、心计等。像赵姨娘能一直做到妾，深受贾政的喜爱，我们也不可小觑。

袭人是因少时家贫被卖入贾府的，在府中毫无背景，全凭一己之力而深得贾母的信任，王夫人的器重，宝玉的喜欢，是相当不简单的。

关于袭人的容貌，文中没有具体的描写。只是二十六回，由贾芸眼中看出她细挑身材，容长脸面。后文中薛姨妈说过："模样儿自然不用说的，她的那一种行事大方，说话见人和气里头带着刚硬要强，这个实在难得。"可见袭人长得还算不错。云雨情一回说宝玉素喜她娇媚，李奶母也说袭人一天到晚装狐媚子哄宝玉，可知袭人还是娇俏动人、温柔可爱的，否则宝玉也不会喜欢。

袭人是个实干家，以贤惠著称。她言语不多，行事内心有数，做事用心，尽职尽责，是公认的大善之人，也因此贾母把她给了宝玉。《红楼梦》第三十六回，宝钗去怡红院寻宝玉谈讲以解午倦，一路行来鸦雀无声，外间丫鬟横七竖八都在睡觉。独有袭人坐在宝玉身旁，手里绣着鸳鸯兜肚，旁边放着一柄白犀麈。袭人告诉宝钗是防花心里的小虫子从纱眼钻进来，趁宝玉熟睡夹一口，很疼。此节袭人牺牲午睡，独自看护宝玉大有慈母之风。第六十四回，贾敬殡天，宝玉在宁府穿孝，趁客稀回家探视黛玉。先回至怡红院，看老妈子小丫头在回廊卧睡乘凉；晴雯芳官麝月在屋内抓子儿赢瓜子儿呢。独袭人一人在里间打结，也就是做针线活。要知道，那是七月半，很热。宝玉怕她热坏了道："这么长天，你也该歇息歇息，或和他们玩笑，要不，瞧瞧林妹妹去也好。怪热的，打这个哪里使？"袭人回说："你现在带的这个青色扇套是东府荣大奶奶去世时那年做的。"也就是可卿死的那年,青色是指丧事才用。"现在天天带着,让老太太,太太看见说我们不经心,我就赶着做一个换下来。"曹侯信手写来,见缝插针,这样的例子随处可见。以上两处就可窥一斑,说明袭人在宝玉身上事事留心,处处在意,想别人想不到之想,做别人不愿做之事,这是袭人的长处。

另外,袭人还是个息事宁人之人,遇事一般大事化小,小事化了。第十九回,元春赐出糖蒸酥酪,宝玉见袭人上次爱吃就给她留下,没想到被李奶母赌气吃尽。宝玉闻之刚要动气,被袭人拦下,谎称自己现已不爱吃酪,只想吃风干栗子,让宝玉替她剥,将事情混过。这些都是描画袭人的正文,一丝不乱。枫露茶事件也是如出一辙,宝玉早起沏好的枫露茶要两三道才出色,等晚上回来喝时,已被李奶母喝了。宝玉逞醉,迁怒茜雪,摔了茶盅。贾母听见吵闹,遥问何事,袭人回说是下雪脚滑自己失手跌破,把事情压下,此事也见袭人之识大体、顾大局。

但我们细读就会发现曹侯写文绵里藏针,柔里带刀。茜雪,红色的雪,冤枉也!茜雪是宝玉的大丫鬟,此事过后随即消失,后由李奶母口中得之被逐。脂砚也有评,说狱神庙方是茜雪正文,可惜我们无缘看到。茜雪被逐到底是被谁所逐,不得而知。宝玉口口声声撵的是奶母,可走的却是茜雪。奶母本已告老,年迈功高,小儿无知,要撵乳母本是笑谈。茜雪无罪,"逐"字确凿,不可能自己要走,宝玉也无权处决。可见贾母最后还是知其首尾,但袭人好人坐定,里面内幕,就不妄测。

晴雯是整个红楼里最出众的丫头,貌美性慧,堪称丫鬟里的全才,样样都行。贾母说所有的丫头模样言谈爽利针线多不及她,绝不是虚言,可做定评。

晴雯貌美,书中多处反复渲染,用墨之多大有盖过黛玉之势。由宝玉之口:"虽然她生得比人强,也没甚妨碍去处。就是她的性情爽利,口角锋芒些,究竟也不曾得罪你们。想是她过于生得好了,反被这好所误。"可见晴雯是因貌美招嫉。由袭人口中:"太太只嫌她生的太好了,未免轻佻些。在太太是深知这样美人似的人必不安静,所以恨嫌她,像我们这粗粗笨笨的倒好。"可见袭人不得不承认晴雯长相在自己之上。由王夫人口中:"上次我们跟了老太太进园逛去，有一个水蛇腰，削肩膀，眉眼又有些像你林妹妹的。"美人无肩，玲珑曼妙，由王夫人眼中画出。下人王善宝家进谗："一个宝玉屋里的晴雯，那丫头仗着她生的模样儿比别人标致些。又生了一张巧嘴，天天打扮得像个西施的样子，在人跟前能说惯道，掐尖要强。"七十四回王夫人动了雷霆之怒，亲自教训晴雯："好个美人！真像个病西施了。你天天作这轻狂样儿给谁看？你干的事，打量我不知道呢！我且放着你，自然明儿揭你的皮！"可见晴雯是公认的美人胚子，即便生病不饰打扮亦有春睡捧心之风。从贾母到下人不管是喜欢她的还是不喜欢她的人，都不得不承认晴雯之美，晴卿堪称绝色。

晴雯还是红楼丫头里最聪慧的女孩，心灵手巧。人叹黛玉冰雪是一肚子的文章，人赞晴雯那是手工天下无双。别说在丫头群里，就是在小姐堆里，以至整个京城，包括所有的织补匠人在内多不及她。可惜晴雯受冤，无数阅书者为之一大哭。第五十二回，勇晴雯病补雀金裘，其光芒胜过袭人数倍。雀金裘系哦啰斯（俄罗斯）国进贡而来，用孔雀毛拈了线织的一件非常珍贵的衣服。宝玉吃酒，第一天就烧了一个指顶大的洞。第二天是正日子还要穿，又怕老太太、太太知道。麝月偷偷地包了出去，访遍了京城所有裁缝绣匠并作女工者，无一人敢揽，家中之人也无有一人会界线之法。此时，晴雯重病卧床，身如火炭，脸烧飞红，心下怕宝玉着急，还是挣扎着熬夜补完，使之复原如初。此节可见晴雯手工之精、心智之聪。后晴雯死一回，宝玉心下烦乱脱下外衣，露出里面血点子似的红裤子也是晴雯的手工，可见说晴雯懒惰是天大的冤枉。晴雯实是不争名、不夺利、不献媚、平日不出头的耿直之人。

再说晴雯的品质。晴雯最高贵的地方就是她的正直，第五十二回可以看作是晴雯的正传，除补裘外还有坠儿偷镯一事。平儿在烤鹿肉时，褪下的虾须金镯被宝玉的丫鬟坠儿盗去，宋妈发现后送回，平儿将此事瞒下。盗贼出自怡红，宝玉、袭人的面子很不好看，可知平日宝玉待人之宽，袭人用人不善，让赵姨娘那边称怨。晴雯闻之气得蛾眉倒蹙，凤眼圆睁，当时就想叫坠儿，被宝玉压住。第二天，晴雯之病加重，唤坠儿近前，抓住她的手，拿一丈青乱戳骂道："要这爪子作什么？拈不得针，拿不动线，只会偷嘴吃。眼皮子又浅，爪子又轻，打嘴现世的，不如戳烂了！"此处虽写坠儿，实写晴雯手脚之干净，眼界之宽广，性如暴炭，爱憎分明。但也反映出她过于露锋芒，虑事不周，对小丫头下手之狠。此事她本可以不管，待袭人回来处置，可又偏偏喜欢在这种事上出头，白白为自己结怨，这是晴雯的短处。

晴雯的正直，最主要体现在她和宝玉的关系上。晴雯虽貌美，但洁身自爱，内心通透，是一个玻璃体水晶心、表里如一的人。她对宝玉没任何非分之想，眼中也进不得沙子，很瞧不起袭人同宝玉那种偷偷摸摸的关系，为此多次和袭人发生口角。我们不可浅薄地认为晴雯是嫉妒，晴雯实是不屑。袭人和宝玉之事大家都心知肚明，包括外面的人皆晓得。第二十八回冯紫英请客，蒋玉菡拿"花气袭人知昼暖"这句诗作酒令，薛蟠就说该打，说冒犯了宝玉的宝贝，妓女云儿详解。可见袭人名声早就在外，可偏偏晴雯喜欢揭老底，为自己招祸。

十三回，晴雯虽恃宠而骄，但更显其自尊自爱的一面。宝玉让晴雯和他一起洗澡，晴雯摇手笑道："罢，罢，我不敢惹爷。还记得碧痕打发你洗澡，足有两三个时辰，也不知道做什么呢。我们也不好进去的。后来洗完了，进去瞧瞧，地下的水淹着床腿，连席子上都汪着水，也不知是怎么洗了，笑了几天。我也没那工夫收拾，也不用同我洗去。"我们先不论宝玉和碧痕何事，只看晴雯本色纯净，并无勾引宝玉之心。晴雯还陪侍过在宝玉的外床，虽同榻，但无染。晴雯想要与宝玉亲密的机会很多，但每每表现的都是一派纯洁天真的小女儿之态，这是晴雯的可贵可敬之处。而金钏是王夫人的大丫头，离宝玉虽遥，但每次相见都极尽挑逗。

晴雯被逐是一大冤案，罪名就是勾引宝玉。王夫人亲自出马，整肃了怡红，清除了晴雯、芳官、四儿等。炮制者是王夫人，至于真正的黑手是谁，成为千古谜案。书中正写的是王善宝家，王善宝家是邢夫人的陪房，不是王夫人这边的人，各归各家。她的话只能做参考，王夫人不会昏庸到凭她一句话，就要了晴雯的小命。且看书中原话："王善保家的去趁势告倒了晴雯，本处有人和园中不睦的，也就随机趁便下了些话。"可见除了王善宝家还有王夫人跟前的人，这是明写。还有"二则因竟有人指宝玉为由，说他大了，已解人事，都由屋里的丫头们不长进教习坏了。"这句话就说得比较隐晦。脂批："暗伏一段。"更觉烟迷雾罩之中更有无限溪山矣。无独有偶，第三十四回袭人对王夫人说："如今二爷也大了，里头姑娘们也大了，况且林姑娘宝姑娘又是两姨姑表姊妹，虽说是姊妹们，到底是男女之分，日夜一处起坐不方便，由不得叫人悬心。"这里捎带宝钗，实指黛玉，袭人以小人之心度君子之腹。紧接着，第三十六回就加薪提例，成了半个姨娘，由贾母之人变成了王夫人的心腹。

王夫人训四儿："打谅我隔得远，都不知道呢。可知道我身子虽不大来，我的心耳神意时时都在这里。"可见内奸出自怡红，平日玩笑之话，尽数落入王夫人耳中。查抄这样大的事，王夫人岂有不调查了解之理。袭人是王夫人提拔重用的，王夫人焉有不问，这件事与袭人有着不可推脱的干系。

晴雯走后，宝玉大哭："怎么人人的不是太太都知道，单不挑出你和麝月秋纹来？"袭人听了这话，心内一动，低头半日，无可回答，因便笑道："正是呢。若论我们也有玩笑不留心的孟浪去处，怎么太太竟忘了？想是还有别的事，等完了再发放我们，也未可知。"宝玉笑道："你是头一个出了名的至善至贤之人，他两个又是你教育的，焉得还有孟浪该罚之处！只是晴雯也是和你一样，从小儿在老太太屋里过来的，虽然她生得比人强，也没甚妨碍去处。"看宝玉这一大段话，大有疑袭人之意，不仅他疑，读者更疑，所以晚清骂袭人之文铺天盖地。曹侯在这从正反两面写出了人性的诡异复杂。

宝玉说晴雯即便"生的比人强些"，也"没甚妨碍去处"。这只是宝玉作为男人一己之见，只能说他不大解女人的心思。宝玉自小喜欢在丫鬟堆里混，又喜欢在丫鬟身上用心，他希望这些美好的青春女性能陪着他老，陪到他死。识分定回，遭到龄官的厌弃，才知各人有各人的缘法，弱水三千也终须取一瓢饮，属于自己的能陪自己走的就那么两三个人。他平日对丫鬟呵护有加说话随意，从不摆主子的谱。丫鬟也喜欢同他嬉笑玩耍，但并无过格之处，真正和他有亲密关系的只有袭人一人。宝玉不像孙绍祖那样丫头淫遍，也不像贾蓉那样恶心不堪。袭人、晴雯更是他心头看重之人，他希望和她能和睦相处，然事与愿违。

但作为女人，心胸狭窄者不在少数，卧榻之旁岂容她人鼾睡。尤其像袭人这样好强，一心想往上爬的人，肯定要扫清障碍，晴雯无疑就是头号劲敌。王夫人对贾母说过"老太太挑中的人原不错，只是他命里没造化，所以得了这个病。俗语又说：'女大十八变。'况且有本事的人，未免就有些调歪，老太太还有什么不曾经历过的。三年前，我也就留心这件事，先只取中了他。我留心看了去，他色色比人强，只是不大沉重。知大体，莫若袭人第一。"等。可见贾母为宝玉挑的妾原是晴雯。贾母也对王夫人说"袭人本来从小儿不言不语，我只说是没嘴的葫芦。既是你深知，岂有大错误的。"可见，当初贾母把袭人给宝玉只是想让他尽心照顾宝玉，就像原来把她给湘云，把紫鹃给黛玉一样，并不是作为妾的人选。怎奈袭人棋高一着，已与宝玉好上，木已成舟，不齿之事是她做出，被赶的却是晴雯，这就是袭人的本事。晴雯倒是个磊落之人，她的嫂子灯姑娘后来也说："谁知你两个竟还是各不相扰，可知天下委屈事也不少，如今我反后悔错怪了你们。"袭人加例，晴雯被逐，王夫人都是先斩后奏，事已至此，贾母也就不便再多说什么。

再看晴雯与袭人的关系，晴袭有几次短兵相接，为此现在的晴粉和袭粉一直吵闹不休。这里暂且不论。袭人为长，年龄稍大，如果不能正式留下，也会很快的像彩云那样放出，但晴雯还会有机会。袭人虽贤惠肯干，但也自居位高，经常"我们，我们的"把自己和宝玉划为一体。或说"我一时不到就有事故"这样的话，把自己看得蛮重。实际上，地球离了谁都能转，袭人奔丧月余，怡红院一切照旧。雀金裘也补了，该发落的也发落了。晴雯平日在主子面前是不出头的，知道王夫人心性极左不喜欢她这样伶俐的人，另外也是因袭人一直在她的上面，作者也说她是使力不使心之人。她的缺处就是嘴巴太锋利了，不饶人，尤其听不惯袭人以"我们"自居。《红楼梦》第三十一回，袭人还没加例，看晴雯的话："我倒不知道你们是谁，别叫我替你们害臊了！便是你们鬼鬼祟祟干的那事儿，也瞒不过我去，那里就称起'我们'来了。明公正道，连个姑娘还没挣上去呢，也不过和我似的，那里就称上'我们'了！"袭人羞愧无语，知道是自己把话说造次了。姑娘就是指通房丫头，还不是妾，像平儿就是平姑娘。姑娘虽可以和男主人亲密，但要女主人同意，在女主人眼皮子底下才行。妾就不同，规格要高些，另作一房。作为丫鬟是不可以和男主人私通的，所以才叫鬼鬼祟祟。晴雯揭短，袭人嘴上虽不说什么，心里不见得不怨恨着恼，有晴雯这样伶牙俐齿的人在旁边，的确扎心。

　　一个台湾的著名演员反串宝玉，记者问她在红楼里最喜欢和不喜欢谁。她说最不喜欢的是黛玉，最烦她一天哭哭啼啼；最喜欢的是晴雯，说她快人快语。她不喜欢黛玉那是她对红楼无知，不知道"袭为钗副，晴为黛影。"不知道黛玉本为还泪而来，不知道黛玉的自然美好和充满诗意的生活。她喜欢晴雯，恰恰喜欢了晴雯的缺点。实际上，锋芒也是一个人无知和年少的表现，理解是涵养，包容是心胸，随着年龄的增长就会知道良言春暖，恶语伤人这样的道理。晴雯那时还小，仗着贾母喜欢她，自己样样都好，又没做亏心事，就任意洒落。喜欢凭性格处事，没想到最后被逐。她死前对宝玉有一句话："早知如此，我当日也另有个道理。不料痴心傻意，只说大家横竖是在一处。不想凭空里生出这一节话来，有冤无处诉。"说毕又哭。可见她是过分自信，没料到会有人背后下药。

　　再说袭人，作者一鼻两喉，明褒暗贬。李奶母骂袭人："忘了本的小娼妇，一天装狐媚子哄宝玉。"你能说作者是心血来潮胡乱一笔吗？你能说李奶母是因嫉妒骂袭人吗？曹雪芹塑造一个人时，连灵带肉，连皮带骨，用不同人的眼光剥给你看。再看第三十七回，众人听了都笑道："骂的巧，可不是给了那西洋花点子哈巴儿了。"袭人笑道："你们这起烂了嘴的！得了空就拿我取笑打牙儿。一个个不知怎么死呢。"可见袭人虽不多言，但心思点子极多，后来说这些话的丫鬟恐怕都不知是怎样死的，她都会借王夫人之手一一清除，肯定也在被逐之列。再看宝玉，宝玉从来没打过人，头一次出手就是袭人，虽是误打，相信作者也不会浪费纸墨，做无用之功。这一脚实是作者替晴雯踢的，虽是手心手背都是肉，但宝玉内心明净，要不也不会做那篇《芙蓉女儿诔》。书中也讲到去了宝玉心头第一等人，袭人也说人是去了，只怕名字是去不了的。

　　袭为钗副，晴为黛影。在晴雯身上我们能看到许多黛玉的影子，比如风流灵巧，比如高洁自然。另外，黛玉也是贾母想给宝玉的，却无果死去。金玉之说做成，也是由于王夫人的推动，简直异曲同工。那晴雯能不能和黛玉相比那？回答肯定是不能的。这并不是因为小姐丫鬟、主子奴才之别，而是修养教育，心灵层次的不同。像叉着腰骂小丫头这样的事，黛玉是做不出来的，但如果晴雯能受到良好的教育和熏陶，凭她的聪慧就是黛玉第二。

袭人的结局是嫁给了蒋玉菡。蒋玉菡是宝玉的朋友，红楼四侠之一，是忠顺王和北静王争夺的一个戏子。三十三回宝玉挨打，一大半原因就是因为他。琪官在城外紫檀堡有自己购置的房舍，还有一两处铺子，袭人嫁他，以后生活应该还是很殷实的。有人看到有的古本说花袭人有始有终，最后和蒋玉菡一起供奉宝玉。另说，宝玉屡往告贷，蒋玉菡厌弃驱撵，被袭人呵斥，应该都不是事实。张爱玲考证也均为续书。那么宝玉没死，袭人为何嫁人？无非两点，一是妾身不明，大了作为丫鬟放出，碰巧嫁给了蒋玉菡；二是家败，怒其不争，离开了宝玉。脂批说袭人走时留话："好歹留着麝月"又像不是她自己愿意走的，云山雾罩不做深究。但袭人对宝玉说过，你若做了强盗，难道我还跟了你去不成！若是晴雯又该做何想？这些问题都成了疑案。

曹雪芹经历了大起大落复杂多变的人生，许多细节看似信手拈来，实是刀刀见血，字字封喉。深知人性往往在最关键的时候才能淋漓表现，虽写得模糊，自有他的道理。红楼众说不一，但有一点，我们看事情要全面客观，轻表重质。本是千红一窟，万艳同悲，袭人和晴雯，一渐入金屋，一夭归黄土。我们与其感叹纠结她们迥异的命运、错对的根由，倒不如把她们作为有血肉、有灵魂的两个平常人。

第九篇 一失足成千古恨 再回头已百年身——说二尤

二尤在红楼里是两个比较特殊的人物,与大观园里的姐妹们截然不同,是两个世界里的人。她们既不是贵族小姐,也不是小家碧玉,既没有受过良好的教育,亦没有真实的姓名。尤也只取尤物之意,她们本身也不姓尤,是贾珍之妻尤氏的继母带过来的两个妹妹,属寒门之女。她们幼年丧父,命运坎坷,随母再嫁,继父去世后,生活日趋艰难,赖姐夫接济度日。

曹雪芹为我们塑造了这样两个不同层次,不同身份的女孩,就是为我们打开了一面人性复杂的窗户,让我们看到在那个时代,不同出身,不同环境,不同性格的女性,从生到死,短暂而又鲜活,甚至是心酸和无奈的一生。

二尤貌美,不是普通的标致,堪称绝色。绝色二字出自阅人无数的宝玉之口,应当之无愧。三姐的面容身段和黛玉差不多,二姐也是雪做肤花为肚,极美!也因之她们才和豪门扯上关系。

有些人说这两个姐妹的出场很是突兀,从第六十三回露面到第七十回结束,像是硬插进去的,可以单独剥离。张爱玲也说是旧有的《风月宝鉴》里的故事,有一定的道理,但本人并不完全苟同。尤二的出现,更能彰显王熙凤性格的多面性,使王熙凤的形象更加丰满,也是导致贾琏最后为何休妻的重要原因。尤二死后,贾琏曾发狠道:"等哪天对出,定要报仇。"张华没死,将来事败,贾琏因凤姐断了他的血祠,沦为贾府罪人,才得以被休,不可简单地认为是为二姐报仇。

二尤的出现并不孤立,因为柳湘莲早已出场。柳湘莲是红楼四侠之一,是宝玉至交,他的结局与尤三姐息息相关。

二尤虽在第六十三回才登场,但前面已伏下许多情节。很多影视剧、戏曲,还有专家讲评都道尤氏母女是投奔宁府后才羊入虎口。另说是因贾敬去世,尤老娘带过来看家,才遭受群狼欺凌,这是不准确的。

我们看书要忠于原著,忠于曹雪芹的脂评八十回本,而不是程伟元和高鄂删改的通行本。曹雪芹无意把尤二尤三写成贞洁烈女，也无意写什么反权贵反封建那一套，他只想写人性。写人性从无知到堕落，从觉醒到绝望，这一变化过程。写人无非就是环境的产物，用三寸柔毫做刀把血淋淋的事实剥给你看，把鲜艳美丽毁给你看。

再看书中情节，贾敬去世，正赶上朝中老太妃殡天。贾珍、贾蓉随祭送灵，不在府中。尤氏独艳理丧，停柩铁槛寺，因家中无人，让其继母前来看家。继母因不放心自己的两个女儿单独起居，就一并带了过来。贾珍途中得报两个姨妹也来了，连道几声"甚妥！"贾蓉对贾珍"一笑"，然后父子快马加鞭，星夜兼程。曹雪芹这里写得很露骨，快马加鞭原是为了两个姨妹子，并不为父。贾蓉"一笑"可见猫腻，父子苟且之事心照不宣。贾蓉回来后对尤老娘有这样一句话："好歹求你老人家事完了再去。"可见尤老娘母女那时是有自己家的，并没寄居在贾府，所以不存在投奔一说。

贾珍回来，一直忙于丧事，把棺椁移至府内后，这期间少有闲暇就去和"两个姨妹子厮混"。这是文中原话。其中还有一段关于贾蓉和两个姨娘打闹的不堪描写，如把尤二姐吐在他脸上的砂仁渣滓都舔着吃了，滚到二姐怀里，尤三姐也上来撕嘴等。都能看到他们之间的关系不分长幼贵贱，嬉闹一团，彼此熟悉随便，毫无牵强之意。

这时，又有一个人加入，就是贾琏。"他素闻二尤之名，况知与贾珍贾蓉等素有聚麀之诮，因而乘机百般撩拨，三姐只是淡淡相对，二姐却也有意，眉目传情，只是人多未曾下手，又怕贾珍吃醋……"聚麀，是指两个公兽同一个母兽。由此可见，贾珍贾蓉与尤家姐妹有染是铁定的事实，不是从贾敬之死开始，而是在很早以前就发生了，并看不出任何强迫的迹象。再看书中道："二姐本是水性的人……"这是曹雪芹为尤二姐下的定评。

贾蓉看出贾琏之意，就撺掇贾琏偷取二姨为妾。文中讲道："却不知贾蓉亦非好意，素日因同他姨娘有情，只因贾珍在内，不能畅意。如今若是贾琏娶了，少不得在外居住，趁贾琏不在时，好去鬼混之意。"可见，贾蓉贾琏各怀鬼胎。这里的"姨娘",也没单指二姐,戚本和全抄本作"两个姨娘"。

再看贾蓉如何向尤老娘讲:"目今凤姐身子有病,已是不能好的了,过一年半载,只等凤姐一死,便接了二姨进去做正室。"这无疑下了很大一个诱饵,给二姐描绘了一幅很美好的前景。实际上,这是欺人之说,想让凤姐死,还没那么容易!

二姐也十分愿意,贾珍"想了想"也就同意了。这里"想了想"大有深意。在此可见,二姐是贾珍长期包占的附属,没他的点头,贾琏是娶不成的。与其说贾琏相娶,倒不如说是贾珍拱手相让。

紧接着就是贾琏、尤二姐快速完婚,这时贾珍贾蓉重孝在身,没过百天,还在城外铁槛寺守孝。

读到这里,我们可以完全确定尤二姐和贾珍贾蓉有染在先,尤三姐写得稍微暧昧,但也不干净。

关于尤三姐的失贞,也是红学界争论的一大焦点。通行本一再为之洗刷,删掉了许多淫秽之词,并多处篡改,以烈女形象面世,我们可以姑且不论。就是脂本也因读者对红楼的理解不同,对人物的偏爱而产生分歧。很多红学家就坚称尤三姐始终冰清玉洁,只是和贾珍贾琏需与委托,做出淫情浪态而已,没有实际上的肌肤之滥,是古代与现代对淫的描写尺度不同而已。

实际上,红楼是一部非常开放的书,书中描绘的情爱故事,至少比20世纪六七十年代还要前卫。秦可卿与公公爬灰;尤二姐与兄弟父子三人聚麀;茗烟和东府的小丫头偷情;秦钟和智能儿密会;司棋和表弟潘又安入巷等,这些与当今社会已是五十步不笑一百步,但曹雪芹都没用一个淫字。至于"意淫"一说,也只是针对宝玉,而非贾珍贾蓉之流,两者之间有着本质的区别。宝玉曾为香菱(薛蟠之妾)换过裙子,为平儿(贾琏之妾)理过妆,同配佩凤、偕鸳(贾珍之妾)玩过秋千,但都没非分之想,用的全是体贴功夫。晴雯一节,灯姑娘说他:"竟是没药信的炮仗……倒比我还发讪怕羞……"这是宝玉真实的写照。但贾琏贾珍贾蓉是专在女人身上做功夫的,薛蟠再好色,都自愧不如。逢五鬼回，贾珍进园，薛蟠恨不得把香菱藏起来，又怕被宝钗看了去，这里拿意淫与三姐之淫相提并论不妥。

我们看书不能掩耳盗铃，也不能凭自己的喜好，就把一个人说得很完美或很糟糕，更不能歪曲作者的真实意图。曹雪芹给我们描绘了在复杂环境里，一个人人格的分裂及其价值观、人生观的形成和取向，往往是海立云垂，石破天惊，横山断水，别开生面，大翻大转，大彻大悟也。

对尤三姐，早期脂本六十五回就有评述，回目就是：膏粱子惧内偷娶妾，淫奔女改行自择夫。淫奔女指三姐，改行又做何讲？且看尤三姐的一段话："你们兄弟仗着有几个臭钱，把我们姐俩当粉头……"也算是锥心刺骨，字字是泪。粉头，妓女也！ 尤老娘曾对贾琏说："我们家里自从先夫去世，家计也着实艰难了，全亏了这里姑爷帮助。"这就涉及了一个"钱"字。尤家姐妹同贾府没任何血缘上的关系，有的只是如花似玉的美貌。贾珍也没义务帮衬她们，就是帮助也是别有所图。所谓吃人嘴短，拿人手软，两个姨妹子跟了姐夫就成了水到渠成的事。贾珍是当朝三品，威烈将军，成功人士，年龄也不会太大，贾母说他和尤氏是年轻夫妻，这样的豪门也是极具诱惑力的。当时肯定不会是出于勉强，可能还幻想着贾珍能娶，或怀有感恩之心。要是那时就把刀架在脖子上，或不花他一文，谅贾珍也不敢造次，但又和贾蓉苟且，就未免有点太滥。

实际在任何一个社会，人性的取舍都是双向的，就是交换。情与情的交换；人与钱的交换；钱与权的交换；权与权的交换。一部红楼也逃不掉这些，宝黛之情是情情相惜，弄权铁槛寺是权钱交易，石呆子案是权权相契，尤家姐妹是典型的人钱之易。这就又涉及两个字——诓骗。尤三姐就厉声骂过："爷儿三个诓骗了她寡妇孤女""姐姐我们冰清的人被他们玷污了去"等。因年幼不知深浅误入泥潭，情有可原，但还是贪字在先，所以自古说，"富养女，穷养儿"是有道理的。世界上本没有免费的午餐，钱不在于香臭，要看是不是自己的。那贾珍父子虽因二尤年幼得逞，但岂能骗得过尤老娘。尤老娘先后嫁过两任丈夫，久经世面，有何不知，说白了就是你情我愿，用两个女儿的姿色换取安逸富足的生活，推女儿下火坑，无耻至极。

我们再往下看，二姐婚后与贾琏非常恩爱，旧事不提，定好凤姐一死，孩子一生，就进府扶正。

一日，贾珍在铁槛寺做完佛事，因两个月没见其姨妹分外想念，趁贾琏不在，前来鬼混。四人喝酒，关起门来本是一家人，原无避讳。席间，尤二姐推说害怕，要她母亲陪她到外面走一走，尤老娘"会意"。到这里，二姐和尤老娘的无耻就正式上来了。尤二已嫁人，想好好过日子，再和贾珍鬼混，怕被贾琏撞见不雅，就特意留下空间给妹妹和贾珍。"两个人也就挨肩擦脸，百般轻薄起来。小丫头子们看不过，也都躲了出去，凭他两个自在取乐，不知作些什么勾当。"这时，并不见尤三姐情绪上的任何变化。

贾琏回来，装作不知，但二马同槽相闹，二姐看混不过，就道出实情。贾琏就要破了这个规矩，也就是撕掉这块遮羞布，把原本很尴尬的事，明朗化、公开化。就有了贾琏和贾珍的一番极为恶心"谦让有礼"的对话。这就让尤三姐心中的怨气像火山般地爆发了，就有了闹宴。"你不用和我花马吊嘴的，清水下杂面，你吃我看见……"破的什么例，就是贾琏也要加入进来，绝不是像有些人说的，贾琏想让贾珍纳三姐为妾。尤三姐为何一反常态，因为她彻底看清了他们的嘴脸，都是衣冠禽兽，就是拿她们姐妹做粉头，做玩物。"将姐姐请来，要乐咱们四个一处同乐。俗语说'便宜不过当家'，他们是弟兄，咱们是姊妹，又不是外人，只管上来。"尤三姐不是想用这种手段镇住谁，也不是想用这种方式加以周旋，她是真实地批驳，感情自然地流露，应该是悔恨夹杂着屈辱的泪水在肚子里翻江倒海。略伸手试下"连一句响亮的话都没有，只不过是酒色二字。""响亮的话"，就是兄弟二人连一句肯担当负责的话都没有，无半点真心。六十五回蒙回后总评：房内兄弟聚麀，棚内两马相闹；小厮与……饮酒，小姨与姐夫同床。可见有是主必有是奴，有是兄必有是弟，有是姐必有是妹。

再看以后，下人稍不如意，三姐就厉声把贾珍贾琏贾蓉痛骂一番。"天天挑拣穿吃，打了银的，又要金的；有了珠子，又要宝石；吃的肥鹅，又宰肥鸭。或不称心，连桌一推；衣裳不如意，不论绫缎新整，便用剪刀剪碎，撕一条，骂一句……"可想而知如没和贾珍贾琏贾蓉有染何至于大骂，何至于要这要那，如此彪悍。再看"偏要打扮的出色，另式作出许多万人不及的淫情浪态来，高兴了悄命小厮去请贾珍。"三姐其实这不光是报复，这是变态，是不甘，是在火坑中的无奈，是百无聊赖。可能连她自己都不知在做什么，整个就是一个闹。

至此，贾琏再回来只到自己房中"也悔上来"。你想这是贾琏的家，可姨妹子天天在这里闹，这日子就很难再过下去，大有后悔不该招惹之意。首先坐不住的是二姐，怕出事同贾琏商议把妹妹聘了，贾琏也多次向贾珍说是块肥羊肉，只是烫的慌，咱们未必降得住这样的话。贾珍只是不舍，就一边丢过。

出嫁成了三姐自救，二姐贾琏解脱的唯一出路。嫁给谁，却成了问题。这些权贵的嘴脸三姐都一一看过，有前车之鉴，泥潭的日子再也不想过了。柳湘莲成了她对干净生活唯一的向往，五年前的惊鸿一瞥，心底埋下了情种开始熊熊燃烧起来。

那她和柳湘莲之间到底有没有爱情？有的红学家认为，她爱湘莲五年，等了五年，因此不可能和贾珍有染，这些观点不能苟同，她拿什么等了五年？要说等那也得像大宅门白七爷的妹妹和相片结婚才叫等。爱情是相互的，不是单相思，这些都是暗恋。暗恋不是爱情，暗恋有神秘、美化、想象的成分在里面。当范小菊真的走到白玉婷面前，她却慌了，退却了，感觉全没了。人都是爱自己的，往往沉醉在自己的想象当中。再说五年前尤三姐能有多大，就是现在也不过和黛玉差不多，只十五六岁的样子。一个十五六岁的小女孩对有一面之缘的异性就是喜欢，也不会果敢坚定到哪里去。只不过这时的柳湘莲在三姐的眼里，是伤痛中的希望，黑暗里的光明，是她唯一的一棵救命稻草。

至于以后真的结婚能不能过得好，耐不耐得住饥寒还要另说。柳湘莲一贫如洗，结婚的房子，家具首饰都赖薛蟠置办，这边三姐的嫁妆也是贾琏陪送，贾珍另出资三十两纹银。

柳湘莲极为标致，玉树临风般的人物，要比宝玉潇洒阳刚。五年前，三姐是在她外婆的寿宴上，看过他串的戏，估计也是浓墨重彩的，再加上点戏中人物的魅力，便入了心。但柳二郎到底是个什么人物呢？书中道："原系世家子弟。他父母早丧，读书不成。性情豪爽，酷好耍枪舞剑，赌博吃酒，以至眠花宿柳，吹笛弹筝，无所不为。"湘莲家世败落，一贫如洗，不为官，不经商，也不读书，在上流社会里，以侠义豪爽冷面著称，是个性情中人。三姐本以为她改过自新，贾琏去聘，湘莲肯定会接纳她。所以"虽是夜晚间孤衾独枕，不惯寂寞，奈一心丢了众人，只念柳湘莲早早回来完成终身大事。"这里众人二字，可见不会只是贾珍，应该贾琏贾蓉都有份。

但柳湘莲不是草包，在宝玉那得了消息后，断然去索聘礼。柳二郎娶妻的标准虽是绝色，但前面还要加上"品行"二字，言称"我不当这剩王八"。王熙凤后来也有一句话"这个人还算有造化，免得当出了名的王八。"

另外，三姐还过于自信。实际上，操守问题在哪个社会都是忌讳的，即便你是貌美倾城，也只能是红颜可做，糟糠难为。二姐贾琏原来还猜测三姐看上了宝玉，实际想都不该想，宝玉有那么多有才有貌、有德有形的贵族小姐等着，像黛玉、宝钗、湘云等。就是做妾，还有贤惠的袭人、正直的晴雯、伶牙俐齿的麝月秋纹之类的，插都插不进去。

再者说凤姐一段："我也知道你那老婆太难缠，如今把我姐姐拐了来做二房，偷的锣儿敲不得。我也要会会那凤奶奶去，看他是几个脑袋几只手。若大家好取和便罢；倘若有一点叫人过不去，我有本事先把你两个的牛黄狗宝掏了出来，再和那泼妇拼了这命，也不算是尤三姑奶奶！。"这些话都是大话，这时凤姐还不知道这档子事，是他们咒凤姐死，想入室夺权，理亏在先，凤姐进行反抗那是必然。实际尤三姐根本不是凤姐的对手，她们势单力薄，权钱皆无，离了贾珍贾琏吃饭都成问题。讲泼妇二字，尤三也是当之无愧的，更不能把贾珍贾琏如何。之所以能顺利成聘，那也是因为贾珍已有了"新友"。尤三的清醒和见识是有局限性的！

柳湘莲是一个社会边缘人物，家境窘迫，三姐想着有贾琏这样的人物提亲，肯定大有成算。便放下大话："他一年不来，我等他一年……"这时她虽厌恶泥潭，但心里还罩着贾家的光环。没想到柳湘莲的性格百折不回，连薛蟠都敢打，拒婚是对三姐致命的一击，导致她对人生彻底的绝望。至于殉

情之说是不准确的，因自己的奢望达不到而自刎，就像她自己说的："前生误被情惑，今既耻情而觉，与君两无干涉。"柳湘莲是没有多大责任的，罪魁祸首是她经历的复杂性。

尤三姐死了，她用死捍卫了心底最后的一点纯洁和尊严，让灵魂得以重生！

再说二姐，二姐是有婆家的，从小指腹为婚，只因张华家败，穷了下来，才要求退婚。后面的故事不加赘述，都是凤姐占尽先机，三姐就是不死，也帮不了二姐多少，二姐本身也是想进贾府的。在红楼里，很多人自杀，鸳鸯可卿是上吊，金钏投井，司棋撞墙，只有二姐曹雪芹安排的是吞金。物质是害她的元凶。她的死，凤姐有责任，贾琏有责任，胡庸医有责任，她自己更有责任！

临死时，她应该明白，进豪门不见得比寒门小户的日子好过。这不免让我们心生感慨，想起黛玉《五美吟》中的咏西施：效颦莫笑东村女，头白溪边尚浣纱。

我们也不能把责任都推给一个时代，哪个年代都有诱惑，都有贪婪；哪个年代也都有浆洗织补、勤劳耕作的女子。王宝钏出身显赫，貌美如花，一样独守寒窑十八载，不能不算作一个典范。

我极为欣赏一位母亲对自己女儿说的话，她说："宝贝，如果世界上只剩下最后两滴水，一滴你用来喝，一滴要用来洗净你的脸和身。"她还说："哪怕你过得是酱油拌饭的日子，也要铺上洁白的餐巾布，把将就的生活过成讲究。"说得多好！干净勤劳是一个女人必不可少的品质，要爱惜美貌，更要清清白白，洁身自爱的过日子。

二尤的故事在任何年代都会发生，在她们身上我们看到了什么，又悟到了什么？是反权贵，是贞洁烈女，还是以身殉情？否！唯愿警钟长鸣！

人的一生，无论你做什么还是什么都不做，无论你是显赫新贵还是寒食布衣，但作为一个女人，一定要有尊严地活着，这才是最主要的。

第十篇　袭东风稀世俊美　韵天成才情旷古——说黛玉

　　林黛玉，一个来自仙界的女孩，木胎草形，慧心灵性。聚天地之华，汇日月之精；秉绝代之容，具稀世俊美；携漫天才情，拥七瓣玲珑，是一个集美貌才情风骨于一身的女性。她以精神世界的纯美，内外和谐的兼修，优雅绝俗超凡的气质，活在了世世代代人们的心中。作者以饱蘸血泪的笔墨，塑造了这个浪漫传奇、生动痴情极具女人味的女子，是一场人性的盛宴，是岁月沧桑中骨子里那份柔软，是青山白烟里的一丝温暖，是绝世不朽的经典。

　　林黛玉位居十二朱楼群芳之首，是女人中的极致。囊括了女人身上所有美好的品质，彰显了人性真善美全部的精髓。

　　在红楼里，她是一个活得最纯粹的女人。为情而来，为情而去，不慕荣华，不贪富贵。绛珠之泪，山河欲退，单纯自然，本性尽显。活着就是一种美丽，一种惊艳，一种绵软，哭得鹦泣花残，舞得才絮满天。她没有袭人的争荣夸耀之心，没有宝钗的青云之志，没有探春的一腔抱负，就是一个为情而活的女子。赴一场天地间的血泪之约，共一段心灵的相契之欢，她生为灌溉之惠，死为还泪不悔，是一个高山仰止，天地动容的女子，一直到泪尽而逝，粉堕香残，都冰清玉洁，本质天然。

　　黛玉是一个出身最尊贵的女子，既有着钟鼎的显赫，又有着书香的高雅，这点不同于四艳的侯门和宝钗的皇商。父亲林如海是前科探花，皇帝钦点的巡盐御史，母亲贾敏是国公府的千金。她出生在软土香尘，紫烟柳雾的江南，因少小失母，没人照顾，才寄居贾府。

　　黛玉也是红楼里最美的女子，无论是貌还是韵都是绝世的。眼含秋水无尘，眉凝黛山铺翠，行如弱柳扶风，静如娇花照水，自有一段风流的体态，别致的情怀。初进荣国府，就以凤姐的话做史笔："天下真有这样标致的人物，我今儿才算见了！"第二十五回，逢五鬼，薛蟠忽一眼瞥见了林黛玉风流婉转，已酥倒在那里。甲戌侧批："又可知颦儿之丰神若仙子也。"

　　通部红楼里，曹公对女子外貌的描写都很吝啬，说一句干净俏丽，就很是得体了。脂批多次道可笑近之小说，满纸闭月羞花，动辄沉鱼落雁。但曹公还是多次点明黛玉的绝色，一次是黛玉独立花荫之下，怅望怡红而泣，有诗云：颦儿才貌世应希，独抱幽芳出绣闺。呜咽一声犹未了，落花满地鸟惊飞。另有宝玉想族中远近之女子，没有稍及黛玉者，便存了一段心事等等。但作者更多的是倾尽笔墨，对其内心世界进行深度刻画，所以我们能更深刻地记住这位灵魂高贵，一颦一笑都楚楚动人，惹人怜爱的女子。

男人贵在有度，女人贵在有韵。韵是骨子里的东西，红楼里貌美的很多，抛开十二钗，兴儿就说过："若说三姨的面容身段与林姑娘也不差上下。"尤三姐虽有貌，但无冰清袅娜之姿，更不谈才情和风骨。晴雯生得再好，皆因没有黛玉的涵养与修为，而都不在一个层面上。

红楼通部前八十回，只对黛玉不作任何衣饰描写，这是作者不屑的，亦或是多余。衣服本是身外之物，二月十二是黛玉的生日，颦儿稍微换了两件鲜亮的衣服，就宛如嫦娥下界一般。脂批常道："骂死天下浓妆艳饰富贵中之脂妖粉怪，插金戴银暴发之女。"黛玉活着就是一种美丽，一种姿态，是一个含烟的女子凝立花间，雕刻了时光，柔软了岁月。一个眼神足令时空惊艳，一声叹息足令内心震撼！

我们说黛玉必须带上宝钗，因为她们是对着写的。一胖一瘦，一个鲜艳妩媚，一个风流袅娜；一个自云守拙，一个慧心灵性；一个脸若银盆，眼如水杏；一个态生两靥，娇袭一身。一娇花，一纤柳。就像她们的诗一样，若论风流别致当属黛玉，若论端庄浑厚莫让宝钗，不分伯仲。很多人喜欢把她俩比来比去，皆是徒劳。脂批："石头记为二玉为主。"也就是说整部红楼以宝玉黛玉为主线，其余皆是陪客。孰是孰非，要看宝玉心中所取，这也是云龙显影之法也。

黛玉是红楼里才情最高的一个女子。诗意的人生，落花的生命，把满天的才情演绎到极致。可以一挥而就，也可以一目十行。做海棠诗时，宝玉看到"偷得梨花三分白，借的梅花一缕魂。"先喝起彩来，道："如何想来！"问菊时，"孤标傲世皆随隐，一样花开为底迟？"也问得世人哑口无言。

宝玉的才情在那个年代就是不俗的，大观园里的题对匾额都出自他之手。

他父亲养的那帮清客也不过滥竽充数,迂腐得很,没什么新鲜玩意。后借张道士之口赞宝玉,说在外面多次见到哥写的字,做的诗好得不得了。就是说宝玉的诗、词、字在外广为流传。但再好,还是要逊于黛玉的。黛玉自有与别人不一样的心肠,写出的东西,有自己的风致和奇想,这就是所谓的笔未落,境先出。判词道:"可叹停机德,甚怜咏絮才。"讲贤淑当推宝钗,有乐羊子之妻的风范;说才华要让黛玉,有谢道韫莫若柳絮随风起的才情。黛玉是作者相知、相怜、相爱的血泪初恋;宝钗是作者生活窘困时,患难与共的妻子,都是作者一生中重要的女人,我们不可庸俗地分出高下。

黛玉是红楼里最温柔的女人,集千般柔肠、万般情意于一身。黛玉的诗独具格调和忧伤之美,不是别人可以比拟的。一个干巴巴冰冷的灵魂,写不出那样柔情的韵味,只能是僵硬词汇的堆积。人各有性情,但骨子里的东西很重要。黛玉率直,有真性情,虽有时打趣姐妹,但也不失娇憨可爱。第四十二回,宝钗审黛玉酒令之事。黛玉想起是自己有失检点,把《牡丹亭》《西厢记》说了两句,不觉红了脸,便上来搂着宝钗笑道:"好姐姐,原是我不知道随口说的。你教给我,再不说了。"蒙侧批:"真能受教尊敬之态娇憨之态,令人爱煞。"这就是颦儿,并不反问,宝钗如何晓得,一派天然可爱!

黛玉是一个自然本色的人,不虚伪,不客套,对人坦诚相待,内心温暖。这点与宝钗形成了鲜明的对比。人多云宝钗平和稳重,随份从事,黛玉多有所不及。但宝钗是外表谦和,内心凌厉,有成算,只是不喜欢说出自己的观点。以她母亲薛姨妈的话,宝丫头古怪着呢!像三十回,虽是借机双敲,但也指着靓儿声言厉色道:"去问那些平日里和你嬉皮笑脸的姑娘。"因邢岫烟戴块玉也说教下。滴翠亭扑蝶回,宝钗想:"怪道从古至今那些奸淫狗盗的人,心机都不错。"虽使用金蝉脱壳之计遮了过去,但心里极是蔑视红玉与贾芸的爱情。红玉害怕黛玉心细听了去,岂不知宝钗才是最有主意,眼里容不下沙子的人。只是藏愚,不动声色,要以黛玉的性情听都不会听,管都不会管这档子烂事。

黛玉的性格是外冷内热,这点与宝钗恰恰相反。颦儿天性率直,纯真无邪,容不下尘,也记不住嫌,说起话来发在肺腑,句句清澈,字字通透。真正宝钗是令人不敢冒犯，孤独冷漠的；黛玉是可以亲近柔软温热的，这也是人之天性各有苦甘。

黛玉待紫鹃如亲生姐妹，从不当下人看，紫鹃也是一片肝胆为黛玉着想。我们看看王夫人，虽书中多次道她的良善贤惠，天真烂漫，皆出本性。但你看她的大丫头，金钏为一巴掌就跳了井，彩云也暗地里拿她的东西给赵姨娘和环儿，都不曾和她通心，也不见她对谁有多好。凤姐房里巧姐的奶娘，因巧姐不好好睡觉，哭闹得心烦就动手掐幼小的孩子，并不惧怕凤姐。朋友是一个人的底牌，丫鬟未必不是。

黛玉教香菱学诗也是诲人不倦，循序渐进。放着现成的宝钗不学，舍近求远，向黛玉去学，可见黛玉的温暖。颦儿也心热，喜欢看到香菱对精神生活的追求。古人云："女子无才便是德。"这里的"是"应当做"有"讲，不可曲解。女子无才便应该有德，无才无德便是夏金桂之流，万万不可。

关于黛玉的小性，好像世人都下了定评，本人却很不以为然。送宫花一节，黛玉尚小，周瑞家也是最后一个给她。她便向宝玉手中望了望说："我就知道别人不挑剩也不给我。"黛玉说的未必不是实情，曹公往往一笔多用。若论关系远近，她的确是最远的，既不是贾府的千金，也不是薛家的近亲。想周瑞家那起势利小人，不是因贾母怜爱，宝玉喜欢，怎会把黛玉放在眼里。另一方面也说明一个人是不断成熟的，随着年龄的增长，对人情世故也会有新的认识。黛玉那时太小，不谙这些。大了后，知道寄人篱下的心酸，就不会这般高傲，也就不存此想，多一事就不如少一事了。

黛玉比宝钗小三岁，一个十二和十五岁的少女，是有很大差别的。宝钗自然端庄稳重些，明白事理多一些，黛玉自然天真烂漫一些。她有时喜欢刻薄宝钗，这也正突出宝钗的优秀，想我宝卿是何许人也，只有黛玉方配妒一妒。四十二回，作者让钗黛合一，以后两个人毫无间隙，亲密契合，弄得宝玉都莫名其妙，问孟光何时接了梁鸿案。黛玉直言，原我误认她藏奸，可竟是错了。书中明确地告诉世人，是对宝卿的品性有看法，而不是醋意，也映出黛玉磊落的心性。

后又上一宝琴，也是才貌双全见多识广的女孩，深得贾母喜欢。贾母有两件珍贵的衣服，乌云豹给了宝玉，凫靥裘给了宝琴，还要把宝琴说给宝玉，可见黛玉嫉妒否？依旧待宝琴如亲姐妹一般。曹侯无一处闲笔，如宝琴在后四十回无太大的作用，就是为黛玉做铺垫，以衬托黛玉的胸襟。

　　花袭人的存在，是人人皆知的事情。她和黛玉本不在一个层面上，黛玉是不屑一妒，也是不甚过心。端午节，宝玉家乱，晴雯袭人拌嘴。黛玉说："大节下怎么好好的哭起来？难道是为争粽子吃争恼了不成？"又云："好嫂子，你告诉我，必定是你两个拌了嘴了，告诉妹妹，替你们和劝和劝。"真是娇憨可爱之至。倒是袭人心思狭隘，无意中听到宝玉失魂落魄地向黛玉表白，实是把自己当作了替身。又怕以后出丑事，借宝玉挨打回，向王夫人密语，简直可恶至极。难怪晚清骂声一片，卿卿如蛇。做无耻事之人反咬一口，以小人之心度君子之腹，这样的人平日做得再好，都让人难以爱起来。

　　黛玉还是红楼里嘴最巧的女孩。典雅俊则，慧心言巧，不似凤姐的世俗，泥筒子话一车，也不是晴雯的尖刻，自有她的幽默风趣，随机应对。就像宝钗说的："更有颦儿这促狭嘴，他用'春秋'的法子，将世俗的粗话，撮其要，删其繁，再加润色比方出来，一句是一句。"

　　第八回：比通灵金莺微露意 探宝钗黛玉半含酸。宝钗嘱咐宝玉不可喝冷酒，并讲出一翻道理来，宝玉诚服。可巧，黛玉的小丫鬟雪雁走来与黛玉送小手炉。黛玉就含笑问她："谁叫你送来的？难为她费心，那里就冷死了我！"甲戌侧批："吾实不知何为心，何为齿、口、舌。"雪雁就说："紫鹃姐姐怕姑娘冷，使我送来的。"黛玉一面接了，抱在怀中。笑着说："也亏你倒听她的话。我平日和你说的，全当耳旁风，怎么她说了你就依，比圣旨还快些！"宝玉知道是黛玉借此奚落他，就不作声。薛姨妈不解就问："你素日身子弱，禁不得冷的，她们记挂着你倒不好？"黛玉笑说："姨妈不知道。幸亏是姨妈这里，倘或在别人家，人家岂不恼？好说就看的人家连个手炉也没有，巴巴的从家里送个来。不说丫鬟们太小心过余，还只当我素日是这等轻狂惯了呢。"甲戌双行夹批："用此一解，真可拍案叫绝，足见其以兰为心，以玉为骨，以莲为舌，以冰为神。真真绝倒天下之裙钗矣。"

　　此回足见黛玉之巧，之慧，之妖，之冰雪聪明。三"笑"实为心苦，非作一般的拈酸吃醋之辈来看。又一回把宝玉比呆雁也有异曲同工，花看半开，酒饮微醉之妙。

　　黛玉是十二钗中唯一一位拥有爱情的女孩子，落花中与宝玉共看西厢成了最经典的画面。在通部红楼里，很多处我们都能看到《西厢记》的影子，如林如海，概学林如海也，小孩口无遮掩等等。可见元曲对作者影响之深，也反映出曹侯对西厢的深爱，但曹侯又有着自己独到的目光与审美，对爱情有着不同的注解。曾借贾母之嘴批驳西厢，开篇也申明，只把儿女之情发泄一二，不似别的书，满纸淫邀艳约，私订偷盟。莺莺和张生的爱情是属一见钟情式的，并有了性爱。宝黛的爱情虽是前世之约，人间重逢，但还是属于日久生情。因在贾母那一起坐卧，亲密友爱处，自比别个不同。两人言和意顺，略无参商，既亲密友爱，则不免一时有求全之毁，不虞之隙。甲戌侧批："八字定评，有趣。不独黛玉、宝玉二人，亦可为古今天下亲密人当头一喝。"甲戌眉批："八字为二玉一生文字之纲。"亲密便有感情，实属润物无声。

　　在红楼里性爱和爱情分得很开。宝玉初试云雨情的对象，书中点明的是花袭人，梦中的却是秦可卿，都和爱情无关。宝玉一开始小，不懂爱情，对姐妹皆出一意，后来来了一个宝钗，容貌丰美不输黛玉，形成了三足鼎立。宝黛之间也就有了小别扭。女人和女人是不会嫉妒的，主要是取决男人的态度。宝玉虽喜欢这位宝姐姐的一截酥臂，但满心念念的还是黛玉，并巴不得能长在黛玉身上，自己也许还能摸一摸。黛玉多次试探，宝玉多次表白。黛玉的小性都是对宝玉使，宝玉也肯俯就，多次赔小心软求慢恳，二人也就一笑置之。黛玉写《桃花行》，宝玉一看就滚下泪来，是心灵的相惜相怜。问一夜咳嗽几次，醒几回，简直是无微不至，用的全是体贴功夫。

　　宝钗喜欢不喜欢宝玉呢？回答是肯定的，有回前诗："试看金娃对玉郎。"另宝玉挨打，宝钗送药，尽显女儿扭捏娇羞之态。宝玉随着年龄增长，渐明人事，第三十六回识分定后，心里只有黛玉，他们的感情也趋于稳定，不再纠缠金玉之说。

　　宝黛的爱情是宝钗湘云无法理解的。都知道宝玉被一个林黛玉缠绵住了，她们忽略了一个最主要的问题，那就是在那个年代少见的灵魂的相懂，心灵的共鸣，也因此她们走不进宝玉的心。宝玉一片私心赞黛玉："林妹妹才不说这混账话呢！"黛玉听到也长叹："我平日把他当作知己果真是知己。"才貌是次，相契是真。红楼开篇便言世上之书，凡以为会几首诗词艳赋，便以佳人自许，满纸潘安子键，红娘小玉等等。红楼只写真性情，自比别书高出数倍，宝黛更是血泪相对，心思相通，自比莺莺的爱情纯真厚重些。虽后来黛玉泪尽而亡，宝玉娶宝钗，终是"空对着，山中高士晶莹雪，终不忘，世外仙株寂寞林，到底意难平。"黛玉在十二钗中是最幸福的，虽无父母，但却有宝玉的呵护和坚贞不渝的爱情。

　　宝黛之间自始至终都是干净的。即便同卧一榻，也很纯洁，这也是作者对颦儿的尊重和爱惜，让黛玉以一个完美的形象存活于世。宝黛的爱情不同于张生与莺莺，虽缠绵但像水一样涓涓清澈。

　　在十二钗中，黛玉是最穷的，寄居贾府，吃穿用度都是舅舅家的。凤姐曾开玩笑，以后大不了多一份嫁妆。黛玉体弱，有病需要调养，宝玉想向凤姐索要燕窝，被黛玉拦下。最后是宝钗会心，雨夜让老妈子挑灯送来，也颇见温暖和情意，看得人也是潸然泪下。林家四代为侯，家底颇丰，她的父亲林如海是巡盐御史，也算是个肥差，即便是正直无偏向，也不会四海一空囊。看为雨村竭力一荐，从中斡旋，也算是谙熟官场之道。即便是过早辞世不留下巨额财产，也会像《非诚勿扰2》那样，给唯一的宝贝女儿留下买汉堡的钱吧！贾母有时派丫鬟给黛玉送钱，不知送的是何钱，肯定不会是每位小姐正常的开销用度。黛玉不忘抓把给丫鬟，也见温暖，或许是贾母的私房也未必。

　　刘心武老师推断，黛玉的财产被贾琏昧下。贾琏曾感叹："这会子再发个三二万两银子财就好了。"本人不苟同，那大一笔财产，想全部吞下不容易。即便黛玉尚小，哭昏了头，他做手脚也只能是一部分，何况黛玉回家时，林如海尚在，黛玉亲为端汤奉药，不可能不交代后事。以黛玉的心机，冷眼看贾府一年的开销都了然于心，何况是自家的。财产问题自古以来都是敏感问题，家中出事，首先就要提到议事日程上来，成为大家关注的焦点，贾母之辈也不可能不过问。

　　真实的情况也许是黛玉少小家中出事，抄没家私，父母同时双亡，才被贾府收留。第三回的标题一改再改，最早甲戌本作荣国府收养林黛玉。脂批："触目心酸之至。"父亲健在何谈收养，即便年老多病，不想续弦，也不会舍得独女远行，暂住尚可，收养不通。也许后来曹侯把旧书《风月宝鉴》加入，多了秦可卿，要放手写可卿，又不能把黛卿束之高阁，才欲其回家。

有关黛玉的死各持己见，沉塘之说不太现实。黛玉体弱，红楼以前的版本回回有药方，意欲黛玉疾病加重之意。黛玉的结局应是病死，金玉之说已成定局，大厦将倾，黛玉再活无意。正像她自己诗中道："质本洁来还洁去，强于污淖陷渠沟。"清人明义很可能看过全书，留下有关红楼的诗词二十首。写黛玉的是："安得返魂香一缕，起卿沉痼续红丝。"是说黛玉病死，婚事不遂，死在宝玉成亲之前，要不还可以再把红线接起来。

红楼是一部奇书，黛玉是奇女子中的一个奇女子。绛珠，血泪也！有情方哭，有爱方泣，只为宝玉，不为别人。有很多人说不喜欢黛玉，有吃有喝就行了，何必天天哭哭啼啼。我很赞赏金波说的一句话："一听就是无产阶级说的话"，虽是调侃，也是实话。物质是代替不了精神的，在红楼里哭的是黛玉，实是作者，还有读者。永忠有诗："传神文笔足千秋，不是情人不泪流。可恨同时不相识，几回掩卷哭曹侯。" 可见红楼以三寸柔毫感动了多少人。我们不可肤浅地下结论，也最厌世人评论人物时冠以阶级、叛逆、美学、内向之类的话，故作高深。作者怀着真性情去写，我们不妨怀着真性情去看，人性在哪个年代都是一样的。很同意一个朋友的话，黛玉葬的哪里是花，分明是无望的人生！

曹侯倾其一生著红楼，神瑛侍者日以甘露惠绛珠，血泪之作，前世之盟，真是"长夜挑灯泪慢慢，哪有几人不心酸"。

第十一篇　停机德枉自人赞　挂金锁也是徒然——说宝钗

宝钗，群芳之冠，百花之鲜，艳若牡丹，素若婵娟。性格端庄内敛，举止娴雅舒缓，肌骨莹润丰满，博学睿智温婉。无论在什么年代，都堪称是一个完美的典范，出类拔萃的尖端。

曹侯为我们塑造了这样一位内心丰富饱满，性格复杂沉静，一直饱受争议的人物，可谓狡猾之至。爱她的人可以赞她为阳春白雪，清风明月，说娶妻当娶宝钗，一生无憾。不喜欢她的人便批她圆滑伪善，奸诈阴险，说城府之深，让人心寒。黛钗之争从清朝开始就硝烟不断，有甚者竟以老拳问难，这也正突出人物之魅力神现，曹侯之妙笔客观。

宝钗是紫薇舍人之后，出身皇商，富家千金。父亲过早离世，家中只有一母一兄。哥哥薛蟠不学无术，在外横行霸道，绰号薛霸王。贾琏呼之薛大傻，亦有阿呆兄之称。学名偏叫文龙，作者一路调侃，斗大的字不识一个，较之令妹天悬地殊。曾为争夺香菱打死冯渊，事后竟大摇大摆进京。薛母对其疏于教育，溺爱无端。

第四十七回，薛蟠调情遭苦打后，薛姨妈首先欲告王夫人派人寻拿柳湘莲，被宝钗劝住并说："免得让别人说我们倚着亲戚之势欺压常人。"这足以反映出几点问题：一、薛蟠的不成器和头脑简单；二、薛姨妈的护子心切和不问缘由；三、宝钗考虑问题的冷静和周全；四、薛家终是商家有钱而无权，出事还要依附贾府。这也正是她们放着自家不住，栖息在贾府的重要原因之一。

宝钗因生活在这种家庭背景之下，懂事渐早，长大后唯依附母怀，只以针黹为主。

宝钗博学，无论是诗词典故、戏曲常识，还是佛学绘画都略通一二。像宝玉那样成日家旁学杂收的都自愧不如，对其叹服不已，只有黛玉的机敏和才情才可以与之一拼。

宝钗丰美，有杨妃之姿，肌肤雪白莹润。以兴儿的话说，"气暖了，怕吹化了，"可见生得不俗。她脸若银盆，眼如水杏，不嗜打扮，无情亦是动人。这点与黛玉不同，颦儿有飞燕之纤，以飘逸灵气胜出；宝钗温雅富态，以端庄大气超群。宝钗又较杨妃在才学知识、思想深度上不知要强出多少倍，可见是个有才有貌有见识，令许多女子望尘莫及的人物。

宝钗应是大观园姐妹中最富的女孩。从为湘云筹办螃蟹宴到接济黛玉冰糖燕窝，直至给邢岫烟赎当，都能看出宝钗的经济实力和在家庭中的地位。不似湘云、黛玉是孤儿，寄人篱下，凡事做不得主；不像迎、探、惜只能靠月例银子零用。

宝钗惯会做人，这也是颇具争议的一点。很多人因此说她走上层路线，圆滑世故等等。实际没那么严重，性格决定命运，宝钗就是一个过早成熟，遇事冷静的人。以她自己的话说："做事要瞻前顾后，又要自己便宜，又要不得罪了人才行。"这是她的成熟，也是她的处事原则和行为标准。

三十七回，夜拟菊花题，她对湘云的一片肺腑之言也着实感人。蒙回末总批："薛家女子何贞侠，总因富贵不须夸。发言行事何其嘉，居心用意不狂奢。世人若可平心度，便解云钗两不暇。"第二天，湘云请了贾母、王夫人等赏桂花，螃蟹吃得也是有声有色。湘云是老太太史家的亲戚，贾母焉有不知是湘云做东，宝钗请客；湘云搭台，宝钗唱戏之理。曹侯写文绵里藏针，这点颇像宝钗的性格，你在这里想看到什么就能看到什么。

宝钗处事得体，发礼物人均一份，当然也不会忘记贾环。就连对王夫人恨之入骨的赵姨娘也不得不夸奖她真是又展样又大方。脂批："待人接物不亲不疏，不远不近，可厌之人未见冷淡之态，形诸声色；可喜之人亦未见醴密之情，形诸声色。"实际宝钗就是这样一个不冷不热，成熟贞静，深谙世故的人。这点不同于黛玉，颦儿不理俗务，超然物外，虽寄人篱下，既不逢迎，也不恃傲，一直我行我素。虽冰雪聪明，心思全不在此，纯洁自然，娇憨可爱，一派天真小女儿之态。

宝钗和黛玉其实是一对孪生的姐妹，作者一直对着写。她们幼时都有病，黛玉是虚，体弱。癞头和尚说："若要好时，除非从此以后总不许见哭声，除父母之外，凡有外姓亲友之人，一概不见，方可平安了此一世。"黛玉若不见人，哪有还泪一说，可见终是不会好，以致最后泪尽而亡。从这可知黛玉对这份爱情是以生命作为代价的。宝钗是天生热毒，喜冬天发作，发病时喘嗽，类似于现在的肥胖型哮喘。经癞头和尚指点，可巧冷香丸一两年竟配齐了，从南带到北，虽时有发作，但吃了就会好。再加上最后金锁也配了宝玉，明显身体就比黛玉强些。宝钗虽是在解决婚姻，实则也是保全自己，她们目的的纯粹性是不同的。

宝钗贤淑贞静，懂事务实，家下虽是奴仆成群，但还是每每做针线到夜半。在那个社会，女工活是衡量一个女人是否优秀的重要标准。清末，曾国藩在家书中，就要求每个女儿和儿媳每年给他做一双鞋，以考察他们的女红。黛玉体弱做得很少，袭人在一次与湘云的对话中就颇有微词。

宝钗号称冷美人，蘅芜喜素，房间雪洞一般，陈设也很简单。更不爱花啊、粉呀之类的东西，衣服也是半旧不新，并且行事低调，性格内敛，这些都是她冷的一部分。虽说富家千金难得朴素贞静，绚烂之后也终归要平淡，但毕竟是妙龄少女，这样的老成笃定，像隐士一样的生活，就有失少女的天真可爱了。

至于她内心的冷漠，像对金钏、尤三姐和柳湘莲之事，都是被很多人嚼烂了的，就不多加赘述。金钏之死，是王夫人之过，宝钗代为遮饰，臆想是贪玩不慎落入井中，有歪曲事实之嫌。湘莲悔婚，三姐自刎，柳郎冷遁出家，因有救命之恩，薛蟠心热唏嘘不已，独宝钗无动于衷，劝薛蟠把心思放在正事上。读到这，她的至极理性让很多人不寒而栗。实际上，人世间又有好多正事可言！万境归情，情理情理，情在前，理在后。凡事先想理之人，必定冷漠，情在先之人，必定温热。宽容温暖多因情生，计较隔阂，均因理强。就像我们普通人家过日子，是没有多少道理可讲的，必定包容在先，感情为重，道理在后，体贴为上。

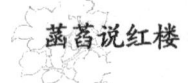

宝钗这点与宝玉恰恰相反。宝玉是一个以人为本的人，在他眼里世间万物皆有情，又都是为人服务的。像晴雯撕扇一节，虽表面上是写晴雯,实写宝玉。在宝玉的意念里，只要你开心，撕了听响皆可，但不可拿来出气，糟蹋东西。像丫鬟祸害屋子，嗑得满地瓜子皮，李奶母看不过去，拐杖笃笃地敲着地，愤愤不平。理虽是理，但宝玉的想法是，他去读书，长天白日的丫鬟们烦闷，说说笑笑才好。在宝玉眼里没有太多的主仆观念，更多的是家人的理念。另外黛玉也是个性情中人，她和紫鹃的关系是整个红楼主仆中最好的。宝钗是曲高和寡，莺儿对她是敬畏心服居多，她不让说的话，只要她一个眼色，莺儿就会马上闭嘴。像金钏、三姐之流的，宝钗是不会看在眼里的。她心里有很严格的等级观念，只是不说出来，这也是她冷漠的原因，理为重，情偏少。

实际上，这更是造成宝玉和她心理差距的重要原因。婚后，两个一冷一热的人在一起生活，没有共同的情趣、爱好、见解和审美，必定有掣肘的痛苦。纵是举案齐眉，到底意难平。

宝钗还喜欢说教。在大观园姐妹之中，她是最年长的，相信她也是出于本意，一片赤诚。但喜欢说教的人多少带点主观色彩，不认为自己的观点是对的，便不会去规劝别人。审鶯儿一节，她说："你我只该做些针黹纺织的事才是，偏又认得了字，既认得了字，不过拣那正经的看也罢了，最怕见了些杂书，移了性情，就不可救了。"此段也可见她对《西厢》之熟，一句两句都逃不过她的耳朵。她没移性，焉知鶯儿又怎会移性。整个贾府的淫乱不堪，可是看《西厢》看的？一笑！就像读红楼，仁者见仁，智者见智，各有所取罢了。第二十三回，宝黛共看《西厢》。蒙侧批：儿女情，丝毫无淫念，韵雅直至！回末总评也道：诗童才女，添大观园之颜色；埋花听曲，写灵慧之悠娴。可见宝黛的爱情，是我们见到过的文学作品里最为感人的，是建立在共同的情趣，心灵的交融和精神世界的愉悦上的，而不是一本《西厢》就能迷失本性的！

袭为钗副，晴为黛影，第三十四回袭人一节，也有异曲同工之妙。袭人曾对王夫人说："如今二爷也大了，里头姑娘们也大了，况且林姑娘宝姑娘又是两姨姑表姊妹，虽说是姊妹们，到底是男女之分，日夜一处起坐不方便，由不得叫人悬心。"这里虽提到宝钗，但只是黛玉的陪衬。宝黛的关系满府皆知，王夫人岂会不知，矛头直指黛玉。不知何为不才之事，她与宝玉才是有染在先，以晴雯之话："便是你们鬼鬼祟祟干的那事儿，也瞒不过我去的。"这两件事都有以小人之心，度君子之腹之嫌。因本人见不得假充正经，以己心度人心之人，便是脂批对钗袭评得再好，也难将她们喜爱起来。

　　宝钗也经常规劝宝玉仕途经济之类的话，宝玉管这叫"混账话"，说好好的一个清净洁白的女儿为何也染此沽名钓誉之风。人各有志，宝玉不喜读圣贤之书，不喜为官做宰，他自小生活在官宦之家，也算见多识广，了解颇深。像贾雨村每次来贾府必要见他，宝玉非常反感。贾雨村在红楼里是个神秘而有代表性的人物，先是因贪酷之弊下野，后依附门生也就是黛玉进京，由贾政举荐才得以复职，出任金陵应天府。在薛蟠打人致死一案中，处理得当周全，深得贾、王、薛三家欢心。虽第四回，回目曰葫芦僧乱判葫芦案，实际中间穿插的一句"王老爷来拜"才是最重要的。可见薛姨妈娘家的势力到了，我们不可被曹侯混过。后雨村官至大司马，位高权重，与贾政、贾赦、贾珍都相交甚厚。为给贾赦谋扇，把石呆子一家抄没，弄得家破人亡，可见狠毒之至！实际不管是林如海、贾政还是贾赦、贾雨村都是一丘之貉。宝玉深知为官做宰终是中饱私囊，鱼肉百姓，像于成龙那样的好官甚少。清朝贪腐，一案往往牵扯一百多人下马。这些钩心斗角，尔虞我诈，世俗疲惫的生活有悖宝玉的心性，他也最厌雨村之流。

　　宝钗与湘云不理解他，以为他不务正业，只喜欢在女孩子堆里混，每每进行规劝。宝玉也毫不客气，常下逐客之令。宝玉经常说男人污臭，实际是在说政治的黑暗与肮脏；宝玉说女儿清澈如水，意指女儿没染上这些利欲之气。

　　宝钗最后嫁给宝玉，两个人因在志趣上有很大的差别，过得肯定很辛苦。宝钗经常规劝宝玉，后四十回有一回目，就叫薛宝钗借词含讽谏。宝玉不听，宝钗怒其不争，宝玉必定疏远冷淡宝钗，越发思念逝去的林妹妹。曾看过陈道明蒋雯丽演过的一部电视连续剧，印象颇深，名字倒忘记了。讲的是一个妻子总嫌自己的丈夫没进取心，官职小，不能过上更好的生活。为此男主人公活得很疲惫，一个内敛的知识分子半夜跑到酒吧跳劲舞，音乐停了，还独自一人在那机械地抽搐着。

邢岫烟家贫，与薛蝌订婚后，腰间便佩戴了一块探春送的玉佩。宝钗见了，便说："这些妆饰原出于大官富贵之家的小姐，你看我从头至脚可有这些富丽闲妆？然七八年之先，我也是这样来的，如今一时比不得一时了，所以我都自己该省的就省了。将来你这一到了我们家，这些没有用的东西，只怕还有一箱子。咱们如今比不得他们了，总要一色从实守分为主，不比他们才是。"邢岫烟听后，很是惭愧。但我想大可不必这样，你不戴是你见多了，戴够了，是华丽归于平淡。你有大家之仪，邢岫烟未尝没有闲云野鹤之姿，虽出身贫寒，但悟性不俗，即便是对此喜欢珍爱些，也是可以理解的。人的经历不同，对事物的认知不同，不可强求，对与错之间本没有明显的界线。

宝钗还是活着很悲哀的女性，人人皆知有金玉一说，人人又尽晓宝黛之情。宝钗不佩饰物，偏偏只戴着一个沉甸甸的金锁，宝玉却又偏偏几次砸玉，以证心迹。这对宝钗是既无情，又没面子的事。五十七回，慧紫鹃情辞试忙玉。宝玉一听黛玉要回苏州，便急痛攻心，痴呆疯傻，可见对黛卿情之真之切之深，简直是呼吸相关。实际上，宝钗算不上第三者，因宝玉眼里只有黛玉，连作诗时都嘱咐黛玉不可蹲在潮地上。虽因金玉之说的压力，前三十多回中常和黛玉发生口角误会，但随即烟消云散。第三十六回，宝玉梦中喊骂道："和尚道士的话如何信得？什么是金玉姻缘，我偏说是木石姻缘！"宝钗听了不觉愣住了。可见，金玉之说对宝玉来讲就是压在心头的一块大石头，像噩梦一样魇住了。宝钗就是再浑然不觉，脸上也是挂不住的。

高鹗续得更是不堪，写宝钗不顾黛玉的死活，做了替身，嫁给了宝玉，真真让宝钗颜面扫地。因我们无法看到真正的佚稿，不能断定宝钗最后的作为，很难对宝卿下最后的定义。

有关宝钗对婚姻的真实想法,书中很少描写,多处代为遮掩。但作为青春少女,不管你修炼到如何境界,婚姻始终是大事。她和黛玉同时喜欢宝玉,宝玉偏偏只爱黛玉,不能说宝钗没有嫉妒和不悦之心,没有便不正常,只是宝钗的涵养好些。第三十回,宝钗就借戏文讽刺宝黛:"你们通今博古,才知道'负荆请罪',我不知道什么是'负荆请罪'!"连凤姐都说谁吃了生姜,这样辣辣的。宝钗是看不得宝玉做小伏低。三十七回作海棠诗,宝钗有一句:"愁多焉得玉无痕"。庚辰双行夹批:"看她讽刺林宝二人着手。"可见金玉之说虽是宝黛的心病,宝黛之情未尝不是宝钗一辈子的硬伤!

　　第二十六回,晴雯和碧痕拌嘴,迁怒于宝钗:"有事没事跑了来坐着,叫我们三更半夜的不得睡觉!"由此可见,宝钗还是喜欢亲近宝玉的。

　　红学家王昆仑曾说过:"宝钗在做人,黛玉在作诗;宝钗在解决婚姻,黛玉在进行恋爱;宝钗在把握着现实……"这句话有一定的道理。第三十五回,袭人、宝玉烦莺儿打几根络子,三人都不知打什么好,就说随便打几根。宝钗一来便道:"这有什么趣儿,倒不如打个络子把玉络上呢。"玉上原来的络子是黛玉打的,因赌气剪了。宝玉、袭人想了很多,如扇子,香坠之类,最后决定打汗巾,但就是没想起这块宝贝玉,可见宝钗实在是留心于此。就像薛蟠说的:"好妹妹,你不用和我闹,我早知道你的心了。从先妈和我说,你这金要拣有玉的才可配,你留了心,见宝玉有那劳什骨子,你自然如今行动护着他。"虽是薛蟠气头的话,未必不是实情。

　　宝钗是用行动来完成这桩婚姻,黛玉是用诗情来抒发自己的情感。题帕诗是最好的例证,都知道写诗不光是文字功夫,更多的是灵魂的净化和柔软,是意境的美妙,精神的升华。

　　宝钗最后虽嫁给了宝玉,但如人饮水,冷暖自知,很是悲苦。宝玉终是出家为僧,抛下了她。你想宝玉那样一个体贴温存的人,都能决绝到撒手悬崖,可见宝钗的失败与悲哀!要是娶的是林妹妹不知又该做何想,还会不会舍得一走了之。

说宝玉，让我们想起纳兰性德"身在高门广厦，常有山泽鱼鸟之思。"都有着对富贵的轻看，对仕途的不屑，对爱情的追求，对心境合一的向往。可惜宝钗不能理解这些，他们之间没有心灵的相通，没有相处的和谐幸福，更没有意绵绵静日玉生香的温馨美好。达官贵人无数，有几人能被历史记住；红楼只此一部，却成为千古之书。谁又能说宝玉的追求是对还是错呢！

宝钗是失败的，比她小的宝琴、湘云订婚了，迎春也出阁了，偏她还在等着这桩金玉良缘，良缘不良可叹之至。遂成心愿，乃大厦将倾，抄家在即。以后也是生活艰辛，心灵陌路。宝玉又离家出走，简直致命一击，悲凉之极！嫁给宝玉真真误了她的一生。

因曹侯把红楼写得云深雾绕的，很难揣测其真实用意。开篇中，贾雨村中秋曾吟联一首："玉在匮中求善价，钗于奁内待时飞。"甲戌侧批："表过黛玉则紧接上宝钗。"雨村，表字时飞，如果说黛玉是想很好地嫁给宝玉，那待时飞，就有很多人推断是宝钗最终嫁给雨村这个奸雄。但又有悖曹的万艳同悲，千红一哭的初衷，遂成一段红楼未了之公案。

另，宝钗肯定长寿，好了歌里："说什么脂正浓，粉正香，如何两鬓又成霜？"甲戌侧批："宝钗、湘云一干人。"

在红楼里，黛玉是幸福的，虽死爱情犹在；宝钗堪怜，空为高士，珍重芳姿，居然不幸至此。

第十二篇　晋妃才得省亲至　未料正是衰运来——说元春

上

元春是贾府的长女，由贾政、王夫人所出，因生在大年初一，故名元春。其他诸春，皆随其名化来。元迎探惜（原应叹息），不仅是对贾府四艳的惋惜，更是对贾府没落的揭示。元春居长，也是贾府众姐妹中，地位最高、最有本事的一个。她先是入宫做女史，后晋封为凤藻宫尚书，加封贤德妃，可谓富贵至极，是一个德、言、容、功为一体的女子，品貌应在宝钗之上。宝钗进京待选才人、赞善之职，为公主、郡主入学陪侍，但无果。第三十回，宝玉把她比做杨妃，一向笃定的她竟大动肝火，应是落选无疑。

那么我们先看下什么是女史？女史是女官的一种，位居五品，主要掌管皇后的礼仪和文书类工作。在皇宫里仅供皇后和皇贵妃使用，算是知识女性的代表。元春自幼由贾母教养，文字功夫了得。第二回，冷子兴演说荣国府，言贾府现有几个不错，政老爷的长女名元春，现因贤孝才德，选入宫作女史去了。可见元妃最初入宫的职位就是女史。但女史不属嫔妃之列，只属宫女。

我们在这里说下清宫的选秀。清宫选秀分两种，一种是嫔妃的选拔，一种是宫女的选拔。嫔妃选拔三年一次，主要从八旗女子中选出，年龄在十四岁至十六岁之间。八旗又分满洲八旗、蒙古八旗和汉军八旗。汉八旗人数极少，虽是汉人，早已满化，属最早归降投靠清军的汉军。八旗把符合年龄的女子登记造册呈交，排好队，然后一车车送往京师，等待一道道严格的筛选。选上的留下等下一轮；被搁牌的也就是淘汰的，回家自行聘嫁。一旦被选上，有了封号，就终身不能再嫁，哪怕皇帝不宠幸，也要老死宫中。选上的除一部分充实后宫，另一部分由皇帝指给亲王或皇子为妃，总之选秀就是为皇室家族选女人。但也不是你想参选就可以参选的，旗外的，比如一些汉臣，哪怕你再位高权重，也没有资格；旗内的，你逃都逃不掉，这次没来，过三年再来，除非长相奇丑或有残疾，经上报获准才能赦免，否则你二十岁都不能出嫁。也就是说，旗人家的女儿必须先由皇家挑选，余下的才能轮到别人。清朝皇室选妃，最主要的是血统，其次是品德和家世，最后才是容貌。

另外一种就是对宫女的选拔，宫女主要负责宫中杂役，当然也分三六九等。主要从包衣三旗中选出。包衣就是家奴，这三旗由皇帝直接掌管。他们的女儿选为宫女后，继续服侍皇家。选宫女和选嫔妃不同，有本质上的区别，地位更不能同日而语，一般的宫女很难做到嫔或妃这样的位置。但不管是嫔妃还是宫女，一旦入宫皆是皇帝的人，这点毋庸置疑。能得到宠幸的宫女留下；不能的，年龄大了放回。康熙朝是三十岁，雍正朝是二十五岁，总之嫁人已很难。元春进宫是做女史的，从这我们可知贾府是包衣出身，也验证了曹家的包衣身份。当然包衣也有地位显赫，封公封侯的，贾府就是一例。

我们看了这些，就会明白，皇家选嫔妃，就像贾府娶妻纳妾；皇家选宫女，就像贾府选丫头，一般也是家生子，不够才在外面买。贾府是皇家的家奴，就像赖嬷嬷家是贾府家奴一样，但比有些正经的主子还体面气派。所以不可小觑家奴，家奴说来道去还是自己人。

年轻时看红楼，有的朋友就和我讨论过，说宝钗进宫不是为了取悦皇帝，而是给公主和郡主做陪读的。实际这没多大区别，目前我们还不知道宝钗有没有选妃的资格，如在八旗之列，不想选都难。书中只说："因今上崇诗尚礼，征采才能，降不世出之隆恩，除聘选妃嫔外，凡仕宦名家之女，皆亲名达部，以备选为公主、郡主入学陪侍，充为才人、赞善之职。"看这段可知她只是选宫女，也幸亏没选上，否则也要等二十五岁才放出。所以只要进宫的女人，都想接近皇上。曹寅当年就是康熙的陪读，并包衣出身。宝钗进宫同上。

宫女有九等，女史属第三等。到了书中第十六回，贾政过生日，夏太监前来宣旨，言元春晋封为凤藻宫尚书，加封贤德妃。从此元春的身份有了质的飞跃，贾府也从一个包衣变成了皇亲国戚。实际这时离她进宫应该已有七八年之久，因为宝玉快十二岁了，宝玉三四岁时，她还在府中教授他功课。她的攀升应该也是一步步的，只是中间作者略去很多。一个女史能做到贤德妃，实属不易，后来贾政一口一个贵妃的，我们就可以准确地定位她在宫中的位置。在后宫，皇后最大，只此一人，下面是皇贵妃，也是一人，紧接着就是贵妃，贵妃是两个编制，再往后就是妃四个，嫔六个。这些人分住在紫禁城的东西十二宫，余下的贵人、答应、常在随往同住，名额不限。整个后宫成金字塔状。清后宫人数比明少，只有三百多人，不扰民，不像明朝每年到江南选秀，弄得鸡犬不宁。这也是导致清朝嫔妃不漂亮，有的还很丑陋的原因之一。元妃的地位仅次于皇后和皇贵妃，和吴贵妃平起平坐。在十六回，贾琏对凤姐说，吴贵妃的父亲吴天佑家，也往城外踏看地方去了；周贵人的父亲，也在盖省亲别墅。可见省亲不只元春一人，那时京城大兴土木者大有人在。

中

　　何谓省亲，省亲就是嫁出去的姑娘回门。一般女子婚后三天回门，元春的回门却等了很多年，因她的夫君是天子，不仅不能回门，还不能与家人相见。这次已是降不世龙恩，开历史先河了。就是现今，普通人家姑娘回门，也就是收拾出一间洁净的居所，热情款待下完事。嫁的远的，娘家家庭条件好的，可以重新装修下，以示隆重。当然，在大家族里，还要看女儿嫁得好不好，势利都是有的，元春可谓登峰造极，回来的仪式自是不同。实际上，皇家和百姓家在本质上没啥区别。像陵葬，不管修多大的陵墓，无非就是前面一个牌子，后面一个土包子，只是放大几百倍甚至上千倍，以示威严。我们去十三陵地宫，也不过下到土包子里，里面稍微复杂些，分出若干房间，再多放点东西而已。元妃省亲相当于普通女儿回娘家，只不过烦琐靡费些。

　　那么我们看下有多烦琐。吴贵妃家，是现到郊外圈的地，而贾府是在两府的旧址上，划出有三里半大小的位置，把不少房间拆除，能利用的水源树木加以利用。贾琏对贾蓉说："正经是这个主意才省事，盖造也容易；若采置别处地方去，那更费事，且倒不成体统。你回去说这样很好，若老爷们再要改时，全仗大爷谏阻，万不可另寻地方。"从这可看出贾琏是个头脑灵活，内心有成算的人。如果像吴贵妃家重新选址，不仅多耗出买地这笔资金，以后还必然闲置，不可能像大观园那样利用起来。贾政无用，全凭贾赦贾珍贾琏他们调度，请人丈量、设计图纸，采买原材料等，这是前期。后期还要购置里面的金银器皿，古玩字画等。光帘子一项，书中就写道："帘子二百挂，外有猩猩毡帘二百挂，金丝藤红漆竹帘二百挂，墨漆竹帘二百挂，五彩线络盘花帘二百挂。椅搭、桌围、床裙、桌套，每份一千二百件。"你看有多复杂，

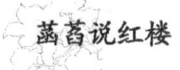

不是小门小户盖一所房子装修下那么简单。

这是死的，还有活的，各色名禽异鸟、鱼类、藤萝花草等。当然还有人，包括小道士、小尼姑，妙玉就是那时进的府。贾蔷还南下姑苏聘请教习，采买女孩子，置办乐器行头，光这一项就支了三万两。总体花多少钱，不知道！反正海了。第十六回，脂批："借省亲事写南巡，出脱心中多少忆昔感今。"是说写省亲实是写曹家当年接驾。借赵嬷之口说贾府也接驾一次，把银子都花得像淌海水似的！这是作者虚晃一笔。赵嬷嬷言："独甄家接驾四次，若不是我们亲眼看见，告诉谁谁也不信的。别讲银子成了土泥，凭是世上所有的，没有不是堆山塞海的，罪过可惜四个字竟顾不得了。"甲戌侧批："甄家正是大关键、大节目，勿作泛泛口头语看。"你想赵奶母本是贾府之人，怎会看见甄家盛况？可见甄（真）、贾（假），本为一家，就像一面镜子的正反两面。甄家实是曹家，也可知甄、贾、曹实为一家。脂砚斋批："极力一写，非夸也，"另一批："真有是事，经过见过。"可见这些都是事实，只不过作者把南巡换成了省亲。

省亲别墅经过一年多的时间竣工后，又经过一系列稠密布置安排，请旨毕，元春就可以回门了。时间定在正月十五。那时，贾府日日忙乱，年也不曾好好过。贾母又亲带人进去检视，确定无误为止。到了十五日，元妃吃过晚饭，拜过佛，又陪着皇帝看完花灯，在戌初时起身，也就是晚上七点半左右。先是一对对红衣太监骑马遥遥而来，然后是一把曲柄七凤金黄伞，便是冠袍带履，后又是一拨太监。这时元妃的金顶金黄绣凤版舆出现了，也就是轿子。这回，也就是十八回，元妃第一次露面，也是唯一一次露面。作者实写，元妃一出场便是花团锦簇，气象万千，是一个集才貌、温良、慈爱、雍容为一体的女子。

元春先入大观园，登舟大略游览了一番，看着银灯雪浪、琉璃世界、珠宝乾坤，内心不免一再叹息过奢。随后至行宫，接受拜礼，先是贾赦带着男的一拨，后是贾母带着女的一拨，这是行国礼。然后更了衣出了园子，元春亲至贾母正室，才和贾母、王夫人等真正厮见，这是家礼，不能乱套。有些影视剧不尊重原著，一下轿大庭广众之下就诉悲喜，那是违背事实，有失贵妃身份。想那时，元春的心情该有多迫切，这个家自她十几岁离开，就再没回来过，但皇家有皇家的礼仪，哪里更衣，哪里会面；几时来，几时走；哪里挡，哪里遮都已由小太监早早安排下。

所以元春一见贾母和王夫人，只是相拥而泣。第一句话竟是："当日既送我到那不得见人的去处，好容易今日回家娘儿们一会，不说说笑笑，反倒哭起来。一会子我去了，又不知多早晚才来！"这也是曹侯惯用的技法，偏于热闹中写上一笔冷艳。直言皇宫是见不得人，不是人待的位置，既没人性，又没自由，更是无爱的地方。皇帝只讲宠，不讲爱，两者有很大的区别，前者是上对下，后者就多了一层平等和尊重。人的一生温饱是基础，金钱是工具，终极目标是精神上的富足与温暖。韦小宝就曾把皇宫比作妓院，是再恰当不过的了。即便是宠，宠了今天还有明天吗？三年一选，总有新人推出。正如书中所批：博得虚名在，谁人识苦甘！

元妃在贾母这见过所有女眷，也受了下人的拜礼。因问起薛姨妈、宝钗和黛玉，贾母方回："外眷无职，未敢擅入。"这是一个定位，她们是客，下人可以见，但没有皇妃的旨意，她们不能来。这也是黛玉在贾府一直内心明白、敏感所在。后来元妃又见了宝玉，是她这次省亲唯一亲见的男士，属于特谕；即便她的父亲贾政和她说话，都只能隔着帘子。这就是皇帝的女人，不是人人能见的。

见过之后，筵宴齐备，又请贵妃进园游幸。她从有凤来仪，也就是潇湘馆一处处看过来，极加赞赏，又劝："以后不可太奢，此皆过分之极。"回宫时，也一再嘱托倘明岁天恩仍许归省，万不可如此奢华靡费了。回宫后又命姊妹搬进园中，免得空置浪费，这些都体现她崇尚节俭，反对奢靡，物尽其用的绝好品质。这里有"过分"二字，想她在皇宫该经历过怎样的富贵和豪华，但见此景，仍叹为观止，可想而知此次省亲该多铺张。

来到正殿，元春宵了夜，改题了几个匾额，看了姊妹们作的几首诗，又听了四出戏。第一出《豪宴》；庚辰双行夹批："《一捧雪》中伏贾家之败。"第二出《乞巧》；庚辰双行夹批："《长生殿》中伏元妃之死。"第三出《仙缘》；庚辰双行夹批："《邯郸梦》中伏甄宝玉送玉。"第四出《离魂》；庚辰双行夹批：《牡丹亭》"中伏黛玉死。"又总批："所点之戏剧伏四事，乃通部书之大过节、大关键。"这四出戏，是伏笔，在贾府的现实生活中将一一上演。也可知元春死在黛玉之前，黛玉死后，整部书基本收尾。

唱戏的有个叫龄官的女孩，唱得特别好，元妃就令她不拘什么再唱两出。贾蔷命她做《游园》《惊梦》，她偏要做《相约》《相骂》。贾蔷扭不过，就依了她。这个女孩很有个性，不惧权贵，又有点调歪，贾蔷很迷她。在后文情悟梨香园节可知，她对宝玉也是爱答不理的。贾妃命："不可难为了这女孩子，好生教习。"并赏赐了很多东西，有缎子、荷包、金银锞子、食物等。可见元春的慈爱和大度。

最后她又游历了几处景点，把从上到下赏赐的东西发放后，也就回宫了。我们捋下，元春回府无非就是见面、观园、吃饭、听戏、赏赐、回宫，古今都跑不出这个套路。

在赏赐礼物的名单中，宝玉和宝钗黛玉众姐妹的一样，贾环和贾珍贾琏贾蓉的相同。以此可见元妃待宝玉与贾环不同，也可知在那时，元春待宝钗和黛玉皆出一意，并无区别。但到了端午赏节礼时，就另行安排，把宝玉和宝钗单剔出来，规格升高一级，以此来暗示金玉之说。那么在这两三个月间，到底发生了什么，才能有如此变化？原因可能有两：一是，她虽然只见过宝黛各一面，觉得她们与众姐妹不同，娇花软玉一般，亦都喜欢。但宝钗端庄健康些，又是母亲那边的，心里天平自然倾斜些。二是现今皇帝开恩不仅准许一年一度的省亲，还另允亲属每月进宫探视一次。王夫人的意见多少会影响她，就是不明言，只需一再地说宝钗如何如何好就行了。

元妃是丑正三刻回宫的，也就是半夜两点半。那么她这次省亲，到底用了多长时间呢？应该是从晚上七点半到半夜两点半，共七个小时之久。以后再省没省亲不知道，书中没有交代，大观园后来成了姐妹们的世外桃源。就为了这短短的七个小时，耗时耗人耗资，真是得不偿失，损失应该是双方面的。贾府这边，为了欢迎姑娘回门，投巨资，伤元气，肯定还落下亏空，进入寅食卯粮阶段。所以此次省亲并不是贾府兴盛的开始，反而是走向衰败的转折。元春那边赏赐出很多东西，两府上下上千号人，一个不落。这些东西皆是宫中之物，除了皇帝的赏赐，肯定还有她自己平日的节俭。实际上，她在皇宫的地位，犹如贾府的姨娘，没多大的权限。

后来书中一再道出荣府的艰难。五十三回，借贾珍和乌进孝的对话说出荣府的真实状况。贾珍说："我这边还可以对付着过，比不得那府里，这几年添了许多花钱的事，一定不可免是要花的，却又不添些银子产业。这一二年倒赔了许多。"乌进孝笑道："那府里如今虽添了事，有去有来，娘娘和万岁爷岂不赏的！"然后书中开始辟谣，纠正民间的一些看法。贾蓉等忙笑道："你们山坳海沿子上的人，那里知道这道理。娘娘难道把皇上的库给了我们不成！她心里纵有这心，她也不能作主。岂有不赏之理，按时到节不过是些彩缎古董玩意儿。纵赏银子，不过一百两金子，才值了一千两银子，够一年的什么？这二年那一年不多赔出几千银子来！头一年省亲连盖花园子，你算算那一注共花了多少，就知道了。再两年再一回省亲，只怕就精穷了。"

那修建大观园的钱到底是谁出呢？当然是荣府，也就是贾政这边，因贾赦单过，这笔开销和贾赦贾琏都不会有太大的关系。贾政其人，书中一再美其名曰，不贯俗物，意思是说他是个只读圣贤书的人，实际上就是一个废物。他的钱被贾珍贾蓉也许还包括贾赦贾琏哄去不少。贾蓉揽到金银器皿这项差事时，脂砚当时就批："肥差"。贾蔷拿放在甄家的五万两银子中的三万两请教习、买戏子、衣服行头，剩下的两万留做彩灯蜡烛之用，这是多大的一笔开销。贾琏当时还质疑小孩能不能办好事，凤姐一再打圆场。跟去的人还有单聘仁（善骗人）、卜固修（不顾羞）两个清客相公，听听名字，就知咋样。贾蓉贾蔷还分头询问贾琏和凤姐需要啥，顺便支来孝敬。贾政这边很是窝囊，里外都依靠外人当家，这其中有王夫人很大的责任。曹雪芹晚年后，多有悔悟，所以总在漫不经心处写上两笔。

当年曹府接驾时，也是花得流金淌银一般。哪来的那么多钱呢？赵妪就说了："告诉奶奶一句话，也不过拿着皇帝家的银子往皇帝身上使罢了！谁家有那些钱买这个虚热闹去？"明言是国库的钱，也就是挪用公款。曹寅在位时，不仅欠公款还欠私款。除了接驾造成的巨额亏空，平日还要打点贝勒爷们，另往来事务不减，家里又极尽奢靡。皇帝多次催促，曹寅死不瞑目。曹府是还了旧债欠新债，债海难偿，但不是人人都有危机感的，到曹頫在职时，照样骄横跋扈，骚扰驿站，勒索钱财，外加转移财物。最后被雍正抄没，全部家产充公。并下批："原不是个东西。"

贾府也是在省亲之后走向没落，开始东挪西凑，捉襟见肘。上面贾珍说的每年倒赔出几千两，又不能不用，应该是打发太监的费用。这跟贝勒爷勒索曹府如出一辙，先前可能是笑纳，最后是公然索要。只不过曹雪芹在文中，把康熙换成元妃，贝勒爷也随之改成太监。五十三回，贾珍道："外明不知里暗的事。黄柏木作磬槌子——外头体面里头苦。"

第七十二回，写六宫都太监夏守忠（瞎守忠）多次派小太监前来借钱，实为勒索。这个夏守忠是个大太监，宫外有自己的府邸。当初元春封妃和让宝玉姊妹入住时，都是他亲来传的旨，当时还笑眯眯的，可见今非昔比。另外他们勒索的数目还相当大。七十二回，小太监说借两百两，夏爷爷说若有了，连同上两回的一千二百两一起送来。凤姐就说了，你夏爷爷好小气，要是这样记着那就算不清了，只怕没有，有只管拿去。贾琏也说，这一年，他们搬得也够了。还有一个周太监夹杂其中，张口就是一千两，贾琏稍应慢点便有不悦之色。明写太监，实写元妃的消息，可见元妃在宫中的日子已不大好过。贾府原想有了这么个靠山，可以能够永享富贵，没想到竹篮打水一场空，反而赔进去许多。

这是外部，还有内部。省亲后一年不如一年，虽说是像探春说得那样："百足之虫死而不僵。"但你看看贾府照样气派，不见一星半点的节俭。从贾母开始就安富尊荣，喜欢热闹，出门前呼后拥。还收留不少外戚，宝钗、湘云、岫烟、李纹、李绮，还有宝琴，黛玉也算，只是亲些，是外孙女。并且，她们还有丫头，这不能不算一笔大开销。实际上，大观园里，真正只住着一位贾政这边的千金，那就是探春，连迎春都是贾赦那边的，惜春是贾珍那边的。但你看大观园多热闹，花团锦簇，人来人往。即便袭人回家奔丧，王熙凤还要亲为检视衣饰，生怕丢了贾府的颜面，皆活在虚荣里。除了早期的秦可卿有危机感，留下嘱托，再就是探春有兴利除弊、开源节流的举措，别的人都是过一天算一天，享受一天。贾府的男人更别提了，照样吃喝嫖赌，歌舞升平；贾政严谨些，但养了一堆只知道搞他鬼的清客，没料想咔嚓一声，从天上摔到地下。所以贾府的三丫头着实令人敬爱！也只有她在为自己的家夙夜忧叹。曹侯不是等闲之辈，每个人物刻画各有各的合理性。

下

元春无子，在封建社会，母凭子贵，何况大内皇宫。偌大的紫禁城前三殿没树，光秃秃的。嫔妃的院落只种石榴，皇家要多子，大婚要盖百子被。皇帝也是一夫一妻制，皇后统领后宫，嫔妃再多都只是生育工具。想要立足，就要留下一星半点的皇家血脉，所以很少有哪个嫔妃真正地去爱皇帝，而只是热衷生孩子，甚至不惜下药投毒用种种卑劣手段，来巩固自己的地位。像在贾府，邢夫人因无子只知自保，周姨娘也很安静，赵姨娘就仗着生有一哥一姐天天瞎折腾。元春一直无子嗣，在皇宫的地位可想而知。

关于元春的年龄众说纷纭。她是贾珠之妹，宝玉之姐。贾珠结婚时不到二十，就生有一子贾兰，入住大观园时，贾兰才五六岁，贾珠若活着也就二十五六岁的样子。省亲时，元妃怎么也大不过贾珠的年龄。宝玉入园后写《四时即事》时才十二三岁，元春未入宫前，在宝玉三四岁时，就手传口教宝玉几本书上千字，清宫选妃一般在十四岁至十六岁，她最多比宝玉大十岁，也就是省亲时不到二十四岁。续书写她四十三岁薨，跨度太大，不符逻辑。

关于元春的死，续书言因病而薨，与前八十回不符。元春的判词是："二十年来辨是非，榴花开处照宫闱。"二十年"不管是指入宫前，还是入宫后，还是活到二十岁才明白，但在皇宫石榴开花结子才是最重要的。

"三春争及初春景，虎兕相逢大梦归。"虎兕各版本不同，有做虎兔的，有做虎凶的。有人支持虎兔，说十二生肖与十二地支相连，是指死的时间。但我更相信是虎兕，指死的原因。兕是一种类似犀牛的古代动物，凶猛异常，并坚信元春早卒，死于宫廷政治斗争。

省亲一节是元春生命的高潮，也是贾府的鼎盛时期，以后随之衰败。猜灯谜时，元春的灯谜是："能使妖魔胆尽摧，身如束帛气如雷。一声震得人方恐，回首相看已成灰。"其父贾政猜出是爆竹，很悲戚，是一响而散之物。不知道曹雪芹为何把吴贵妃的父亲起名吴天佑，估计是无老天保佑的意思，按说这个人有名没名，出不出场皆可，只是一笔带过，不该这样让作者煞费苦心，也许暗指元妃和吴贵妃的争斗。在第十三回，秦可卿临死给王熙凤托梦："眼见不日又有一件非常喜事，真是烈火烹油，鲜花着锦之盛，要知道，也不过是瞬间的繁华，一时的欢乐。"足见繁华之短，喜极悲至，更验证元春不会是四十三岁薨。

红楼梦十二支曲关于元妃的是："喜荣华正好，恨无常又到。眼睁睁把万事全抛，荡悠悠把芳魂消耗。望家乡，路远山高。故向爹娘梦里相寻告：儿命已入黄泉，天伦呵，须要退步抽身早！"从这可以看出，元妃的死是一个转折，是无常，是死在贾府抄家，父母健在之前。

在全部书中，元妃是关键性的人物，是贾府的靠山。她倒了，贾府也就山崩地裂，树倒猢狲散了。这一切的结束，也就在省亲后的不几年。省亲前，她和贾府都有过一段荣耀显达的日子；省亲后，贾府慢慢走下坡路，她也逐渐失宠。她死了，贾府也就完了。脂砚斋说借省亲写南巡，也就是说作者借元春省亲，写康熙南巡。康熙六次南巡，曹家四次接驾。曹府有没有这个皇妃还不一定，真实的情况是康熙死了，贾府的靠山没了，雍正六年抄没。

红楼是一部以生活为底稿的小说，曹不断地抽换修改，所以我们今日看到的版本是不同的，因未完，也留下了无数的悬念。但元春自始至终是里面的一个重要角色，是关乎贾府命运兴衰的人物，是左右宝黛婚姻举足轻重的砝码。

红楼留给世人的教训是深刻的，它告诉我们靠人不如靠己，皇帝也好，妃子也罢，都有消失的那天。虽说政治的漩涡深浅不知，生怕踏错一脚，但在自家，却可以明心净己，整肃家风，子弟勤勉，才是兴家之道。红楼梦这本书，是作者写给自己的，也是写给世人的，唯愿永志。

第十三篇　秉正气曹侯另席　惊风雨脂砚挥泪——说探春

探春是四艳中最为华彩的一个人物，是个说得做得写得，志向远大，才智精明的女性，有气势，有魄力，就是放在今天也是响当当的风云人物。作者特别钟爱这个角色，也是四艳中出场机会最多，曹侯倾尽笔墨，塑造得生动而又饱满的一个形象。二十二回，在探春作的灯谜后，脂批曾道："此探春远适之谶也。使此人不远去，将来事败，诸子孙不至流散也。悲哉！伤哉！"是说探春是个有能力有本事的人，家败时，如果她在，局面兴许会有所改观。

探春由贾政与赵姨娘所生，是贾环的姐姐。生得削肩细腰，长挑身材，鸭蛋脸面，俊眼修眉，顾盼神飞，文采精华，见之忘俗，应该很美。文中也借兴儿之口说她是玫瑰花，又红又香，人见人爱，可见不同凡响。她在十二钗中排第四，仅次于黛玉、宝钗、元春三人，位居湘云、妙玉之上，不论相貌才学见识能力都是一流的。其母虽不甚着调，但探春的聪慧资质，心机为人，连王夫人和王熙凤都要忌惮三分。

我曾读过一篇骂探春是不孝之子的文章，言辞激烈，印象颇深。实际上，红楼就是"一袭华美的袍子，上面爬满了虱子。"作者走过大起大落的人生，看遍了人世间的爱恨情仇，人情冷暖之后，对谁都不惜痛下手术刀。包括生母也不例外，打破了所有窠臼，叙事叙得横山断水，写情写得至真至性，刻人刻得入木三分，这也是我们久看不厌的原因之一。

说探春孝与不孝，我们先从大环境看起。贾府分宁荣两支，一东一西占去一条街。贾母这边有两个儿子，贾赦和贾政，分家而过，贾母随贾政生活。贾政这边当家的原来是王夫人，后让她的内侄姑娘王熙凤代为打理。王熙凤是贾琏之妻，贾赦的儿媳妇，与贾政这边没有任何关系。一个有才能的人不在自己家里当家，却跑到这边执事，为什么？一是邢夫人不放权，自己独揽；二是她是王夫人娘家的人，王夫人信任。如读者留意的话，会发现她是早请示，晚汇报。天黑人稀时，王熙凤每天要过王夫人这边回话，也就是汇报工作。她只是帮她姑妈理家，别看她出门前呼后拥的，有时也中饱私囊，但真正当权的还是王夫人，正儿八经的儿媳妇李纨是靠边站的。底下跑腿的是王夫人的陪房周瑞家的，外面收租子的是周瑞，都是她从娘屋里带来的人和心腹。凤姐下面的干将是凤姐的陪房旺儿家的，放高利贷的是旺儿。又有王夫人一妹妹薛姨妈放着自家不住，就住在姐姐家，还传出金玉一说，明摆着自家的女儿要嫁宝玉的。整个贾府贾政这边全部都是她们王家的势力范围，是针插不进、水泼不进的。况且生的女儿又是皇妃，生的儿子也像粉团一般，老太太喜欢得不得了。

探春就是生活在这种环境里，其母是妾，半主半仆。她尴尬自己的出身，但又自尊好强，每每纠结正庶之分。她常说，"我是不管什么嫡庶的。"这更表明，庶出是她心头的一块硬伤。不比黛玉、宝钗本就是堂堂正正的嫡出大小姐，提都不需一提。

那么王夫人和王熙凤为何又畏她三分呢？第一，因为她有文化有才能。书中王熙凤是不识字的，记账是未冠小童彩明。王夫人也是，虽没明言，但红楼无一处闲笔，书中说元春是由贾母教养的，这里已经点明了，可见贾母是有文化的。王家是不是暴发户不知道，但对女儿的教育本身就不重视。王夫人的作风是不听话就"拉出去打一顿，看你还闹不闹。"王熙凤对丫鬟，不说实话拔下簪子就扎嘴巴，或站在穿堂叉个腰，一边剔牙一边骂。但这些行为在贾府的三小姐探春身上是不屑的。探春出身虽不如她们，但心理层次比她们要高出很多。

探春不怒而威，手下的丫鬟，只要她使个眼色，就知该干什么去，这就是探春的本事。王熙凤就曾对平儿说过："她虽是姑娘家，心里却事事明白，不过言语谨慎，她又比我知书识字，更厉害了一层。"是说探春是个不可多得的帅才。黛玉在累金凤一节也调侃她是用兵最精的。探春在治家理财上，也是比凤姐有过之而无不及。

第二点就是探春智敏过人，精细处不让任何一人，没有她看不到、想不到的事。从府里的大小开支到每个人的生日，她都了然于胸，在关键的时候还可以站出来说话。中秋节大家熬不了夜都散了，唯独她还陪着老太太；给宝玉做鞋，建立海棠诗社等，每每把事情做到最妥。

就是对刘姥姥和板儿，探春也表现得仁爱宽厚，不似王熙凤的先倨后恭，不似黛玉"母蝗虫"的戏弄，不似妙玉宁可砸了，也不给用的决绝。探春这点颇有点宝玉的温热。

探春还是一个非常清醒的人。过去的婚姻讲的是父母之命，媒妁之言，就因为她明白自己的处境，是无力与王夫人抗衡的。就像武则天对王皇后的女儿，你虽贵为大唐公主，我一样可以把你嫁给门卫。同样，探春的命运也是捏在王夫人手心里的。她说过："我但凡是个男人，可以出得去，我心早走了，立一番事业，那时自有我一番道理。偏我是个女孩儿家，一句多话都没有我乱说的。"由此可见探春虽有一腔抱负，却是女儿身，做不得主。探春是个心里过得很辛苦的人，可惜她的生母目光短浅，不予理解。

书中描写探春主要有两大回。第一次是五十五回，探春治家理财，遇到她的亲舅舅赵国基死了，要赏银的事。也是因为这回好多人不喜欢探春，骂她是不孝之子，年少时初读也不快。她曾说："谁是我舅舅？我舅舅年下才升了九省检点，那里又跑出一个舅舅来？我倒素习按理尊敬，越发敬出这些亲戚来了。既这么说，环儿出去为什么赵国基又站起来，又跟他上学？为什么不拿出舅舅的款来？"实际上，王子腾是宝玉的舅舅，同探春毫无血缘，贴都贴不上，是八竿子都打不着的，探春这样精明的人，不会不知。她说的都是气话，是违心的话，是气自己的生母不能审时度势，每每生事争小利，做事没身份，遇事没主见，喜欢出丑。

她接下来含泪道："何苦来，谁不知道我是姨娘养的，必要过两三个月寻出由头来，彻底来翻腾一阵，生怕人不知道，故意的表白表白。也不知谁给谁没脸？幸亏我还明白，但凡糊涂不知理的，早急了。"这是一句真心的话，她是姨娘所出是改不了的事实，太太不为难她也就不错了，即便是让探春理家，也要李纨扶持，更要不是贾府之人的宝钗巡管。

探春在赏银这件事上做得很对。赵姨娘是丫鬟收的房，是家里的，按旧历家里姨娘的娘家人死了的，只赏二十两。袭人也是丫鬟收的房，但是，是买来的，不是家生子，故赏四十两。就是赏一百两也是可以的，因太太有钱，也可以私给。探春就说过太太连房子赏了人，我有什么有脸之处；一文不赏，我也没什么没脸之处。实际上，那时，袭人妾身不明，贾政和贾母还不知道，工资也是王夫人拿自己的私房给的，所以赵姨娘不忿也是有道理的。但探春只有秉公办事，才能服众，在这件事上，好多人就是等着看她的笑话。心底无私天地宽，要不接下来的卸妆，就不会有那么大的气势。

另一精彩的回目是抄检大观园。第七十四回，人马未到秋爽阁，就早有人通报探春。探春秉烛开门严整以待。蒙回末总批："诸院皆宴息，独探春秉烛以待，大有提防，的是干才，须另席款待。"探春做事有理有力有节，并人缘极佳！有些人在此回里赞她不畏权势，不卑不亢，实际上，只是说对了一半。她那一嘴巴子，是扇在了邢夫人的陪房王善宝家的脸上，而不是王夫人的陪房周瑞家的脸上，要不王夫人也会动雷霆之怒或心怀怨恨的，这就是打狗尚需看主人。探春这点是最明白的，所以这巴掌是扇在了外人脸上。

在这回里，探春成功保护了她手底下的丫鬟，没受任何损失，不比迎春折了司棋，惜春失了入画，并且树立了个人威信。实际上，探春与赵姨娘的关系，不是我们表面看到的，她攀高枝不认生母。赵姨娘经常去她那儿叨扰。有一次写赵姨娘到潇湘馆看黛玉，黛玉就知是去探春那，顺脚的人情。可见探春私下和生母来往还是很密切的，看红楼正反两看，方是慧眼，不可被曹老夫子蒙混了去。

纵观探春的性格，和赵姨娘、贾环一脉相承，都有着不服输的个性，不像迎春和其母那样柔顺。只是采取的方式方法不同，赵姨娘仗着有贾政喜欢，尚在一起同房，可以吹下枕边风，又生了一哥一姐，总想与王夫人斗一下，结果每次都损兵折将，丢盔卸甲。贾环就会使点小坏，泼下灯油，或小动唇舌下下小话。然探春却是满身正气，刚柔并济，颇有大家风范，这也是作者敬爱她的原因之一，以浓墨重彩书之。以贾环的性格为人，贾府事败后，必定疯狂报复王夫人和宝玉，但如探春尚在，肯定会以家族荣誉为念，收拾残局，振兴家业，即便做不到，也会做出很多好事益事，绝不会落井下石，这点是肯定的。

探春还是个书法家。我始终认为，字是一个人灵气的表现，红楼里提过三个人的字好。明写的是宝玉，黛玉夸他贴在门斗上的"绛芸轩"三个字，个个都写得好，好多人也来向这个十二三的公子哥索字。其次说过黛玉的字是一手钟王蝇头小楷，有一次帮宝玉完成功课，写得同宝玉字体十分相似，就是说黛玉不仅写得好，还可以模仿别人。但最好的是探春，曹侯喜欢金针暗度，反写或不写。探春的字就像她的房间样，大气开阔，豁达疏朗，桂梨大理石大案上摞着各种名人的法帖，墙上挂的是米芾的《烟雨图》和颜鲁公的墨迹。可见她不仅喜欢写，还研究书法。元春省亲回，姊妹们作的十数首诗也是命她誊录的。她的首席大丫鬟侍书的名字也是以此化来。

　　探春的结局是远嫁无疑，肯定是个王妃。第六十三回，寿怡红群芳开夜宴，宝玉过生，探春抽到一只杏花签，题曰"瑶池仙品"。诗云"日边红杏倚云栽"注云："得此签者，必得贵婿。"探春抽到签时，众姐妹都笑道："家里已经有个王妃，难道你也是王妃不成？"

　　红楼草蛇灰线，伏脉千里，关于探春的命运多次点明。但这个王妃是断了线的风筝再也回不来了。判词云："才自精明志自高，生于末世运偏消。清明涕送江边望，千里东风一梦遥。"在杏花开放的清明时节，这个美丽的女子作船远嫁，掩面而泣，凄苦之至。红楼梦曲也是："一帆风雨路三千，把骨肉家园齐来抛闪。恐哭损残年，告爹娘，休把儿悬念。自古穷通皆有定，离合岂无缘？从今分两地，各自保平安。奴去也，莫牵连。"探春远嫁，虽是王妃，但鞭长莫及，山高路远，有家不能回，唯有各保平安。

　　红楼第七十回大家放风筝，也主要写探春自己的一个凤凰风筝与别家的一个凤凰和另外一个喜字绞在一起，线断了，一去不复返了。

　　在红楼里，探春是个可敬可爱的完美女性。端庄大气，貌美才高，豁达仁厚，精明聪慧，有别于湘云的大咧，黛玉的袅娜，惜春的清绝，宝钗的内敛，是个不可多得的人才。

第十四篇　芍药茵慢启秋波　芦雪庵勇夺魁首——说湘云

想了很久才提笔写湘云，不能说不喜欢湘云，但她的性格确实不是我推崇的。她话多，没日没夜的叽里呱啦，宝钗管他叫话口袋子，说聒噪的很。迎春也说她："淘气也就罢了，就嫌她爱说话。"实际上，话多也是一个人，害怕孤独的另外一种表现，不停地表达，生怕被旁人忽视，潜意识里有表现的欲望，极其想得到外界的认可，这些都是因为自小缺少爱造成的。只是和那种内向沉默的人，走向了两个极端。湘云的一生是非常可怜与心酸的，快乐仅仅是她的表象。她的欢愉只是悲哀的荒草上，长出的那株寂寞的坚强之花。

一个什么样的女子是最美的？这是我常问的，在我们每个人的心中，也有着不同的尺度。秋日里，一袭飘逸过膝的白衣，晨曦间采摘下一枝带露的白菊，轻轻地赤足插在精致的花瓶里。独处时不惊醒雨，群居时不扰乱风，这是我喜欢的。迎春就很美，花荫下默默地穿着茉莉花，别人争论累金凤时，她无关地看着《太上感应篇》，有些心无挂碍的超然。一个下棋的高手，我们不可以管她叫二木头，人一旦拘泥，用世俗的眼光去看待某一个事物，或人云亦云，就很难再发现美。探春也是美的，只是为精明所累，不觉间就失去了心灵间的那片安宁。

湘云更是美的，英气不失娇憨，洒脱不脱妩媚。打开一扇窗户，黛玉是一缕暗香，湘云就是一片阳光。一个含蓄，一个直接。湘云较黛玉，虽少了一点清幽，输了一段婉约；比宝钗也缺了一份端庄，失了一份温雅，但还是有独特魅力的。

在人们不断地纠结黛玉的矫情和宝钗的世故时，湘云就显得格外生动与自然。她曾对黛玉说："你知道什么！是真名士自风流，你们都是假清高，最可厌的。我们这会子腥膻大吃大嚼，回来却是锦心绣口。"这是湘云性情真实的写照，也活画出一个天真烂漫、娇憨可爱、快人快语、雅俗共赏的小女子形象。

从红楼面世起,就有很多人喜欢湘云,她的呼声甚至高过钗黛。红书风靡时,在清朝滚滚的香车上,画的几乎都是湘云醉卧芍药茵的经典场景。有些人甚至为高鹗在后四十回,对湘云结局的草率处理,而厉声痛骂,几欲挥拳。就是现今有些人爱湘云也已走火入魔,很多男性把她奉为心中的女神,有甚者更是是非颠倒,黑白混淆,言称薛家之金是伪金,真正的金玉良缘是指宝湘。说他们既是青梅竹马又是白首双星,并说宝黛之情只是怜爱有加,真情不足,宝玉心爱之人乃湘云是也等等。实际上,这些论述都是只凭一己之好,曲解作者之意,纯属掩耳盗铃。我们翻开累累的文字,扑面而来的无不是意绵绵静日玉生香的美好,无不是宝玉对黛玉的呵护、尊重和在乎,简直是血脉相连,息息相关。脂砚斋也评:"金玉姻缘已定,又写一金麒麟,是间色法也。"间色,是指相近之色,进行调配,只起烘托作用,但并不占主流。

　　湘云在十二钗里位居第五,在妙玉之上,探春之下,是一个浓墨重彩的人物。她第二十回正式亮相,可谓姗姗来迟,但这并不影响她的精彩。她是十二钗中最后一个露面的,也应该是最后一个收场的,就像咏白海棠时,她便是压轴之戏。《好了歌》中云:"说什么脂正浓,粉正香,如何两鬓又成霜?"甲戌侧批:宝钗、湘云一干人。可见湘云命长,不会像黛玉、迎春那样过早凋亡。

　　湘云是贾母的内侄孙女,也是红楼里唯一一个正面描写的史家人。湘云生下来就是个孤儿,"襁褓间父母违"比黛玉的命还要苦,连父母长啥样都不知道。她一直处于流离的状态,没有一个温暖固定的家。起初是在贾府居住的,贾母只是她的姑祖母,是出了阁的史家女儿,湘云在这也只是客居。几年后回到史家,在两个叔叔史鼎和史鼐家里轮流寄养。袭人最初是湘云的丫鬟,她走后,才跟了宝玉。三十二回她曾对袭人说:"十年前我们西边暖阁住着,那时是那么好,后来我们太太没了,我回家住了一程子,咋就把你派给了二哥哥。"可见十年前袭人本是湘云的丫鬟。四十九回,她的叔叔史鼐外迁后,她又被贾母留在了贾府,在大观园里和宝钗居住。湘云就这样一直过着漂泊无依的生活,在大说大笑、红摇翠动的背后,更多的是无尽的孤零和悲凉。

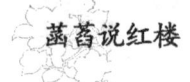

我们不能简单地评说她的婶娘好与不好。史鼎的夫人也是个雍容华贵的侯爵夫人，在湘云没出场之前，十三回秦可卿死时，她已然露面。甲戌侧批："史小姐湘云消息也。"以她的大家之仪不该与一个小女孩过不去。另外，一个没有血缘的婶母，我们也不能对她要求过高，她也没多大义务对谁好，只要能容得下，相处和谐就不错了。再者深宅大院的生活是非常复杂的，就像邢岫烟住在紫菱洲，迎春倒是没什么说的，底下的丫头婆子却是伶牙俐齿。邢姑娘时不时还要拿些钱给她们打酒买点心吃，本来二两银子的月例就不够使，邢夫人又让给她爹妈一两，越发不够花。冬寒十月，只有把棉衣当了。在红楼里，心酸的不止湘云一个。

三十一回，王夫人笑问湘云为何穿得这样多？她回说都是婶子让穿的，可见她婶母对她还是关心的。侯门的生活也不是我们想的那样，金砖漫地，地缝里都能扫出珍珠玛瑙来，也是要算计着过的。湘云也很知事，每每做女红到深夜，袭人烦她打十根蝴蝶结子，过很久才派人送来，并说："打的粗，且在别处能着使罢；要匀净的，等明儿来住着再好生打罢。"湘云不喜欢把自己的烦难讲给人听，所以我们看到的多半是云丫头开心快乐，愉悦生动的场景。年少时的心多半是敏感和脆弱的，寄人篱下的生活，好与不好都是无尽的心酸。像黛玉，在贾府有贾母罩着，宝玉护着，都是一年三百六十日，寒刀霜剑严相逼，可想而知湘云的处境。

大观园可以说是湘云的一个精神家园，只有在这里她才可以肆无忌惮地笑，毫无顾忌地说。每次走时都是眼泪汪汪，依依不舍的，还悄悄嘱咐宝玉，要是老太太想不起来，你一定提着点醒，让她派人去接，宝玉也是送了又送。这些都是很心酸的文字，不仅是作者的一捧热泪，更是读者无法释怀的心痛。

湘云极具娇憨之美。她咬舌，吐字不清。二十回一出场，就爱哥哥，爱哥哥的叫个不停。她对黛玉和宝玉说："二哥哥，林姐姐，你们天天一处玩，我好容易来了，也不理我一理儿。"简直是娇音如闻，憨态可掬。曹侯是个高明的人，也最厌沉鱼落雁，闭月羞花之类的空壳美女，用词更是吝啬，不喜涂脂抹粉，喜欢用真性情去打动人。所以她笔下的女子都是有生命的，能长久地存活在我们心中，是我们极爱的。

湘云的容貌在书中没有正面描写，我们只知道她个高、肤白、腰细、肩宽、轻捷俊俏。第四十九回，芦雪庵联诗说她："蜂腰猿背，鹤势螂形。"李婶也说："怎么一个带玉的哥儿和那一个挂金麒麟的姐儿，那样干净清秀的人……"我们从中能知道湘云长得干净俊美，她虽没黛玉之韵，宝钗之姿，却是个衣服架子，穿上男装倒有几分俊朗之气。

红楼里两次书了湘云的睡态之美。一次《红楼梦》第二十一回，那时姊妹们还没进大观园。黛玉、宝玉随贾母居住，因年龄渐长，已经分房而睡。湘云每次来时，就寝于黛玉房中，两人同榻而眠。湘云一把青丝拖于枕畔，被只齐胸，一弯雪白的膀子撂于被外，又带着两个金镯子，睡态极美。这种娇媚，不同于黛玉的娇弱。黛玉谨慎，严严密密地裹着一幅杏子红绫被，这也点出了黛玉的身份。湘云却是自然可爱，毫无设防的，也像极了她的为人，内心碧透，男女无嫌。

作者在这里高屋建瓴，另起一笔，为我们塑造出两个截然不同的女子形象，在花团锦簇间，笔走龙蛇，一丝不乱。

另外一处场景就是第六十二回醉卧芍药茵，这是湘云的正传。香梦沉酣的湘云，枕着鲛帕包的芍药花，睡在石凳上，漫天香落，一地散红。微醉中她慢启秋波，口齿噙香，唧唧哝哝地说着酒令："泉香而酒洌，只饮到月上眉梢……"惹得大家又爱又笑。这样的行为在黛玉和宝钗身上是不可以想象的，以宝钗的端肃贞静，黛玉的严谨自尊是不可能的，但在湘云的身上却是这样自自然然地发生了，竟醉了，妩媚到了极致，比黛玉葬花和宝钗扑蝶还要生动优美。煞是好看！

湘云豪爽大度，洒脱不羁，有什么说什么。和黛玉曾有过几次小别扭，但都很快随风化去，并没妨碍她们之间的友谊。她在做人上推崇宝钗，但在才情上却亲近黛玉。芦雪庵连诗，她俩有一拼；凹晶馆联句，她也能吟出"寒

塘渡鹤影"这样句子。她的骨子里既有英豪豁达之气，也有缠绵悲凉之音。她对宝钗多是敬重和感服，时常感叹要是有这样的一个亲姐姐就好了，这也是一个孤女的无奈。她对黛玉不是不喜欢，也不是不另眼相待，多少带点抢去她二哥哥的酸意，但这却与爱情无关，有点小姑子对嫂子的挑剔。

在最早，湘云和宝玉随贾母一起生活，他俩可谓青梅竹马，两小无猜。她走后，黛玉进府，宝玉见之惊为故人，便心里眼里全是黛玉。湘云再来，宝玉也只是围着黛玉转，她岂有舒服之理！湘云虽然是贾母的娘家人，但贾母最疼的还是自己的亲孙子宝玉和外孙女黛玉。我们从书中多处都可以看到，比如吃饭时，上桌坐的是贾母、宝玉、黛玉和薛姨妈，因薛姨妈是客，有时是宝钗。湘云和迎春、探春、惜春另设一席。放炮时贾母不是搂着黛玉就是宝玉。湘云就处在这样一个位置上，不可能得到最爱，但因为她是贾母娘家里的人，其他人也不敢怠慢，这点邢岫烟、李纹她们自是比不了的。

湘云还是大观园里才情最敏捷的女子。咏秋海棠时，她说笑间就暗合两首，快且精彩，大家看一句，赞一句。芦雪庵更是独战群雄，联诗联到日月无光，最后只剩下宝琴和颦儿，轮番出击，被她抢去最多，勇夺魁首。这都表现出湘云卓尔不凡的才华和内心的聪慧。

湘云善良热心，有侠女风范。第五十七回，为邢岫烟典当棉衣一事，湘云抬脚就要去骂那些势利的丫头婆子们，被宝钗拦下。黛玉也笑她："又不是男子，充什么荆轲聂政，真真可笑。"大有路不平，有人铲的正直情怀。三十八回吃螃蟹，她也不忘记给周姨娘和赵姨娘装上一盘送去；给香菱讲诗更是通宵达旦，乐此不疲。

湘云女红不错，虽不及晴雯，但袭人经常麻烦她。一次做了个扇套，袭人哄宝玉说是外面的女孩扎得出奇的花。宝玉也就信了，拿出去，给这个看那个瞧。

湘云还粗中有细。送绛纹戒指时，派人送来的是小姐们的，给袭人、鸳鸯、平儿和金钏的却是自己亲自带过来的。这也能看出她与这四个丫头的关系，她们也是贾府中最重要的四个丫鬟，分别是贾母、王夫人、凤姐和宝玉房中的首席大丫头。

《红楼梦》第四十九回，宝琴初进府，她就对宝琴说："若太太不在屋里，你别进去，那屋里人多是心坏，都是要害咱们的。"宝钗笑道："说你没心，却又有心；虽然有心，到底嘴太直了。我们从对话中可以看出湘云的心直口快和不成熟，所谓的那屋里人多是心坏，实指赵姨娘。赵姨娘也是个"苦瓠子"，她害宝玉凤姐那是因为他们挡了她的道，像湘云、宝琴这样无利害关系的，本与她无涉，赵姨娘也不会笨到与全天下为敌。湘云有时说话就是这样不过心，做事也是想到哪就做到哪。想做东，也不考虑自己口袋里是不是有钱，出口就邀，还是宝钗替她解的围；想品评黛玉也不顾及黛玉的感受，张口就来；想睡觉，大白天就醉在石凳上，连莺儿藏在书中的当票也能翻出来，高兴了把宝玉的衣服也找出来穿，哄得贾母直叫宝玉。湘云实是一个行为随意、思想自由的人。

湘云是大观园中最早订婚的女子。《红楼梦》第三十回就从王夫人口中传出消息，说眼看着有人家了。第三十一回袭人也说，听说姑娘大喜了，湘云便红了脸。黛玉比宝钗小三岁，湘云比黛玉不是小月份就是小年份，订婚时也就十二岁左右。史家想尽早把她嫁出去，卸下担子，湘云以后有了自己的家，能多少做点主，未免不是一件好事。

关于湘云和宝玉的感情，我们在前八十回，只能看到她们浓浓的兄妹之情。每次宝玉听说湘云来了，不管在哪，拔脚就走。黛玉也说："我说在哪里绊住了，要不早飞来了。"可见黛玉计较的只是宝钗，而不是湘云。宝钗也说你们兄妹好憨呢。他们之间的感情，不同于宝黛间的那种神经质的牵挂和五脏六腑的痛彻缠绵。湘云对宝玉也只是停留在儿时的亲切纯真和熟悉上。小时候，她就经常给宝玉梳头，连头上的珠子缺一颗都晓得，看到宝玉拈了胭脂往嘴边送，扬手就打。他们之间的举止不是恋人之间的含蓄，只是兄妹般的透明。第三十一回，袭人说湘云大喜了，也不见宝玉有悲戚之色，倒是迎春的出阁让他几乎失声，邢岫烟的订婚让他徒生感慨。

宝玉是个异样的，不流世俗的，细腻的，有着独特审美又不乏柔情的人。他虽喜女色但不亵渎，不同于贾琏的滥、贾蓉的耻，更多的是用情用心去呵护和尊重这帮年轻的女性。与其说他爱她们青春的美貌，还不如说他爱她们思想的纯度。但在价值取向和人生态度上，宝玉却是严肃和激愤的。他不喜欢仕途经济，若是谁加以相劝，便马上撂下脸来，这些宝钗和湘云都领教过。所以说，知音只有一个，那就是黛玉。

所谓的因麒麟伏白首双星是三十一回的回目，也是红楼里的一段悬案。"白首双星"到底是指宝玉和湘云，还是卫若兰和湘云呢？这令很多人困惑。有许多大家说金玉良缘是指宝湘，薛家之金是伪金。脂砚斋应该看过全书，宝玉的结局应该是撒手悬崖。从前八十回附批透漏的消息看，没有任何迹象表明宝玉和湘云结合，至于那些相传的古本，宝玉湘云沦为乞丐，在都中拾煤球；或做看街兵，宿堆子中；沦为击柝之流。张爱玲四详后也说，均为续书。当时续书之多有九十多种，我年轻时就看过几本续书，一本叙宝黛新婚，宝玉发现黛玉胸前长有一颗明珠，有珠玉一说，简直俗不可耐。写宝湘老后结缡的，也是后人根据三十一回的回目化出来的。

红楼梦是一本小说，不是纪实文学，作者也是几易其稿，不断抽换。也许可能最早的一个本子，是从湘云在贾府住时写起，也构思过他们白首终老，但后来却让黛玉第一个出场，结局也就随之改变，但回目没改。我们还是以我们现在能看到的文字为准，两个白头发的双星，不管是牛郎星还是织女星，都是天各一方，不能相见的。

我们再看金玉良缘，金玉良缘只是薛家独自炮制的一己之说。宝玉有玉不假，那无关他的婚姻，他谁都可以娶。宝钗是进京候选，无果后，退而求其次，要找有玉的才嫁，言称是三岁时癞头和尚留下的话，并全家一直住在贾府。实际上，这都是薛姨妈编织的故事，和尚当初留话不假，只是给了"不离不弃，芳龄永继"这八个字，让人錾在金器上，薛姨妈在此基础上进行了发挥。宝钗也是一个很尴尬的角色，她不喜首饰，但却要带着这个沉甸甸的招牌。她在没进大观园之前就过了十五岁生日，宝玉进园作《冬日即景》时才十三岁，她比宝玉大两岁。林妹妹是二月的生日，宝玉是四月份的生日，黛玉比宝玉将近小一岁，宝钗是大观园里年龄最大的。湘云订婚了，跟着邢岫烟、宝琴也订婚了。进园几年后迎春出阁了，探春也有官媒婆来相看了，唯独宝钗没动静。一家养女百家求，以宝钗的优秀不会没人提亲，可薛家就在等这个金玉良缘。薛家很富有，是皇商，京城有自己的房产和当铺，可偏偏不住，全家住在贾府，说是为了拘禁薛蟠，没想到薛蟠比原来打死冯冤时还要坏上十倍，一牵扯到宝玉，抄起棒子还要去打死，也不看看住在谁的地盘上，相信她的父亲在世是绝对不会依附别人家的。金玉良缘这四个字只关乎薛家，和别人无关，湘云即便有一金麒麟，也扯不上。湘云是一个健康阳光的女子，心态极好，不用非得嫁个带玉的才能平安度日。

人性，在任何年代都是一样的，爱情是建立在共同的情趣，彼此的相知上，是灵魂的迸发，思想的自由，绝不是靠金玉一说能捆绑的。史太君都能破陈腐旧套，曹侯焉无高情巨眼。金玉良缘本就是一个极大的讽刺，宝钗也好，湘云也罢都与宝玉志不同道不合。以湘云的大咧，宝钗的恭严都不是宝玉所喜欢的类型。

很多人说宝钗是瞧不起宝玉的，实际上，以宝钗的博知，能让她看重的人的确很少。但宝玉想让她刮目也很简单，只要走求取功名的道路，以宝玉的悟性弄个一官半爵也不是什么难事，但这比要了他的命还难受。他是一个宁可丢了印也不能丢麒麟的人，是一个为情可以化灰化烟的人。人各有志，不取苟同。女人是自私的，巴不得自己依靠的男人能有一个好的前程。袭人是也，宝钗是也，湘云亦随，唯独黛玉为爱而爱，纯粹得很，这也是宝玉敬她，我们读者爱她的原因之一。

红楼很深，不解的地方很多，曹侯到底想表达什么，故事的后面又是什么，是我们无法知晓的。云断水起，迷雾重重，一部红楼，繁花落尽，只留下一片白茫茫的大地。湘云也不例外，虽有过一段幸福美满的婚姻，终归是水枯湘江，云散高唐，转瞬即逝。

人的一生，就是弹指一挥间，多灿烂的生命都要凋零。哭过了，笑过了，爱过了，恨过了，所有的喜怒哀乐，思想才情都一梦千年，化云化灰了。当曹雪芹只剩下一袭枯瘦的背影，当史湘云满头银发佝偻着身躯为一日三餐发愁时，是否也和我们一样，在脑海里想起芍药茵那浪漫的画面。在梦中，直饮到月上眉梢，扶醉归……

第十五篇　居槛外曲高寡合　落泥潭命运蹉跎——说妙玉

　　在十二钗里,妙玉是一个非常特殊的人物。她带发修行,介于尼姑和闺阁之间,又和贾府无多大瓜葛,应聘而来。她位居第六,在湘云之下,凤姐之上,作者对其十分珍爱。她内心丰美,外表飘逸,品性高洁,气美如兰;她博览群书,满腹才情,生活讲究,遗世独立;她仙风道骨,我行我素,孤高自负,不染世俗。妙玉是一个非常精致和怪癖的人,出场较少,戏份不多,但个性鲜明,令人过目不忘。

　　我们先说下何为带发修行?带发修行是指尘缘未了之人,想找一个相对清静的地方修身养性,过一段与世隔绝的生活。一边整理自己,一边研习佛学,可以是一天两天,也可以是一年两年,当然也可以像妙玉那样十几年如一日。修行期间和真正的僧人没任何区别,一旦不愿修行,还可以恢复本来面目。但如果修炼到一定的境界,四大皆空,就可以真正落发,皈依佛门。所以我们说妙玉不完全是真正意义上的尼姑,便是住在寺庙里,还过着极其精致讲究的生活,仍用着珍贵的器皿,依旧有两个丫鬟,一个老嬷嬷侍候着。

　　很多专家质疑妙玉的身份,说她既不是贾府中人,又不与之沾亲带故,竟然位居第六。这大可不必,也无须拘泥,金陵十二钗,是指金陵全范围,不单指贾府。作者开篇即说只以紧要者录之,实是作者生平所见异样女子,在他自己心目中的排序。我们从妙玉给宝玉用绿玉斗喝茶起,就知道她根基不凡。她曾说:"不是我狂,只怕你家是找不出这样的俗器来。"可见她的出身不会比贾府差,甚至高于贾府。

　　妙玉的身世与黛玉相仿,都是苏州人氏。亦从小体弱,父母双亡,后又都寄居贾府。不同的是黛玉三岁时家人不舍其出家,妙玉是三岁出家后疾病得愈。那她们是不是一个人化的两个幻身,一个出世,一个入世呢?应该不是。人就是环境的产物,因为走过的路不同,经历的事不同,思想见识就会截然不同。就像两粒相同的种子,在不同的土壤里会开出不同的花朵,我们权且还要当作两个人才对。

妙玉为何进京？在红楼里有两种说法，这也是曹侯惯用的技法。一是妙玉头一次暗出，由林之孝家的向王夫人介绍说，有一个带发修行的尼姑，今年十八岁，是仕宦人家的小姐。因自小多病，买了好多替身都不管用，最后还是自己亲入了空门。去岁因闻长安都中有观音遗迹并贝叶遗文，就随师傅来了，可巧师傅也圆寂了，现在西门外牟尼院住着。贝叶遗文即《贝叶经》，贝叶是指古印度贝多树上的叶子，长且厚，可做纸用，也就成了佛教经文的载体。我国也有这种树，唐朝的张乔就留有《兴善寺贝多树》的诗，兴善寺在今西安。这种经文很珍贵，现在也是国家一级保护文物，今普陀山文物馆就收藏两件贝叶至宝。此段可见，妙玉的师傅在佛界地位之高，携弟子进京是为了寻找观音遗迹和贝叶经文的。

另外的一种说法是出自邢岫烟之口。邢岫烟家贫，在苏州时，赁的是蟠香寺的房子，住了整十年。当日经常到寺里和妙玉做伴，妙玉教她识字，她们既是贫贱之交，又有半师之分。后来又在荣府得遇，情谊更胜当日，可见他们非常熟悉，关系不一般。邢岫烟是前八十回中，妙玉在大观园里唯一的一位朋友。邢岫烟还说"听闻她不合时宜，权贵不容，就投到这里来了。"这是另一个原因，进贾府可能是避祸。因栊翠庵在大观园之内，几乎与世隔绝，应是最好的避难场所。

再来看这两种说法的可靠性。前者只是对外宣称，后者是出自知己之口，可见她的师傅寻找经文是真，她只是随带而来。红楼就是这样云蒸雾绕的，但并不矛盾。就像说柳湘莲为何出走一样。柳湘莲在赖尚荣家吃饭前，就告诉宝玉，自己要出去逛个三年五载的再回来，宝玉还落了几滴热泪，饭后因薛蟠不堪，就骗至郊外痛打一番后扬长而去。回目就改为"柳二郎惧祸走他乡"，薛姨妈也说他跑了。实际上，这些看似矛盾的写法，一点都不冲突，何惧之有！只是我们每个人的视角不同，看法就不一样了。

再看妙玉的生活。妙玉虽为尼姑，但生活方式方法极其讲究，出家也并非本意。不像惜春那样决绝，三千青丝一挥而就；也不似宝玉那样情极之毒，撒手悬崖。她是因自小多病，不得已才被动进入空门。很讨厌有些人评红楼，说什么宝钗是压抑自己，黛玉是追求爱情，妙玉是六根不净，暗恋宝玉等等，简直是在亵渎这些年轻美丽的女性。大观园里统共才一个宝玉，宝玉珍惜一切美好的事物和生命，但心灵知己只有黛玉一人。感情这东西是一件很自然的事情，不是追求就会获得，也不是压抑就会丧失，是两情相悦，润物无声。宝钗是和探春、迎春一样的闺阁女性，只是较为成熟沉稳博知些，端庄内敛也就是必然的。再说妙玉自小在寺院长大，耳听梵音十多载都没落发，可见还没决定是否真正皈依佛门。即便想喜欢谁那也是她自己的事。她进大观园时十八岁，宝玉十三岁，她比宝玉大整整五岁。我们不知道一个十八岁的少女会不会爱上一个十三岁的男孩，但可以肯定宝玉对她的感情绝非爱情，只是内心的看重。就像我们每个人心中都会有一杆秤，喜欢什么样的人不喜欢什么样的人，对周围的人和事都有自己的判断，有自己的小九九。但这并不完全关乎于地位、金钱、美貌什么的，更有许多人品、心性、精神层面的东西在里头。

第六十三回，宝玉过生日的第二天，宝玉一眼瞥见砚台底下压着一张纸笺，知是妙玉的生日拜帖，当即就跳了起来。埋怨谁接了也不告诉他一声，连叫快拿纸笔来，可见对妙玉的重视。一开始大家也慌了，以为是什么要紧的人物，后来一听是妙玉，就连说原来是她，这也值！这是两种截然不同的态度，也很符合他们的身份。在宝玉心中，那些峨冠顶戴的士大夫最可厌，妙玉这样的世外高人最可敬；在袭人等众丫鬟眼里，与贾雨村这样的人结交才是正事，妙玉充其量只不过是一介女尼而已。这就是同一扇窗户，我们看到的风景不同。

第四十一回是妙玉的正传。贾母率刘姥姥一行到栊翠庵品茶，妙玉端给贾母的茶碗是成窑五彩小盖钟，余者清一色官窑脱胎填白盖碗。成化年间斗彩最好，胜过宣德，尤以五彩最佳。五彩小盖钟是一件非常珍贵的古玩，后因刘姥姥用过妙玉嫌脏就不让收进来了。宝玉明白她的心思，便向其讨要，

送给刘妪卖了回家度日。妙玉又有一番高论,她说"幸而那杯子是我没吃过的,若我使过,我就砸碎了也不能给她。"这就是妙玉的洁癖和隔路之处。也因此很多人讨厌她,觉得她嫌贫爱富,矫情。在红楼里,李纨就公开说过:"最厌她为人,我不理她"这样的话。实际上,这是一个人的个性使然,这世界上不用别人的杯子,自己的杯子也不给人用的很多,以后会更多,这也是生活水平提高的一个标志。因为贫穷的生活很难讲究起来,饥寒时烂白菜叶子,都是翡翠白玉汤,更别提碗的质量。但仅仅因为是自己用过的,别人再用即便砸碎也不送人的的确罕见,在情理上也说不通。书中有评,确有其人。若是没有这样的人,相信作者也不会妄拟,可见妙玉之怪癖。

记得写菊花诗时,黛玉就喝了宝钗剩下的半盏茶,估计若是刘姥姥的,她说什么也不会喝。还有喝酒时,她饮一口后偏要递到宝玉唇边。这里就还有个洁净和亲密度的关系,也就是嫌弃不嫌弃。邢岫烟也很寒素,她没钱读书,字是妙玉教的,她家没房子,先是租,后来投亲去了,再后来全家又投到了她姑妈邢夫人这里,并且住在王夫人这边。妙玉也并不因她穷而轻视她,妙玉实是嫌脏。

妙玉是一个贵族小姐,没经历过稼穑的艰辛,也不管尘世外之事,不会理解像刘妪这样趋势求财的贫苦人,也不像作者既经历过锦衣玉食、金珍满喉的岁月,也过过寒冬酸齑、举家食粥的日子,就温热一些。黛玉也说过刘姥姥吃饭是母蝗虫大嚼图,你能认为黛玉不善良吗?只是黛玉率性地说出了别人心中的看法,连宝钗都说她活画出当时的情景。势利是人性的一部分,真正看重刘妪的又有几人!我们不在对方的位置上思考问题,又没别人的经历,便很难理解这些。

妙玉给宝钗斟茶的杯子是"瓟爮斝"黛玉用的是"点犀盉"。这是两件非常珍贵的古玩。"瓟爮斝"的材质是葫芦,是在葫芦幼小时,套上酒具的模子,葫芦便依势生长。长成后,做进一步的加工,比如打磨雕刻等。宝钗用的这只上还有"晋王恺珍玩"和"宋元丰五年四月眉山苏轼见于秘府"的字样。

王恺是晋武帝的舅老倌，同羊绣、石崇并称三富，王凯曾与石崇拿珊瑚树斗富。我们也常说"貌比潘安，富比石崇"，可见王凯之富，另外还被苏东坡珍藏过。黛玉用的是犀牛角做的，也是异常珍贵精美。宝玉用的是妙玉原来自己吃茶的绿玉斗，并言称贾府上下都找不出来。可见当日她父母在世时，家世何等显赫，应在贾府之上。实际上，妙玉的真实身份才是一个谜，她不会平白高傲，也不会无故口出狂言，若比贾府都高贵，那大家仔细想去。又云被权贵不容，一个幽闭在寺庙里的尼古，会和外界有何干戈，可见家世崎岖。真正的公主出身，我倒是更愿意相信是妙玉。如果是那样，那么她身上很多的行为和疑点就好解释了。在此只是随意一想，不作探究。妙玉在对待宝玉的态度上，又和刘姥姥形成了鲜明的对比，一个是用过的砸碎了也不送，一个是用过的却给使，可见待宝玉之重。

我们再来看喝茶的水。给贾母她们用的是旧年的雨水，给钗黛的却是五年前在蟠香寺收的梅花上的雪。读到这里很多人不解，认为是作者故弄玄虚或偏要这样写，应该不是的。古代不比现在有自来水，从金钏投井和让小幺到河里担水洗地等情节，可知他们平日所用之水，无非就是井水和河水。井水称硬水，凝涩不畅，也会因土质不同，里面含有很多超标的矿物质，即便烧开了，也会有一些白色沉淀物。我们现在的自来水是长江黄河、水库里的水，也是自然界的雪水和雨水形成的，只是经过了处理。在《水浒传》里，写李逵宋江他们就用江水炖江鱼，味道非常鲜美。可见江水在那时已经是很好的了，当然，山泉除外，或者古代人认为天上的水比地下的水好些，也是有的。那个时代没有重工业，就不会有污染，雪水应该是最洁净的，其次是雨水。雪水喝起来轻浮些，也就不难理解了。后来一个朋友告诉我古时有"天泉"一说，指天上落下来的水。秋水为上，春水次之。用天泉水泡茶本是姑苏旧俗，家家泡，算不得惊艳。天泉水又名天落水，无根水，为雨水、雪水、露水。不仅《红楼梦》，在《长物志》《美食家》《浮生六记》均有描述。

你想苏州是南方，很少下雪。妙玉收了这样一坛子梅花上的雪，埋在地下五年，又千山万水的运到京城。过去交通又极其不便，一个县令上任，都要走上个一年半载的，可见她是一个多么讲究和富有情趣的人。人家李清照南下时载书十五车，蝴蝶去重庆带的是三十箱珠宝，只有妙玉精致到带一瓮水！

我们再说妙玉的为人。妙玉是一个活在自己精神世界里的人，孤标傲世，目无下尘。不会刻意在乎哪个，也不会曲意奉承哪个。宝玉说："万人都不入她的目"，可见能让她瞧得起的人少之又少。邢岫烟也说过："她也未必真心重我。"妙玉也说自己是畸零之人，就是说自己与众不同，是这个世界上剩下的人。这与无才补天，三百六十五块多出的那块石头极其相似，也就难怪宝玉与之惺惺相惜了。他们这样的人不与世俗相谐，只于天地万物清风明月共融，所以妙玉很不合群。李纨说出了很多人心里想说的话，最厌其为人。判词也讲"太高人愈妒，过洁世同嫌。"可见妙玉是曲高和寡，可谓举世无谈者。

李纨罚宝玉讨红梅一节，贾母让人好生地跟着。黛玉却说，有人跟了，就不得了。短短两句话，我们就可以看出很多问题。一是妙玉不讲情面，不好交接，一般人去了没用。二是黛玉最知宝玉，简直是宝玉肚子里的蛔虫。像宝玉私祭金钏，众人皆不知他干什么去了，只有黛玉借戏文说："这王十朋也太不通的很，不拘那里的水舀一碗看着哭去，也就尽情了。"三是妙玉确实另眼宝玉，但有人跟着却不得，也是说明她虽率性却也有矫情之处。

妙玉给宝玉下的生日拜帖落款是"槛外人"。宝玉不知该如何回，想去问宝钗，又怕宝钗说她怪癖，就决定去找黛玉。途中路遇邢岫烟，邢岫烟也说她"僧不僧，俗不俗，女不女，男不男，成个什么道理。"可见妙卿想被人理解真的是很难。但宝玉却回说："她原不在这些人中算，她原是世人意外之人。"也就是说，她是既不是俗人也不是僧人，不算男人也不算女人，她是这个世界上意想不到，尘世之外的一个人。她的存在，对宝玉来说是一个惊喜。这也是宝玉的奇处，在红楼里真正能懂妙玉的唯有宝玉。宝玉内在纯净，不染利禄，也深得妙玉看重。

再说妙玉的才情，妙玉是一个博学多才有思想有见识的人。她说古人中自汉晋五代唐宋以来皆无好诗，只有两句好"纵有千年铁门槛，终需一个土馒头。"并且喜欢庄子的书，崇尚心境合一的境界。认为高门深槛的大宅，即便铁皮包了门槛，千年不坏，你也带不走，最后陪你的唯有一堆黄土，大有看破红尘之叹。实际上，这和《好了歌》异曲同工，可以对看。无非是作者的认知借妙玉之口说了出来。凹晶馆湘云和黛玉联诗，联到词穷，妙玉一出现，一口气又续了很多。黛玉称她为诗仙，这也是她第二次正式出场，尽展才华。你想今之世人因自己有些优越之处，便目中无人或眼高手低者，大有人在。像妙玉这等品貌俱佳，才情卓越，根基不凡者，又修炼了十几年，便是孤高自许些，并没妨碍别人之处，就是讨厌她，都要悠着点，细想些。

判词中赞她气质美如兰，才华阜比仙。兰素有王者之香，空谷佳人之美誉。因无人自芳，高洁自然，不求人赏而深得世人喜爱。那妙玉要不要别人的欣赏和承认呢？确切地说是要的。邢岫烟告诉宝玉说她自称是槛外人，你就自谦为槛内人；她说畸人，你就回俗人，这就合了她的心了。可见妙玉时时要把自己与别人区别开来，要别人承认她的不凡之处。饮茶回，宝玉说道："到了你这里，就把金银珠玉都贬为俗器了。"她听后很是高兴，又拿出个竹雕的大海来。可见妙玉还没有真正超凡脱俗，真正超脱了，就会该怎样是怎样，自己是畸零人也罢，是槛外人也好；别人理解也罢，不理解也好，都无关痛痒。做到风过无痕，水流无迹，也无需用什么千年古董，清泉一捧即可洗心明目，山风一缕便可涤去浊世浮尘。即便是内心孤傲，目中无尘，也不用锋芒外露。《红楼梦》第六十三回，蒙回末总批："刘姥姥之憨从利，妙玉尼之怪图名。"

我们来看黛玉，黛玉实是最可敬之人。北静王给宝玉一串鹡鸰香的念珠，是皇帝赏赐之物，很是珍贵。鹡鸰是种鸟，不知现在还有没有，如不好宝玉也不会巴巴地送给她，不好北静王也不会戴在手上。黛玉却弃之不要，虽嘴上说是什么臭男人拿过的东西，实是作者想表现黛玉的超脱，她爱花、爱有生命的东西胜过爱这些古玩，她虽穷却轻视富贵。元春端午赐的节礼独宝玉和宝钗的相同，黛玉探春迎春的一样，东西略少些。宝玉极其不解，让丫鬟端去给黛玉挑选。黛玉回说，"前都得了的，二爷自己留着吧。"实际上，

这些都是黛玉的可贵脱俗之处。宝钗见独她的和宝玉的一样，心里虽觉很没意思，但平日不喜欢戴首饰的她却把红麝串戴了起来。妙玉是过，宝钗是俗，黛玉是超！

妙玉的结局肯定不会像高鹗续书里的那样不堪。先是走火入魔，被强人掠去，后误入娼门。在八十回后，妙玉应该有更精彩的表现，那才应该是她的正传。红楼不会因为她的怪癖就让她位居第六，这些只是她个性中的一部分，占不了主流。她的优秀品质应该在后面得以全面展开。曹侯写文从来都是高山见水，层峦叠起，意想不到的；也是优缺共存，血肉丰满的。相信妙玉即使落进泥潭，也绝不会甘心受辱。像鸳鸯、思琪、金钏这些丫鬟都活得有声有色，死得刚烈高大，何况心性高傲的妙玉！

在所有的《红楼梦》版本中唯靖藏本有一条独特的批语。靖眉批："妙玉偏辟处，此所谓'过洁世同嫌'也。他日瓜州渡口劝惩不哀哉，屈从红颜，固能不枯骨，各示劝惩，红颜固不能不屈从枯骨，岂不哀哉！"因古代没标点，大家断句不同，意思就不一样。刘心武老师断的是妙玉为宝玉回南，在瓜州渡口屈从于忠顺王爷这样的枯骨；有的人推测她在瓜州渡口死去，红颜变成了枯骨。各执己见。但瓜州渡口肯定有妙玉的一大出戏。

靖藏本是一个昙花一现的版本，是旗人靖应鹍祖上留下的一个手抄本，缺两回，共七十八回。多名抄手，笔迹不同，批语混乱。但有不少是别的书上没有或有出入的批语。1959年，南京毛国瑶春天到靖家借阅，并抄下了150条批语，秋天还书。1964年，毛寄批语到北京，俞平伯阅过。当年即发现此书遗失，找遍藏书的整个阁楼都不见，只发现夹在别书里的一张残页，能证明此书存在过。靖应鹍的妻子也承认曾当废品卖过一批书。1974年，毛国瑶公开发表批语。这本珍贵的手抄本的遗失，成了红学界的一大憾事。

在红楼里，描写妙玉的文字不多，明的暗的就那么几千字，留下的线索也很少，都被红学家们翻来覆去研究过了，已没多大的新意。本人写点愚见，只是希望更多的人了解红楼，喜欢红楼。

第十六篇　爹因果失母丢婢　遇虎狼花落人亡——说迎春

迎春是一个慢热型的人物，如邻家女孩娴静温柔，可亲可爱。少小时读红楼，和许多人一样，不曾在意她，亦有愚笨懦弱之感。但随着年龄的增长，每一次阅读，都会对红楼有新的发现。对迎春这个人物也有新的理解，慢慢入怀，陡生好感。有倒食甘蔗，渐入佳境的意趣。

迎春是贾赦之女，生母不详，早亡，各版本不同，出身混乱。张爱玲在《红楼梦魇》一书中罗列很多，有赦老爹前妻所出；有政老爹前妻所出；有赦老爹之妾所出；有赦老爹之女，政老爷养为己女等。这是官方的，民间还流传丫鬟说和扶正说。推断丫鬟说的缘由有二：一是贾赦好色，丫头淫遍，难免不留下种子；二是迎春一直不被重视待见，定是出身低微。实际上，为这些纷纷扰扰的，大可不必，不管曹雪芹曾做过怎样的构思和修改，但最后的定位，迎春系贾赦之妾所出，这点毋庸置疑。

《红楼梦》第七十三回聚赌事件爆发后，邢夫人亲至紫菱洲问罪，也就是迎春的住所。邢夫人说："你是大老爷跟前人养的，这里探丫头也是二老爷跟前人养的，出身一样。"这足可说明，迎春之母和探春之母相同，皆系姨娘。如是丫鬟，何来此语，丫鬟之说不攻自破。邢夫人接着往下说："如今你娘死了，从前看来你两个的娘，只有你娘比如今赵姨娘强十倍的，你该比探丫头强才是。"依此，有的红学家认定，虽然迎、探之母一样，皆系姨娘，但后来迎春之母是扶了正的，故曰强十倍，即扶正说。愚以为这里的强十倍，应该是指做人强十倍，而绝非地位。我们想想，邢夫人既说，迎春之母比探春之母强十倍，就该与其母相处过，邢夫人是填房，贾赦不可能同时拥有两位正妻。另外，如果是迎春之母扶正死后，邢夫人才进府，那迎春之母已是正室，邢夫人上面一句的"跟前人"便不成立。再者最后一句"你应该比她强才是"，这里分明指能力，言迎春懦弱。再说，扶正也没那么简单，在逻辑上这些都不通。

在红楼里，贾府四艳各有特色，分别代表着四种不同的性格和命运。**老大雍容华贵，老二平和安静，老三机智果断，老四清绝孤介**。迎春位居第二，是其中不可缺少的一环，是女人温柔、美丽、安静、平和的代表，也是那个时代众多女子的一个缩影。雍容华贵那是命，机智果断那是能力，清绝孤介那是个性，而温柔善良更多的是本质，是内心自然美好的流露。

在书中，迎春和探春两个人物，作者一直对着写。我们先看下容貌。迎春是："肌肤微丰，合中身材，腮凝新荔，鼻腻鹅脂，温柔沉默，观之可亲。"脂批："不范宝钗。"是说迎春莹润丰满，这点颇似宝钗。但迎春脸色好看，如新荔，红红润润的，长得很是温暖，不似宝钗只是一个白，像雪。探春是："削肩细腰，长挑身材，鸭蛋脸面，俊眼修眉，顾盼神飞，文采精华，见之忘俗。"是说探春长得瘦削，身材窈窕，灵巧聪慧，气质不俗。她们一个微胖，一个稍瘦；一个温柔沉默，一个聪明伶俐，不论是外观还是性格都截然不同。

邢夫人那句话，说得不完全对，什么你俩的出身一样，你的母亲比现今的赵姨娘强十倍，你自然要比她强才是。探春和迎春虽都是庶出，但探春一直住在自己家中，迎春却是住在叔叔婶婶家。生活环境一样，性质却不同。你看看探春每次出场多大气，完全以主人自居，分寸火候拿捏得恰到好处，既不唯唯诺诺也不颐指气使。虽是庶出，却有一颗高贵的女王心。

迎春却不同，她恬静温柔，不多事、不争强、不好胜，很多时候表现得很沉默，喜欢安静地做着自己的事。第三十八回，大家吃蟹吟诗，或攒三聚五，或苦思冥想，独她坐在花荫下，拿着花针穿茉莉花，恬淡静美，温柔可爱。实际上，她本身就像一朵洁白的茉莉，细微芬芳，若有若无。你若不用心，便嗅不到。而探春是兴儿口中的红玫瑰，又红又香，扎得慌。

那这朵洁白的茉莉，真的就能在自己的世界里，独自幽芳，寂静开放吗？回答是：不。

为什么呢？在这里，我们就要说说人性。人性是一种非常复杂的东西，欺善凌弱，是一种不由自主的行为，尤其在大家庭和复杂的环境下尤为明显，

甚至包括我们后来很多的读者，都有失偏颇，不能免俗。像兴儿就管迎春叫"二木头"。兴儿是贾琏的心腹小厮，只代表一些庸常人的口角，也就是下人的目光，在此我们不可当真。一人眼里一部红楼，一人心中一个人物，一个下棋的高手，你能说她不聪明吗？她下棋时的淡定从容，冷静稳健，是探春无法比拟的。她第二次出场，就是和探春对弈。宝玉作的《紫菱洲歌》也有一句："不闻永昼敲棋声，燕泥点点污棋枰。"可知迎春下了多少棋，她大丫头司棋的名字，亦从此而来，可知人之聪明各有所属。兴儿之语，不是定评。曹雪芹惯用这种烟云模糊法，就像夸黛玉丰姿就用凤姐之口做史笔："从没见过这等标志的人。"过后又讲，有人赞宝钗貌美，黛玉多有所不及。脂评："想世人目中各有所取也！"但那也得看出自谁的目光！不是吗？

所以，这样一个与世无争的女孩子，并没有得到太多的尊重和疼爱，反而因为她的善良，她的息事宁人而招致了更多的牵累和欺负。大观园中不好的、丢脸的事，一个赌局、一个淫案皆发生在她的房中。

在贾府，贾母已收兵南山，颐养天年。王夫人当家后，又转交给她内侄姑娘王熙凤帮忙打理，亦退居幕后，吃斋念佛。但有一件事，触怒了贾母，让其不顾年迈亲自出马，那就是园中的聚赌事件。这件事，虽是探春提出，但还要从宝玉说起。一日夜里，贾政和赵姨娘在房中私语，被丫鬟小鹊听去，便赶至怡红告之宝玉，说提防老爷明日问你功课。宝玉慌乱，连夜攻读，丫鬟趁势造乱，谎称有强盗，又言宝玉吓病，意在帮他躲过此劫，遂惊动贾母诸人。这时候，探春就借机说出园中夜赌之事，人数之众，输赢之大，并半月前还发生过打斗。贾母一听，这还了得，赌博就要吃酒，就要寻张觅李，开门闭户，引奸引盗，后患无穷，况又住着女眷，就勒令严查。

聚赌之事人人尽知。《红楼梦》第四十五回，蘅芜苑老婆子给黛玉送燕窝。黛玉就说："我也知道你们忙。如今天又凉，夜又长，越发该会个夜局，痛赌两场了。"婆子笑道："不瞒姑娘说，今年我大沾光儿了。横竖每夜各处有几个上夜的人，误了更也不好，不如会个夜局，又坐了更，又解闷儿。今儿又是我的头家，如今园门关了，就该上场了。"那时，作者就为这回埋下伏笔，只是愈演愈烈，终于浮出水面。但为何一直没人说，没人管呢？这事又到底归谁管？探春做得很巧妙，先是说凤姐姐病着，把王熙凤的责任开脱了；又说王夫人事多，心下正不自在呢，又排除一个；又说李纨和管事戒饬过几次，现在好些了。也就是说大家都没责任。按理这事轮不到她，上述之人皆推脱不了，这又牵扯到一个责任心的问题。实际那时，王熙凤已有抽身之意，根本不想再得罪人；李纨本身就是个老好人，事不关己，高高挂起，虽住在园中，负责照顾姐妹们，但并不多事。

贾母严查，查出三大赌头，其一就是迎春之乳母。为何是迎春乳母而不是别人的？可见迎春待人之宽，乳母才能如此嚣张。赌博之事迎春早已尽知，但并没管束，乳母愈发欺她好性，索性偷拿她的攒珠累丝金凤前去典当，用来放局，这就又牵扯出金凤事件。

累金凤属头面首饰，用黄金掐丝，千缠万绕，镂出一只凤凰，插于头顶发前，极其精致，四姐妹均有，要在重要场合佩戴。迎春明知乳母拿去做了抵押，口上只说是司棋收着在，表现的并不是不在意，但也没把这事太过放在心上，也是给乳母一个还回来的机会。其做法很有点像《悲惨世界》里，冉阿让碰到的那个莫里哀神父。倒是大丫鬟绣桔为其不服，说奶母就是试准了姑娘的性格，所以才这样；又说姑娘怎么这样软弱，都要省起事来，将来连姑娘还骗了去呢！就要去回平儿。这时，迎春乳母的儿媳妇王柱媳妇赶来，想让迎春帮忙向贾母讨情，放她婆婆一马，听到这些就和绣桔争了起来。司棋正病着，听不过，爬起来上前帮问，三人吵作一团。迎春反而置若罔闻，拿起一本《太上感应篇》倚在床上看了起来。

这会，宝钗黛玉探春众姐妹皆至。她们因何而来？她们是来安慰二姐姐的。二姐姐的房中出了事，还不是小事，乳母被撵，永不再用，等于迎春少了一个依靠。作为一个没妈的孩子，乳母就是最亲的了。并且她们当时就替二姐姐求了情，但贾母心意已决，也知道这些乳母，自认为从小奶过哥儿姐

儿，比别个体面些，就居功自傲，不服管束，每每生事。现今正要拿一个人作法，就被迎春的乳母撞上了。迎春懦弱善良，丫头婆子都不把她放在眼里，在她面前吵吵闹闹，但姐妹们对她还是极好的。实际上，尊重也是看修养的，那些不尊重别人的人，那些管她叫二木头的，本身就是自身修养不够的人。

探春一到，王柱媳妇立马蔫了，顺势想撤。探春岂会放过，问过缘由，开始调兵遣将，替迎春分解。迎春却一概不知，照旧和宝钗讲着《太上感应篇》，竟像没听到似的。黛玉笑她："虎狼屯于阶陛尚谈因果。"看来，她真真是把这些看得很淡，累金凤有无对她无关紧要。

《太上感应篇》是一本道教善书，在传统社会几乎无人不晓。清代时，与《文昌帝君阴骘文》及《关圣帝君觉世真经》合称三圣经。此书在这里出现，绝非偶然，是作者精心安插的一笔。我们也大概可知，迎春平日看的都是些什么书，为何才情略逊姐妹们一筹。《太上感应篇》是善书的典范，"太上"意指道教至尊。"感应"指善恶报应。就是天地神鬼，根据世人所作所为给予相应的奖惩。道家讲无为，讲因果，这种思想也一直影响着迎春，指导着她的思想和行为。她不争不抢，不在乎正庶，更不管这些乱七八糟的事。就像她自己说的："问我，我也没什么法子。她们的不是，自作自受，我也不能讨情，我也不去苛责就是了。至于私自拿去的东西，送来我收下，不送来我也不要了。太太们要问，我可以隐瞒遮饰过去，是她的造化，若瞒不住，我也没法，没有个为她们反欺枉太太们的理，少不得直说。你们若说我好性儿，没个决断，竟有好主意可以八面周全，不使太太们生气，任凭你们处治，我总不知道。"这就是迎春真实的想法，一切顺其自然，自生自灭，自己并不做出决断。八月十五将到，头面首饰要用，这件事早晚会浮出水面，乳母才是猪油蒙了心，愚蠢之极。

蒙回末总批：探春处处出头，人谓其能，吾谓其苦；迎春处处藏舌，谓其怯，吾谓其超。探春运符咒，因及役鬼驱神；迎春说因果，更可降狼伏虎。

另一回元宵佳节，独迎春和贾环没猜到元春制的灯谜，赏赐未得。贾环便觉没趣，而迎春自以为是玩笑小事，并不介意。脂砚多次在书中批道："大家小姐也""大家千金之格也"，是说迎春虽没探春的气势，但有身份，自珍自重，有超然物外的淡泊情怀和绝好修养。

但现实生活却是残酷的，一波未平一波又起，"赌"事刚过，"淫"案又发。这两件事都紧紧围绕着迎春展开，一个是她的乳母，一个是她的首席大丫鬟，也就是被周瑞家的称作副小姐的司棋。《红楼梦》第七十一回，司棋和他表弟潘又安在园中山石后幽会，被鸳鸯撞见，潘又安跑了，司棋也吓病了。鸳鸯代为隐瞒，并前来安慰，生怕司棋因此断送了小命。接着，第七十四回，傻大姐在山石后捡到绣春囊，囊上绣有两个裸体小人相拥对坐。要是别人捡到也就罢了，偏偏傻大姐不识春意，拿着左看右看，被邢夫人得去。书中并没点明是司棋的，但明眼人一看便知是她那日慌乱遗落。因绣春囊，又引发抄检大观园，连三带四，书中情节如灵蛇出洞，婉转直下。这些事件的发生，预示出迎春命运的不祥，也标志着贾府的没落。

抄检大观园，王熙凤存有私意，说亲戚的不能查，首先排除了宝钗。实际上，宝钗和黛玉一个是两姨亲，一个是姑舅亲，都属客，但还是没放过黛玉。查到探春那就没那么容易了，探春嗅觉最灵，早已有人通风，她大门洞开，明火以待。等王熙凤一行驾到，她首先就说了，要查先查我，我是头一个窝主，丫鬟偷的东西皆放在我这，想查她们却是不能。随后令丫鬟们把她的箱柜、镜奁、妆盒、衾袱、衣包若大若小之物一齐打开。你看，这就是探春，誓保丫鬟，哪个若能遇到这样的主子，也算是造化，能不为之效力吗！平儿和婆子们反而帮着关的关，收的收。探春还不依，出词严厉，训诫了她们一番："你们别忙，自然连你们抄的日子有呢！你们今日早起不曾议论甄家，自己家里好好的抄家，果然今日真抄了。咱们也渐渐地来了。可知这样大族人家，若从外头杀来，一时是杀不死的，这是古人曾说的'百足之虫，死而不僵'，必须先从家里自杀自灭起来，才能一败涂地！"探春任意挥洒了一番，但字字是血，句句是泪，也足见她的气度、胸襟和眼光。

王善保家的不识深浅，走时开玩笑，上去掀了一下她的衣襟。探春回手就是一记响亮的耳光，然后指着她骂道"你是个什么东西，竟敢跟我拉拉扯扯。"接着又哭又闹，自己褪衫解裙非得让凤姐搜个明白，免得奴才动手动脚。这种举动，迎春行吗？实际上，迎春和探春最本质的区别，就在主仆观念上，一个拎得清，一个拎不清。邢夫人因赌博之事前来问罪，说迎春："你这么大了，你那奶妈子行此事，你也不说说她。如今别人都好好的，偏咱们的人做出这事来，什么意思。"是怨迎春管束不严。迎春低头半晌才答："我说她两次，她不听也无法。况且她是妈妈，只有她说我的，没有我说她的。"这就表明她很糊涂，关系没摆正。邢夫人道："胡说！你不好了她原该说，如今她犯了法，你就该拿出小姐的身份来。她敢不从，你就回我去才是。"

探春是一个等级观念极强的人，讲究规矩，各就各位，很符合封建社会那一套，所以玩得转，也因此常常纠结自己的庶出身份。迎春却不大理会这些，只一味讲善恶因果。她们的差别就是一个讲尊卑，一个讲善恶。查到迎春时，她已睡下，具体发生了什么事都不知道。司棋露馅，证据确凿，有物有信，再也逃不掉了。其实这也是一种因果，一次没被发现，两次没被发现，总有暴露的那天，除非你不去做。另外司棋胆子也忒大，大观园是什么地方？岂是她私相幽会的场所。如果每个丫鬟都弄个男人进来私通，岂不天下大乱，莺儿紫鹃侍书她们可曾如此？皆是迎春太宽，她才毫无忌惮。司棋被带走时，迎春虽不舍，滴下热泪，但并没求情。最后让绣桔赶去送了些东西，留点念想，算是主仆一场。这就是迎春，我不苛责你，也不救赎你，由其而去。也因此，迎春失去了一生中陪伴她关心她最多的两个重要人物，丢掉了两个臂膀，愈发孤单了。看到这，读者落泪了。

迎春是个几乎没有得到过任何关爱的女子。父亲贾赦狂嫖滥赌，贪财掠货，无恶不作，为五千两银子就把她这个唯一的女儿嫁了。自己姬妾成堆，一把胡子又花八百两买了一个丫头嫣红，真真自私到了极点。继母邢夫人一生无子，更是只知自保克扣钱财，只有牵连她时，才会前来兴师问罪，说些现成的话。同父异母的哥哥贾琏一味好色惧内，根本顾不上她。嫂嫂王熙凤的心一直在王夫人这边，对她连袭人都不如。就像邢夫人所说："一对哥嫂，赫赫扬扬，共这一个妹子，全不在意。"迎春命苦，不比探春，上有赵姨娘，下有贾环。

　　书中第七十九回，迎春的婚事开始提到议事日程。女婿是贾赦选的，世交之孙，一人在京，有钱有貌有职还善于权变。一听还真不错，最起码迎春嫁过去，不至于奉老伺小，摆弄不清。但也恰恰说明一点，孙绍祖是一个野惯了的，缺少家教的人。既是世交，两家肯定相知，先是贾母不中意，但既是亲爹作了主，想了想也就罢了，管不了也就不管了，只说句"知道了"，就完事了。要是贾母出头，死活不肯，这事也没这般顺利。后是贾政深恶孙家，劝阻两次，贾赦不听。再就是宝玉日日到紫菱洲徘徊瞻顾，想着这世上，又少了五个清洁的女儿，这其中包括四个陪嫁丫头，迎春作了一首紫菱洲歌："池塘一夜秋风冷，吹散芰荷红玉影。蓼花菱叶不胜愁，重露繁霜压纤梗。不闻永昼敲棋声，燕泥点点污棋枰。古人惜别怜朋友，况我今当手足情！"手足情，真正的手足是谁呀？应该是贾琏，但书中没提贾琏、王熙凤一个字。他们可是迎春的亲哥嫂，竟眼睁睁看着自己的妹子步入火坑，可见琏、熙之冰冷。

　　迎春匆匆完婚后，孙绍祖先是骂她吃醋，是醋汁拧出的老婆，后又说她父亲使了他五千两银子，准折卖给他，少在这装什么娘子。然后好不好就打一顿，撵到下人房里。这，已经不是过分而是残酷了。我们从这也可知，贾府已趋于没落，要不孙绍祖不会如此放肆。他本善于权变，如强盛，他再下流，也不敢到这种地步。另元妃已经失宠，在不在都成问题，按张爱玲的推断，五十八回老太妃薨，就是元妃崩。要不有这么一个皇姐在，姓孙的还是得悠着点。这时的贾府只剩下一个空架子，要钱没钱，要势没势，还内乱。但曹雪芹的笔没闲着，大家体会体会，"孙绍祖"的谐音是什么。这个人让曹侯恨到咬牙切齿，一字一血。在这部书里，曹侯该骂了多少人。

　　迎春回门把王夫人当作知心人，向其哭诉。王夫人虽安慰，但那话说得都不叫话。什么已是遇见了这不晓事的人；什么"我的儿，这也是你的命"；

什么"不过年轻的夫妻们,闲牙斗齿,亦是万万人之常事"等,并嘱咐宝玉不准告诉贾母。表面看是怕贾母着急上火,有碍健康,实则是多一事不如少一事。再者老人也没我们想的那般脆弱,她们见过的世面才叫多,迎春这点事,比起最后整个贾府的灭亡,简直是小巫见大巫,那样的山崩地裂才叫冲击。迎春的婚嫁只不过是拉开了灾难序幕的一角。

　　迎春的婚姻,远不是王夫人说得那般轻描淡写,真实的情况惨不忍睹。判词中道:"子系中山狼,得志便猖狂,金闺花柳质,一载赴黄粱。"可见孙绍祖是一小人,暴戾残忍,虎狼一般。红楼曲中道:"中山狼,无情兽。全不念当日根由。一味地,骄奢淫荡贪欢媾。觑着那,侯门艳质同蒲柳;作践的,公府千金似下流。叹芳魂艳魄,一载荡悠悠。"江山易改,本性难移。嫁了这样的丈夫,纵是你八面玲珑,有天大本事又能如何!即便换做探春又能怎样?漫长的婚姻生活里,过的就是一个人的品质,一味夸大个人魅力的人,本就愚昧。

　　迎春死了,这个健康美丽、脸色红润的千金小姐,被孙绍祖折磨死了;这个与世无争的好女孩,成了婚姻的牺牲品。谁帮助过她?这个责任又由谁来负?一朵洁白的茉莉花凋零了,她的平和,她的淡然,她的温柔,她的美好,都没了。命都不保了,过去的累金凤就更不值得一提了。

第十七篇　失孤介锦绣全抛　挥青丝缁衣独卧——说惜春

惜春，是繁华中的冷艳，喧嚣中的孤介。她是一个清奇的女子，在水墨间独自寂寞；是一幅最美的画轴，在岁月里笃自蹉跎；是最洁白的曼陀罗，守着自己的佛性与尊严，对人间只那么冷冷地一瞥，就解下绫罗，披上缁衣，剃去繁华，挥掉三千青丝，青灯古佛独卧，任黑海沉浮，老去芳华，梵音婆娑。

写惜春总有一种心痛，一种无奈和不解，是一捧热泪，是一抹心酸，是不忍污垢的泥潭，是心头对这个小女孩深深地惋惜与爱恋。

惜春是贾敬之女，是贾珍的胞妹，是宝玉的族妹，是宁国府堂堂正正唯一的一位大小姐。她与亲生哥哥贾珍年龄相隔悬殊，比侄儿贾蓉还要小很多。她从小没有母亲，父亲弃官不做，常住道观，炼丹求仙，家事不管。后中毒而亡。

因贾母喜欢女孩，命王夫人抱来抚养，可见生母在其襁褓间就已离开。她不是贾母的亲孙女，也不是元春、迎春、探春的亲妹妹，只是寄居在荣府，在大观园里寂寞独自地活着。在整篇脉络里，曹侯设计了大观园这样一个杜若香飘，叠翠柳绕的世外桃源，不仅是想让自己的灵魂有个休息的场所，更是为了纪念他与姊妹们在一起的那段纯净时光。是一个极静极舒心的去处，是想让这帮洁白清静的女儿，有一个干净自由美好的生存空间，所以执笔让这位族妹也入园生活。

惜春是四艳中最小的一个。曹公用墨不多，但塑造得形象生动，性格鲜明。很多人管她叫冷美人，实有失偏颇。真正的冷美人是宝钗，惜春更多的是孤高，是清绝，有着百折不回的个性。就像探春说的："我们是再傲不过她的。"她看破红尘，厌倦虚假，远离丑恶，缁衣顿改，这也是无奈中的潇洒，孤僻中的泪花。

惜春第一次出场是第三回，黛玉初进荣国府。那时，她年龄尚小，身量不足，在书中只是随众一笔。第二次出场是第七回，周瑞家的送宫花，他和小尼姑智能儿在一起玩笑。她对周瑞家的说："我这里正和能儿说，我明儿也剃了头同她作姑子去呢,可巧又送了花儿来,若剃了头,可把这花儿戴在哪里呢?"这时的她,还是一副天真烂漫的小女儿之态。但在这里,已对她的命运和未来埋下了伏笔。也可看出她自小向佛,遁入空门是自愿的,不同于能儿的被迫,妙玉的多病。是心灵的向往,是看透,是了悟,事虽一样,心却有别。以后不会像智能儿那样凡心不改与秦钟私相幽会,也不会似妙玉那样六根不净,尘心未了。她是真正地抛弃繁华,心甘寂寞。

惜春,是泥中的荷,住在"藕榭";是佛心染性,独清!"穿云、渡月"想逃避这个污秽的尘世,是极度的绝望和想不开。

惜春貌美,在刘姥姥二进荣国府中,就借刘姥姥之口夸她是神仙托生的。八七版红楼梦惜春的扮演者胡泽红,也是所有演员中最漂亮的一个,清亮的眸子照得出水,赢得了很多观众的疼爱。我最钟爱用得最多的就是"惜春作画"这幅图,内中人物自有她袅娜的丰姿和清韵。

惜春冰雪聪明。第七回,周瑞家的看见智能儿,就问十五的月例香供银子可曾得了没有,能儿回说不知道。惜春就反问周瑞家的:"如今各庙月例银子是谁管着?"周瑞家回说是余信。惜春听了就笑道:"这就是了。她师父一来,余信家的就赶上来,和她师父咕叽了半日,想是就为这事了。"我们通过这段惜春、智能儿和周瑞家的三人对话,能看出惜春这个只有几岁的孩子对事物的判断和心机,是智能儿无法比的。

惜春不工诗,但善画,是一个内心清净,能静下心默默做事的人。她丹青很好,曾做《大观园行乐图》。在姐妹中年龄最小,不显山,不露水,有着自己独特的思想见识。她的极清与宁府的极浊形成了鲜明对比。

惜春命苦,无母,也无父亲的呵护,哥嫂的照顾,一生孤独。其实人就是环境的产物,世界上最奢侈的不是绫罗绸缎、金银珠宝这些身外之物,而是温暖的亲情,自由的思想。财富是附属,性格决定路途。在红楼中无父无母的很多,被拐被卖的很多,身世不清的很多,在花团锦簇,红摇翠动的背后,我们看到更多的是眼泪,是孤独,是千红一哭。所以表现出的个性也不尽相同,

惜春的性格多少和她缺少家庭关爱有关，出家也只是想与这个污浊的尘世来一个彻底了断。

惜春最出彩的章节是第七十四回抄检大观园。她派人请尤氏过来说话，就是这姑嫂间的一席对话，让很多人瞠目结舌，也让惜春背上了自私冷漠的黑锅。入画是惜春的贴身丫鬟，自小服侍她，因替自己的哥哥保管贾珍赏赐的银两鞋物，在查抄中落得私相传递的罪名。事情可大可小，尤氏、凤姐都替入画求情，但惜春就是认为丢了她的脸，死活让尤氏把人带走，并说或打、杀，或卖我一概不管。还说"不但不要入画，如今我也大了，连我也不便往你们那边去了。况且近日我每每风闻得有人背地里议论什么多少不堪的闲话，我若再去，连我也编派上了。"真实的想法就是想杜绝同宁府的来往。

尤氏说她是个心冷口冷心狠意狠之人。惜春狠吗？要说狠也是对自己狠，她从小就没人疼，没人爱，也没朋友，温暖多半会来自身边的入画。她要出家，就要先舍弃入画，方能对自己更狠心。就像她自己说的："我不了悟，我也舍不得入画了。"她的想法心性与我们常人自是不同，入画也是她生命里的一部分，就像当初释迦牟尼出家要舍弃妻儿，宝玉后来出家要舍弃宝钗麝月一般。

其次，她还要舍弃她的家，一个她认为肮脏不堪，不想被连累的家。有多脏，柳湘莲曾对宝玉说过，"你们东府除了门前的两个石狮子，连猫儿狗儿都未必干净。"也就是说主子奴才都不干净，简直一网打尽。尤三姐曾托梦对尤二姐讲："然已将人父子兄弟致于麀聚之乱"，也就老子、儿子、兄弟同一个女人，确切地说就是贾珍贾蓉贾琏同一个女人。作者就曾痛借焦大之口放声一骂："没承想生出这帮畜生,爬灰的爬灰,养小叔子的养小叔子……"贾珍和儿媳秦可卿通奸是事实。养小叔子的红学界一直未果，有人怀疑是凤姐和宝玉，简直风马牛不相及，因她俩不是东府之人，焦大再喝醉也不会拉扯别人家的事，很有可能是说尤氏不干净。第七十四回，尤氏被惜春抢白后，书中道："尤氏心内原有病，怕说这些话。听说有人议论，已是心中羞恼激射，只是看在惜春份上不好发作。"

另，贾珍和贾蔷也有断臂之嫌；还有国孝家孝间聚赌，席间又有娈童，也就是男妓；代甄家瞒脏等等。更厉害的可能更多，像凤姐杀个把人都是儿戏，何况我们的珍大爷。这样的家，惜春决绝地要一刀两断，不想同流合污，这就是她的孤傲。

再者，还要舍弃她的美好年华和奴婢成群、锦衣玉食的生活。在第二十二回，贾政猜灯谜，惜春的谜面是："前身色相总无成，不听菱歌听佛经。莫道此生沉黑海，性中自有大光明。"庚辰双行夹批："此惜春为尼之谶也。公府千金至缁衣乞食，宁不悲夫！"是说侯门千金之女，最后的结果是穿着黑色的衣服，吃僧家三种饭中最低等的一种，沿街乞食。真的很可怜！并不是像妙玉那样悠闲地住在贾府的家庙里，还用着"绿玉斗"那样的古玩。惜春的出家决绝而又干净，是一切的抛弃，是彻底的心死，只剩下一个空空的躯壳行走于世，灵魂能否超脱不得而知。死分两种，一种是生命迹象的消失，一种是遁入空门。惜春的出家就是死的后一种表现，与过去已是前世今生，和贾家再无任何关系，所以她根本不能留着入画。

其实，作者在红楼的字里行间，多次无情影射佛家、道家的虚假黑暗，坑蒙拐骗。我们唯愿惜春是自己的一尊佛，能独善其身。

惜春是冷静的也是清醒的，自保是她的性格。她是"看破三春景不长，缁衣顿改昔年装。"她看到三位姐姐无论怎样，都逃脱不了命运的魔掌。她的出家是在抄家之前，繁华尤在，苟延残喘之时。她预料到了贾府的下场，与其最后被拖到菜市口被杀被卖，流落烟花柳巷，还不如自己抢先超度，自保干净。蒙回末总批："惜春年幼，偏有老成练达之操，世态何常，知人何难！"就像她自己对尤氏说的，"我虽年轻，这话却不年轻。"

她的思想境界同三尤不在同一精神层面上。人的一生都是在舍与得之间挣扎，有的人想出来，有的人想进去；有的人想舍弃，有的人想得到。三尤是慕荣华，也算是三姐妹共一夫。大尤自保，无子，不是扶正就是续弦。二

姐三姐是家贫年幼,被异父异母的姐夫贾珍哄骗上手。三姐有见识有肝胆,后来渐醒事物,但悔之晚矣。她们是想得到荣华,靠近宁府;惜春是想放弃荣华,远离宁府。惜春同尤氏的思维不在一个水平面上,说话自是对牛弹琴。

再看惜春冷漠吗?那么看看这世间谁又温暖了谁,看着迎春死去,只有宝玉的一捧热泪,谁又出头;看着香菱被抢,都在帮薛蟠运筹,谁又告诉香菱她的真实身世!在虚情假礼的背后,只要你不害人,做不成君子,也不去当小人;能自清,出淤泥而不染,就是很高尚的了。

自保有时也是一种明智的选择,惜春自保的不是个人的利益财产和地位,只是一份难得的干净,是无可厚非的。

惜春是四艳的收尾,看过了死的死,亡的亡,"白杨村里人呜咽,青枫林下鬼吟哦"。没了眼泪,就多了绝望;没了心酸,就多了木然。没了春天,没有了鲜艳,她的暖香坞就是最安静孤寂的冬天,只有任黑海沉浮,不再回头看上一眼。在这个世界上,没有什么可以再能打动她的了,桃红柳绿,春荣秋谢都成了云烟。

总之。贾府四艳都是不同凡响的女孩,有才有貌,有见识有内涵,虽各行其道,但殊途同归。书中王夫人曾道:"如今这几个姊妹,不过比人家的丫头略强些罢了!这是曹侯用的反笔,就像说晴雯貌美偏也由王夫人讥讽而出。就是曹侯的这些奇奇怪怪之文,让我们近距离地接触了这四位侯门千金的风采,也看到了她们冰清玉洁的容颜,殉落在那个冰冷的没有人性的冬天。给后人留下的就是一捧热泪,作者宁不悲乎!

第十八篇　身后有余忘缩手　眼前无路想回头——说熙凤

　　王熙凤是整个红楼里最为鲜活，最为生动，出场最多的人物。她的世侩，她的嫉妒，她的心机，她的狠毒，她的机变之速，作者笔笔刻木；她的英气，她的声势，她的珍贵，她的才能，她的骄大，作者字字流苏。曹侯把这个脂粉堆里的英雄，女中豪杰写得风生水起，追魂摄魄。王熙凤性格虽复杂，但活色生香，明明是反面人物，偏偏一日不见如隔三秋。其自身有其狠毒一面，也有其可爱之处，让人爱恨有加，欲罢不能。

　　王熙凤是王夫人的内侄姑娘，贾琏的妻子，贾赦的儿媳妇。常年在贾政王夫人这边当家，深得贾母和王夫人的信任和喜爱，王夫人既是她的姑妈也是她的婶娘。王熙凤出身四大家族中的"东海缺少白玉床，龙王来请金陵王"的王家，家世显赫。从小假充男孩教养，未曾读书，学名偏叫熙凤，薛姨妈呼之凤哥。她性格泼辣爽利，聪明自信，容貌美丽，气质雍容。第一次出场就彩绣辉煌，宛若神妃仙子。第三回黛玉进府，凤姐首次亮相，未见其人先闻其声，那种洒脱，那种放肆，那种奢华，那种乖巧玲珑，那种八面生风的气势是无人可及的。"粉面含春威不露，朱唇未启笑先闻"，左右逢源，滴水不漏，哄得贾母心花怒放。

　　凤姐是个很粗鄙世俗的人。她不比黛玉不食人间烟火，不比宝钗内敛端庄。她张扬、逞才，相对也就浅薄些。凤姐可以蹬着门槛子拿耳挖子剔牙；也可以把袖子挽了几挽，跐着那角门的门栏骂赵姨娘和周姨娘；还可以在尤氏怀里打滚放泼。最世俗的，要算是对娘家和婆家的态度上，也就是炫富。如红楼第七十二回，贾琏向鸳鸯借当，凤姐要抽一二百两的头。贾琏笑道："你们太也狠了。你们这会子别说一千两的当头，就是现银子要三五千，只怕也难不倒。我不和你们借就罢了。这会子烦你说一句话，还要个利钱，真真了不得。"凤姐听了，翻身起来说："我有三千五万，不是赚的你的。我们王家可哪里来的钱，都是你们贾家赚的。别叫我恶心了。你们看着你家什么石崇邓通。把我王家的地缝子扫一扫，就够你们过一辈子呢。说出来的话也不怕臊！现有对证：把太太和我的嫁妆细看看，哪一点比不上你们贾家。"这点和我们身边的一些人极像，毫无大家风度，心思极左，潜意识里总认为只要是娘家的就是好的。

  第六回，贾蓉借玻璃炕屏。王熙凤就说："也没见我们王家的东西都是好的不成？"第七十二回，来旺妇倚势霸成亲，贾琏听林之孝说来旺之子不务正业，吃酒赌博，心下便不愿彩云嫁之。凤姐道："我们王家的人，连我还不中你们的意，何况奴才呢。"这是王熙凤的缺处，总把娘家婆家对立起来。赵姨娘就说过："我敢打赌，这份家私，多半都被她搬回娘家去了。"在这里，曹雪芹暗下金针，虽是夸大之词但肯定有其事。他的哥哥王仁，忘仁也，最后肯定弃她不顾。"哭向金陵事更哀"，就是凤姐的教训，也是她的愚蠢之处。

  王熙凤的婚姻生活，在整个红楼里是最为折腾的，也是最具有代表性的。我们从书中不难看出，她的婚姻生活是慢慢走下坡路的。琏、熙两人一开始还比较恩爱。第七回，送宫花贾琏戏熙凤，小丫头丰儿坐在凤姐房中的门槛上，见周瑞家的走来，摆手儿叫她往东屋里去，一会传来说笑之声。平儿拿着大铜盆出来，叫丰儿舀水进去。明写宫花，实写贾琏与凤姐白昼行房。作者可谓柳藏鹦鹉，笔墨无双。到第十三回，林如海病重，贾琏送黛玉回扬州，凤姐天天茶饭不思，每每夜半屈指算其行程。虽昭儿回来，凤姐嘱咐他别带着爷，勾引那起混账娘们，但还是很甜蜜。贾琏回来后，王熙凤欢天喜地出门相迎，尽显小女儿之态，柔情蜜意的一番话讲得很是娇俏生动。脂砚斋曾批"娇音如闻，俏态如见。"第二十三回，两人商议贾芸种树之事，内有一句贾琏的话"果这样也罢了。只是昨儿晚上，我不过是要改个样儿，你就扭手扭脚的。"作者一笔带过，虽是丑语，实是写凤姐的风月生活。一直到巧姐出痘，贾琏在书房斋戒半个月，先是选清俊的小厮出火，后又和多姑娘有染，已渐露色狼面目。凤姐过生，在锣鼓喧天中，琏二爷仍不忘和鲍二家的鬼混，已很是不堪。第四十四回，贾琏越发胆大，偷娶尤二。还新二奶奶、旧二奶奶的，完全不把凤姐放在眼里，巴不得凤姐早死，把尤二扶正，可见夫妻之情已到尽头。

贾琏好色，尽人皆知，为此在书中占去很大篇幅。不管是父亲的姬妾，兄弟的女人，还是下人的老婆，统统都是好的。贾母就说过，不管香的臭的都往屋里拉。另外，贾琏还有断臂之好。王熙凤就敲打过他："可不是呢，有'内人'的他才慈软呢，他在咱们娘儿们跟前才是刚硬呢！"这是实话，不管对多姑娘还是鲍二家的，他都是海誓山盟，蜜里调油，又贴东西又贴钱，还留下头发之类的念性。对谁都爱，对谁都恋，极是恶心。贾琏还喜财，像平儿说的，"我们二爷油锅里的钱都能捞出来花了。"可见不是一般的贪婪。

王熙凤有钱，一是娘家丰厚的陪嫁；二是拖欠下人的月例放的高利贷和收受贿赂的银子；三是在外面打着贾琏旗号办事，获取的报酬。但她不会给贾琏花，她也知道贾琏的钱无非都贴在外面的女人身上。女人对贾琏来说就是常脱常换的衣服，对凤姐也不例外。凤姐虽把贾琏当作终身之靠，但贾琏未必把她当作一生之妻。凤姐在婚姻生活没安全感后，开始疯狂敛财，这也是女人的通病，总觉得钱要比男人更可靠些。邢夫人也是如此，凡过手之银两无不克扣，李纨因丧夫，却是异常节俭。

说凤姐要说下平儿。平儿是凤姐的四个陪嫁丫头之一。平儿聪慧、娇俏、乖巧，天天周旋在浪荡公子贾琏和狠毒的凤姐中间，能生存下来着实不易，是整个红楼里最优秀的丫头。她对凤姐赤胆忠心，是凤姐的得力臂膀；她不让贾琏近身，目光长远。她深知贾琏的本性，也知道自己如果稍有浅薄之想，命运就会像其他三个陪嫁丫头一样。她的嘴更是十分聪慧，凤姐打丫头，她看着不忍，便说奶奶仔细手疼。她背地里给尤二姐送饭，为人仁义。凤姐能容下她，一是她忠心，二是她为人处世之巧妙得体。

凤姐是卧榻之旁不容他人酣睡之人。男人只有一个，本性如此，矛头就直指和贾琏有染的女性，不管是自己的陪房丫头，还是外面的婆娘，毫不手软，见一个杀一个，只可惜，一直杀不完。丫头死了，鲍二家的死了，尤二姐死了，她自己也走上了被休的道路。她的反抗是徒劳的。尤氏和邢夫人就看得开些，邢夫人还为自己的老公撮合鸳鸯，尤氏就根本不管，你跟姨妹子也好，跟儿

媳妇也罢,随你,自己只带着贾珍的一群姬妾自得其乐。实际上,这是无爱的婚姻,其心早已死了。

贾琏只是红楼众多男性中的一个代表,比起其父贾赦要好得多,至少心还不是那么坏,对女人也没那么残酷。贾赦就说过鸳鸯:"你早晚跑不出我的手心",以致鸳鸯最后自缢。对石呆子扇子一事,贾琏稍有微词,就被打得半死。

过去一个欧洲人来中国,很是惊讶中国的一夫多妻制度,觉得很原始和愚昧。实际上,一夫一妻制才是人性和社会的进步,才能使女人活得更有尊严些。男权社会是一个人吃人的社会,不用男的吃,女人就把女人吃了,只要你有吃下去的胃口和胆量。实际上尤氏、邢氏不是大度,不是贤良,只是自保。她们不是原配,他们的娘家也没王熙凤的显赫,再者她们都没子嗣。女人有时很可悲,连反抗的权利都没有,一旦像王熙凤、像吕雉有了权利有了机会就绝不会手软。

王熙凤贪婪。贪婪到什么地步,贪婪到任何钱财都不放过,连几两几两的散碎银子也凑在一起放贷。她虽然说邢夫人异常吝啬,凡过手银钱都要克扣,她自己也是一样。第四十四回,贾母发动大家凑份子给她过生日。尤氏操办,发现少了李纨的那份。尤氏就说:"只许你那主子作弊,就不许我作情儿。"也就是说王熙凤在贾母面前说的那些话都是假话人情话,并不是真正体恤李纨孤儿寡母。接着尤氏还说:"我看着你主子这么细致,弄这些钱那里使去!使不了,明儿带了棺材里使去。"庚辰双行夹批:"此言不假,伏下后文短命。"可见王熙凤是死在钱上的。金钏投井后,太太屋里少了一个缺,凤姐一直等收足了银子才安排。柿子挑软的捏,周、赵姨娘的丫鬟月钱各减一半,共少一吊钱。黛玉进府,她极力在贾母面前演戏,说预备下了两批缎子,等王夫人过目之后,好给林妹妹做衣服。脂砚有批:"余知此缎阿凤并未拿出,此借王夫人之语机变欺人处耳。若信彼果拿出预备,不独被阿凤瞒过,亦且被石头瞒过了。"可见王熙凤谎话一堆,都是哄老太太开心的!这是小事,大事更多。

作者大书特书的就是《红楼梦》第十五回，王熙凤弄权铁槛寺。大财主张家的女儿金哥原与守备之子订婚，怎奈又被长安府府太爷的小舅子李衙内看上。张家势利，想把女儿嫁给这个李衙内，怎奈守备不愿意退婚。老尼拿了张家的贿赂转头来弯凤姐。凤姐说："我从来不信什么是阴司地狱报应的，凭是什么事，我说要行就行。你叫他拿三千银子来，我就替他出这口气。"三千两大约合现在的一百多万，连秦可卿下葬的棺木才一千两，贾政都叹奢华。王、邢夫人的月例钱是最高的，每月二十两，这样的工资要拿十多年，才累计三千两。赵姨娘才二两，袭人一两，小丫鬟才一吊。后来金哥有情，守备公子有意，双双自缢，凤姐却坐享其成。庚辰侧批："如何消缴？造孽者不知，自有知者。"她的得力干将是旺儿，当凤姐说于旺儿，旺儿心知肚明，急忙进城找主文的相公，假托贾琏所嘱，修书一封给节度使云光。可见王熙凤常干此事，但王夫人和贾琏鸦雀不知，以后胆越壮，恣意作为起来，干了许多这样的大买卖。脂批："一段收拾过阿凤心机胆量，真与雨村是一对乱世之奸雄。后文不必细写其事，则知其乎生之作为。"

另外，王熙凤还拖延下人的月例钱放高利贷，也是几年翻出千把两的银子，我们不妨算算凤姐的收入真是了不得，堪称荣国府首富。这还不足，贾琏穷得借当，她也要抽个头。实际上，一些事情就是个惯性，这些钱她是用不完的，就是娘家的陪嫁都够她过一辈子的。人心不足蛇吞象，凤姐已经在这条路上走得很远了，这不光是贪婪，更是精神生活的极度空虚和贫穷。《小窗幽记》里说："无位之公卿，有爵之乞丐。"实际上，她已经是一个精神上的乞丐了，永远不饱，以致最后沦落为真正的乞丐。

凤姐的狠毒是出了名的。第十二回，毒设相思局，王熙凤间接地送了贾瑞的命。贾瑞癞蛤蟆想吃天鹅肉，打错了算盘。虽是猪油蒙了心，也不至于凤姐调兵遣将，大动干戈，表面还假意诱惑。贾瑞将死，代儒讨要人参，凤姐只给些胡须粉末加以对付，可见心是铁打的。第六十八回，苦尤娘赚入大观园。凤姐心里虽恨得咬牙切齿，但表面做足功夫，先软后硬，把尤二骗进贾府后，慢慢摆布。安排善姐，借助秋桐，利用胡庸医下虎狼之药毒死腹中胎儿。

让旺儿杀死张华，最后把尤二送上黄泉之路，很是高明。现代很多的年轻女性，非常赞赏凤姐这种打击二奶的方法和力度，但杀死腹中婴儿，确实没有人性。实际上，尤二之死也并不全怨凤姐，秋桐说的先奸后娶，和姐夫有一腿是实情，这也是尤二的悔恨之处。再者就是尤二姐对贾琏很失望，贾琏那时正和秋桐打得火热，很少到她房中，根本不能给她以温暖，也成不了一辈子的依靠。最初的柔情蜜意过后，就是对人生彻底的绝望。

尤二同尤三的死有相同之处，只是尤三警醒些，同贾珍有染时，就心理变态。知道自己已入火坑，内心异常焦虑矛盾。今要银，明要金；吃了鹅，又宰鸭，高兴了打扮得花枝妖娆，把贾珍喊来，不高兴就大骂撺人，把衣服剪得一条条的。柳湘莲是她唯一走向光明的依托，怎奈湘莲退婚，给了尤三姐致命一击，她才彻底绝望，一剑刎喉。在红楼里变态的很多，凤姐也很变态，因为那是个变态的社会，能像贾母那样，儿孙满堂，慈眉善目活到老的很不容易。

王熙凤对下人也很残忍。第四十四回，凤姐过生日，贾琏偷人。凤姐盘问小丫头，先是命小厮拿绳子鞭子，捆了打死。不细说就拿刀子割肉，要烧红烙铁烙嘴。还亲自动手，只一掌打在脸上，打的那小丫头一栽，再一巴掌，两腮当时就紫胀起来。然后还拔下头上的簪子在小丫头的嘴上乱戳，可谓狠毒之极。做人奴仆，本就不易，不知听爷的还是奶的，但她们大多还是惧怕凤姐胜过贾琏。

在红楼里主子亲自动手打人的不多，凤姐是一个，王夫人是一个，赵姨娘也是一个。探春就说过她母亲不注意身份，那凤姐何尝又有身份呢？第二十九回，清虚观打醮，有个十二三岁的小道士一头撞在凤姐的怀里。凤姐便一扬手，照脸一下，把那小孩子打了一个筋斗。骂道："野牛肏的，胡朝那里跑！"可见凤姐出手之迅速，之老练，之粗俗。素日无仇，对小孩家也下此重手，凤姐骨子本就不是个善类。

凤姐还是一个极其势利的人。她见人说人话，见鬼说鬼话，对贾母一味奉承，晨昏起居侍奉周到，贾母一刻都离不开她。这是对上。对宝玉也是关爱有加，尽显溺爱，对其他姐妹也好。而对赵姨娘那是替她姑母尽力踩上一脚，这是仗着王夫人的势，是王夫人的一个枪手。尤氏这点就很忠厚，凤姐过生日，偷偷地把赵姨娘和周姨娘的份子退了，说她们也是"两个苦瓠子"。凤姐为富不仁，还说拿她们的钱来取乐，可见心灵之僵硬。对下人就更不用说，就是对平儿也是一样。贾琏见薛大傻子能有香菱这样的美妾，眼馋肚饱的，凤姐便言称拿平儿去换。虽是玩笑话，但可见不把平儿当人，只是一件可以交换的东西。

至于对刘姥姥也不是一个纯粹的例外。为何呢？因为刘姥姥是她娘家的亲戚，而不是贾府的亲戚。在她意念中，娘家的都是好的。刘姥姥初次进府，凤姐一望便知来意，请示过王夫人之后，给了二十两纹银。中间贾蓉来借炕屏，她生怕贾蓉听见不雅，止住刘姥姥的话头。刘姥姥二次再来是贾母无意间听见，正巧想找个积古的老人说说话。刘姥姥又异常可爱，有外交公关才能，博得老祖宗欢心，上下厚待，受恩而归。因王熙凤的偶然慈善，才使家败后，巧姐不至于流落烟花柳巷，这就是偶因济刘氏，巧得遇恩人，并不代表凤姐本心之善。

至于凤姐的才干，尽人皆知，不加赘述。协理荣国府凤姐尽心竭力，除五弊，大施才能。《红楼梦》第十三回尤氏只是托病，早已知道贾珍爬灰之事，高枕不管，任其奢华。其实尤氏也是很有理家才能的。凤姐过生日，她虽退了很多人的钱，但办得还是异常热闹体面，该有的都有了。不像凤姐之贪。脂砚批："尤氏亦能干事矣，惜不能劝夫治家，惜哉痛哉！"实际上，红楼中有才能的人很多，像探春、宝钗、平儿，甚至是体弱的黛玉都是角色。凤姐喜逞才，好张扬，秦可卿之死给了她一个绝好的舞台。

毋容讳言，凤姐也有可爱的一面。一是容貌可爱，生得花朵一般，想必应比八七版的《红楼梦》里邓婕漂亮得多，更不会比姚迪差，要不然贾瑞也不会垂涎三尺，至死还抱着《风月宝鉴》看。最可爱的还是她那张嘴。我们认识一个人，首先是眼睛看到的容貌外观，再就是耳朵听到的，也就是语言，其次才是慢慢用心品度。凤姐的嘴是红楼里最巧的，正反都是她，机变无人可比。黛玉是雅，不适合大庭广众。凤姐则是风趣幽默，插科打诨，极具生活色彩，走到哪里都笑声一片。她不在，简直索然无味。她是贾母的一颗开心果，对姐妹们也极好。大观园筹办诗社凤姐儿笑道："这是什么话，我不入社花几个钱，不成了大观园的反叛了，还想在这里吃饭不成？明儿一早就到任，下马拜了印，先放下五十两银子给你们慢慢作会社东道。过后几天，我又不作诗作文，只不过是个俗人罢了。'监察'也罢，不'监察'也罢，有了钱了，你们还撵出我来！"这样风趣生动的话，在红楼里我们随处可见。

阿凤对小太监："你夏爷爷好小气，这也值得提在心上。我说一句话，不怕他多心，若都这样记清了还我们，不知还了多少了。只怕没有，若有，只管拿去。"何其机敏。对刘姥姥："亲戚们不大走动，都疏远了。知道的呢，说你们弃厌我们，不肯常来，不知道的那起小人，还只当我们眼里没人似的。"阿凤是既可恶又可爱！明知刘妪穷苦趋势之求财，偏说得冠冕。这样的例子比比皆是。凤姐的嘴人见人爱，句句都生动新鲜；凤姐的表情更是鲜活，春风满面，流光溢彩的，就像兴儿说的嘴甜心苦，明是一盆火，暗似一把刀。尤二就是被她表面的功夫迷惑，才进的府，从而加速了自己的死亡。她的那张嘴就像罂粟花，鲜红娇艳，明知道有毒，但很多人依然抗拒不了她的诱惑。

凤姐也是愚蠢的。"聪明反被聪明误"是作者给出的定评。在封建社会里，一个女人再有能力才干，再美丽妖娆，如果没有子嗣，也就成了摆设，很难在一个大家庭中站得住脚。凤姐不是不懂，不懂就不会费尽心思把尤二弄进府，打掉她腹中未成形的胎儿。凤姐自己也怀过哥，七、八个月流掉了。为何？她太爱财了，太爱手中的权力了，她每日如履薄冰，勤勤恳恳做事，就是怕王夫人炒她的鱿鱼。没权咋敛财，结果把哥累掉了。没哥日后就不会走到贾母和王夫人这样的位置。另外她身体日差，有血崩之状，根本就满足不了贾琏各个方面的需求。最后因钱犯事，彻底断送了自己。

另外凤姐积怨太多，除贾母王夫人外没有不恨她的。邢夫人讨厌她，埋怨她自家不管，跑到别人家多事。李纨和姐妹们她不敢得罪，那都是正经的主子，比她根正苗红，另大家也知道她的性情和为人。赵姨娘恨毒了她，以后贾环袭爵必将报复。下人也恨她，她一旦倒台，就没了退路。她充其量只是王夫人的一个挡箭牌，王夫人做姑娘时就"在娘家当家，响快得很"，这是刘姥姥的原话。到婆家又当家，贾母说她木木的，那是大智若愚，先就生了两个哥，现在又把凤姐推到风口浪尖上，自己吃斋念佛，享清福，号称大善人。凤姐既忙情债，又管钱荒，到最后累得上气不接下气，愚蠢至极！

凤姐还过分自信，总觉得自己最行，过高估计了自己驾驭事物的能力。王夫人吃素的，怎会不知她的作为？只是先用着，况且是肥水不流外人田，是自己娘家的侄姑娘。像弄权铁槛寺这样的事很容易穿帮，云光本是贾琏之友，这种扯篷拉纤的事瞒得了一时，瞒不了一世，何况又不是她自己在社会上能呼风唤雨。她曾说天下没有我不笑话的人就罢了，岂不知你笑人时，别人也在笑你。尤氏在她过生时说过："说的你不知是谁！我告诉你说，好容易今儿这一遭，过了后儿，知道还得像今儿这样不得了？趁着尽力灌丧两钟罢。"尤氏言语不多，但句句是金，字字是针，在有些问题上还是超脱明智些。

凤姐喜逢迎，讲排场，爱虚荣，走到哪里都是赫赫扬扬的。溥仪看红楼就说，一见凤姐前呼后拥的出场，就想起自己当年在宫中的样子。实际上，这些都是空架子，没用。像李纨内心清净，一心一意抚一个哥，家败后，至少还有个人在。

凤姐虽腰缠万贯，但最后还是被夫休掉，伏笔是平儿扶正。看来平儿那个嘴巴子挨得一点都不屈。凤姐家没了，巧姐也流落了，死后只是一卷凉席，可怜之至。

"都知爱慕此生才，凡鸟偏从末世来。"凤，凡鸟也。都是普通人，红尘一过客也！

凤姐审美很好，见尤二时，一身素装，清洁如九月之菊，一下就把尤二压了下去。

凤姐是红楼里最为复杂的人物。我们在她身上能看到很多，简直就是一个社会的剪影。她没有其他裙钗之单纯美好，阴暗面较多，婚姻使她从一颗珍珠变成了鱼眼睛，无穷的贪婪和欲望毁了她。智通司的对联"身后有余忘缩手，眼前无路想回头。"是对她，也是对贾府的当头棒喝，更是对天下人的警语。

第十九篇　守孤寡娟墨成素　得荣华美人迟暮——说李纨

　　李纨，一个行走在自己素色时光里的女人，平日里低调从容，不显山不露水。她的世界就像摊开的一袭白宣，无需涸润，一片寂静安然。旁边的花团锦簇也罢，姹紫嫣红也好，都已与她无关。由于丈夫的过早离世，她失去了花好月圆的浪漫，也失去了一个坚实的靠山，更失去了"微雨过，小荷翻，榴花开欲燃"的清新和鲜艳。在大观园里，她成一座活着的贞节牌坊。

　　由于书中对李纨描写的谨慎和影视剧里演员扮相的老成，李纨给我们留下的始终是一个灰色的印象。其实不然，李纨实是个美女，一个地地道道的年轻美女。第五回，太虚幻境薄命司的大柜子里，正册中她的判词上画着一盆茂兰，兰旁立有一位凤冠霞帔的美人。可见李纨到了贾兰爵禄高登之时，即使韶华已逝依旧是风韵犹存。

　　李纨自称稻香老农，宝玉生日时她抽的签也是一枝老梅"竹篱茅舍自甘心"。那么我们不妨看下，李纨到底有多老。她是贾珠的妻子，宝玉的亲嫂子，贾珠是贾政和王夫人的长子。在第二回里，我们从冷子兴口中得知，贾珠不到二十岁就结婚生子，随即夭亡。也就是说死时还不过二十岁。黛玉进府时，贾兰年岁不详，但第四回一开场，作者就明确告之贾兰已五岁，一直到第七十八回贾兰作林四娘诗时，众幕宾皆大赞"小哥儿十三岁的人就如此，可知家学渊源真不诬矣。"这期间又过去了整整八年。李纨应该小于贾珠，也就是十七八岁就生了贾兰，出场时也就是二十三四岁的样子，即便是到了七十八回，大观园内抄快散伙时，也最多不会超过三十一二岁的光景。李纨一直应该是一个年轻女性，要说老也只能指心理年龄上的老，或与黛玉、宝钗这些妙龄少女相对而言。

　　李纨是书香门第的女儿。父亲李守中是国子监祭酒，国子监是中国隋朝以后的中央官学，为我国古代教育体系中的最高学府。祭酒是指主管官，相当于现在的大学校长或教育厅厅长之类。李纨自幼受过良好的教育和熏陶，是一个温文尔雅的大家闺秀，应该品貌俱佳，要不也不会成为荣国府的长孙媳妇。

红楼里的每个人物都不是孤立的。有黛玉就有宝钗，有晴雯就有袭人，丫鬟都是一对对出的。那么与李纨对着写的又是谁呢？应该是凤姐，一个精明强干八面玲珑的女性。第四回介绍李纨时，旁边就有脂批：一段叙出李纨，不犯熙凤。那么她们之间有没有必然的联系呢？应该是有的，首先她们都是已婚的年轻女性，李纨稍长，又都是嫁入贾府之人，有可比性。只是分别为贾赦和贾政房中的长儿媳。

　　那么我们先看看她们的不同点。

　　一是出身不同。王熙凤出身官宦之家，她爷爷在时，就管理外国进贡朝贺之事。粤、闽、滇、浙所有的洋船货物都是他们家的。凤姐身上兼有商人的气质，所以她手中的钱是流动的。李纨出身书香门第，受知识分子家庭的影响，内敛低调但又不乏清高，循规守礼一些。

　　二是文化程度不同。王熙凤没读过什么书，基本不识字，管账用的是未冠彩明。李纨其父虽信奉女子无才便是德，但还是令其读书识字，只不过读的是《女四书》《列女传》之类的，意在让她做个贤淑贞静的女子。李纨是个文化人，曾做过大观园诗社的掌坛，虽不善写，却善评。元春归省时她参与作诗，芦雪庵联句她最后杀青。

　　三是她们教养不同。其实教养与文化程度并没有太多必然的联系。教养，主要来自于一个人从小的家庭教育和养成，倒是于其父母的道德品质和行为规范有直接的关系。如廉耻之心，对事物的认知，做人的态度，抑或在细小事情上的处理和习惯等等。我们每个人的身上或多或少都会打上这样的烙印。像王熙凤那种撸胳膊、挽袖子、叉着腰站在园门洞呲着门槛骂人；拿扣耳勺当牙签，让小丫头跪在地下，拿簪子戳嘴巴这样的事，李纨是绝对不会做的。又如她谎骗王夫人月钱发放之事，和她过生日时虚言替李纨出份子之事，李纨也是不屑的。但王熙凤却是满口雌黄张口就来，所以在骨子里李纨是瞧不起王熙凤的。

　　第四十五回王熙凤算李纨的经济账。李纨就说她说的话是："无赖泥腿世俗专会打细算盘分斤拨两的话。"说她"幸亏托生在诗书大宦名门之家，若是生在贫寒小户人家，作个小子，还不知怎么下作贫嘴恶舌的呢！"这里用了无赖和下作这样的字眼,可见李纨内心对她的蔑视。再者李纨多次为平儿打抱不平,一次是螃蟹宴回对平儿说:"可惜这么个好体面模样儿,命却平常,只落得屋里使唤。不知道的人,谁不拿你当作奶奶太太看。"另一次是当着凤姐的面,也就是算账同回说:"你今儿又招我来了。给平儿拾鞋也不要,你们两个只该换一个过子才是。"从李纨的话里,我们可以看出,她虽事不关己,高高挂起,平时不得罪人,但也不允许别人冒犯和干涉她的私事。

她们的服饰打扮不同。李纨一直守寡,衣着朴素,不施粉黛。我们知道红楼里的女子都化妆,从主子到奴才,从小姐到丫鬟,甚至是太虚幻境里的仙姑们都无一例外。当然妙玉不能算在内。补妆卸妆的场面很多,有探春有平儿等等,丫鬟也都是插金戴银,涂脂抹粉的。第九回,宝玉上学来辞黛玉,就嘱咐:"和胭脂膏子也等我来再制。"有一回金钏也问宝玉:"我这嘴上是才擦的香浸胭脂,你这会子可吃不吃了。"从以上例子我们可知在红楼里,化妆是女孩子生活中一道必不可少的工序。第七十五回,尤氏赌气从惜春那里出来去了稻香村。净面时,素云就拿出自己的脂粉笑说:"我们奶奶就少这个。奶奶不嫌脏,这是我的,能着用些。"可见李纨平日里是不化妆的,因为丧夫,连带剥夺了她妆扮的权利,只能清汤挂面,素颜上阵。送宫花回,也没有李纨的份,只写周瑞家的穿夹道从李纨后窗下过,脂批:"细极!李纨虽无花,岂可失而不写者?"可见李纨在别人的意念里,连戴花的自由都失去了,所以我管李纨叫"红楼里的素色美女"。

在红楼里,穿得最雍容华贵、彩绣辉煌的要数凤姐。这和李纨是两个极端,形成鲜明的对比。至于凤姐卸妆后是不是比李纨好看,那就另说了。只有泼醋回,见凤姐也不盛装,也不施脂粉,脸儿黄黄的。

她们出场的气势不同,凤姐是前呼后拥,众星捧月一般。她本人也喜奉承尚排场,更得意于在宁荣两府之间来回穿梭。李纨是形单影只,随分从事,始终保持着自己的娴静与涵养。

她们的名声不同。王熙凤是出了名的歹毒之人,以兴儿的话就是脸上一盆火,心里一把刀。李纨是出了名的大善人、大菩萨、宽厚仁德之人。这也反映她们的性格和价值观等诸多方面的不同。

她们的职责和权力范围不同。虽然她们都是嫁进贾府的媳妇，但王熙凤担任要职，大小账务、支出银两、用人裁度等都由她说了算。办事只找贾琏是不管用的，像贾芹管理小道士小沙弥、贾芸种树这些事都是要经凤姐点头的，恭维和孝敬那是必不可少的，这是府内。府外像张金哥婚事和冷子兴案，没好处凤姐也是不会插手的。李纨的职责只是侍亲养子，外则陪侍小姑子们做针线读书而已，是个清水衙门。

通篇看后，王熙凤在红楼里都是一个风生水起光辉灿烂的人物。她也很少把人放在眼里，仗着贾母宠爱，王夫人信任，占尽先机。而李纨始终是一个嘴笨心直安静不讨好的人。她们一个见风使舵，一个本本分分。那么她们矛盾的交集在哪里呢？应该是权利，得到和失去。

王熙凤是贾赦的儿媳妇，贾琏的妻子，是不属于贾政这边的，但却在此当家。她之所以能八面生风、杀伐决断，都是因为手中有权利，这都拜王夫人所赐。她既是王夫人的内侄女，又是王夫人的心腹，是王夫人借用、重用了她。而李纨这个真正的堂堂正正的儿媳妇，荣国府的长孙媳妇，只能靠边站，位居人后，过着悄无声息的生活，只能看着作为外人的王熙凤在府内掐尖要强，赫赫扬扬，这是典型的鹊巢鸠占。

有些人就会质疑，这是能力和规矩问题。那么贾府真的会有寡妇奶奶不当家的这个规矩吗？相信这是曹老夫子哄人的，即便是有，规矩也是人定的，同样也是人可以更改的。哪家又明文规定，外人可以来当家。归其原因，是王夫人作祟，结症出在王夫人身上。

再说能力，不可否认凤姐是有能力的，但李纨也是有潜力的。李纨考虑问题细致周密，做人做事有分寸，头脑清醒。李纨并不是一味懦弱没有主见目光短浅之人，只是不在其位不谋其政，从她对贾兰的教育就可窥一斑。

自古夫贵妻荣，贾母说她："寡妇失业的"，可见，在中国古代丈夫就是一个女人的事业，丈夫没了，就山崩地裂了，唯一的精神支柱只能来自儿子。

对于李纨的状况，王夫人是有补偿的，主要体现在月钱上，以此来安慰她。红楼里的月钱只相当于我们现在的零花钱，也就是津贴补助之类，而不是工资。李纨是孙子媳妇，按理应该拿四两银子两吊钱，和王熙凤平等。就因为他是个寡妇，现今又是这样一个局面，就比王熙凤的月钱多出了四倍，每月二十两。对于这点，王熙凤是耿耿于怀，心里极其不平衡的。心是自己操的，累是自己挨的，但一年下来，李纨什么都不干，舒舒服服竟比自己多拿几百两银子。即便是自己能放点帐出去也是心惊胆战的，又怕贾琏擦皮，又怕王夫人晓得。她曾经给李纨算了一笔账："你一个月十两银子的月钱，比我们多两倍银子。老太太、太太还说你寡妇失业的，可怜，不够用，又有个小子，足的又添了十两，和老太太、太太平等。又给你园子地，各人取租子。年终分年例，你又是上上分儿。你娘儿们，主子奴才总共没十个人，吃的穿的仍旧是官中的。一年通共算起来，也有四五百银子。"也就是说李纨一年的收入是相当可观的，甚至让王熙凤嫉妒。如果她不过心，就不会那么清楚地去算别人的账。

  李纨和王熙凤的共同点，就是都爱钱，但方式方法不同。王熙凤爱钱，是不择手段的，平时里以拖延月钱放贷为主，有机会时大捞一把，以致于贪赃枉法收受贿赂无所不至。李纨是慢慢积攒，一步一个脚印往前走，这也很符合她的性格特点和务实的作风。大观园里有钱的不多，别看她们平日里锦衣玉食，养尊处优的。迎春、探春、惜春、黛玉几位小姐每人每月二两银子，多了没有。就宝钗一个富户。宝玉也穷，连给秦钟上坟的钱都没有。有一次，袭人就背地里问平儿，为何这个月的月钱还没发放，说怕她家的那位小爷一时用起短手。可见李纨在大观园里应该是最有钱的。

  有关李纨的吝啬，很多人都讲过，我倒觉得这很和符合她的个性。她本身就是一个你不沾我，我不沾你的人，用钱的地方也有限。不像探春喜欢新鲜玩意，买个这弄个那的；也不像黛玉多病，吃个这补个那的。她的收入全部为兰小子攒了起来，以防日后急用，因为她是个有成算、有危机感的人。贾府里每个人吃的用的都是官中的，小姐的脂粉首饰头面衣服也都有额外供给，另外，哥们在学里读书每年另有八两银子的点心纸笔钱，虽然这个钱最后被探春蠲了。在贾府除了衣食温饱外，是没有多余的钱给你挥霍的，比现在的富二代管理的要严格得多。

凤姐过生日，李纨的十二两份子钱，先是贾母笑说帮出。凤姐谎说自己解囊，不让老祖宗破费，也并不见李纨客套。第四十五回起诗社，李纨带姐妹们向王熙凤要了五十两活动经费，至于花完还是没花完，不得而知。到了四十九回李纹宝琴她们入住大观园，芦雪庵联诗，李纨又提出让宝玉、黛玉、宝钗、探春四人各拿出一两银子做费用。曹侯写文总是在你不经意处，细针慢缝，要不也不会平白无故安插一笔。李纨虽有钱，但绝不会为这些小姑子小叔子们花上一分半文的。这也是我现在为什么越来越相信血缘的原因。

李纨是一个成功的母亲，她一生最伟大的事业就是教育了贾兰。"到头谁是一盆兰。"贾兰登爵，她笑到最后。贾兰是一个不简单的人物，虽然书里着墨不多，但从小就能看出贾兰的性格和为人。贾兰只比贾环小两岁，比宝玉也小不了太多，也住在大观园里。平日一直在学里读书，不像宝玉三天打鱼两天晒网的，可知其母对其管教之严。他除了读书外还学习骑射，文武兼顾。有一次宝玉看到他拿着小弓追赶两只小鹿，就喊住他。贾兰笑回："这会子不念书，闲着作什么？所以演习演习骑射。"可见贾兰从不荒废光阴，也不像宝玉那样只知在姐妹丫鬟堆里厮混。第二点，贾兰除了礼节性的探视，并不喜欢参加一些家庭聚会和大观园里的活动，像诗社这样的事是看不见他的踪影。与其说这是他的行事作风，还不如说是他母亲教育的结果。另外，贾兰性格古怪，自尊心强。第二十二回元宵猜灯谜，贾政发现贾兰不在，便问："为何不见兰哥？"李纨笑回："他说方才老爷并没去叫他，他不肯来。"众人都笑说："天生的牛心古怪。"可见贾兰实是个有主见之人，心中也希望得到长辈们的重视。从中也能看出，贾政比较喜欢贾兰，李纨也不执拗贾兰。

那么贾兰和宝玉的关系怎么样呢？

应该是不太好，至少这对亲叔侄不够亲密融洽，更重要的是，不是同道之人。很多时候，贾兰喜欢和贾环在一起，他们也是叔侄，但不是嫡亲的。比如贾赦生病，他们一起探望，比如宝玉不好，也是一同相约而来。但宝玉推睡下不见，可知宝玉对他们是不喜欢的。另外闹学堂回，金荣的朋友暗助金荣飞砚打茗烟，却把贾兰贾菌的一个磁砚水壶打了个粉碎，溅了一书黑水。贾菌刚想拿砚反击，贾兰忙按住砚，极口劝道："好兄弟，不与咱们相干。"

脂砚斋点评："是贾兰口气。"从这可见，贾兰和其母一样都是事不关己，高高挂起之人，即便是自己亲叔叔的事，也不会出手相助，待远房贾菌比待宝玉更近更厚些，从小主意就很正。

我们知道，贾母过分溺爱宝玉。书里一直在表述赵姨娘、贾环对此的不忿，但没透漏李纨的态度。这是一个涵养问题，贾兰是贾府嫡长重孙子，地位很高，但通篇不见王夫人对这个亲孙子有多疼爱，儿一声，肉一声叫的都是宝玉。重要场合，贾母、王夫人怀里坐着的搂着的也都是宝玉，贾兰除了爷爷喜欢多些是没有太多人疼爱的。邢夫人也只喜欢宝玉，对贾环、贾兰比较冷淡。第二十四回贾赦生病，他们去请安，邢夫人独和宝玉坐在一个坐褥上，又百般摩挲抚弄，并单留宝玉和姐妹们一起吃饭再家去。只一次，七十五回，贾母吩咐："将这粥送给凤哥儿吃去。"又指着"这一碗笋和这一盘风腌果子狸给颦儿宝玉两个吃去，那一碗肉给兰小子吃去。"

书中也道，若论举业一道，贾环贾兰似高过宝玉，但若论杂学，则远不能及。再者他二人才思滞钝，不及宝玉空灵娟逸。同气相求，宝玉内心是不会看重贾兰的，贾兰心中也未必深取他这个叔叔。

贾府落败后，李纨母子的境况会相对好些。首先是手里殷实有一定的积蓄；二是贾兰有正事，文武皆行；三是她们母子积怨很少。《好了歌》里："昨怜破袄寒，今嫌紫蟒长。"甲戌侧批："贾兰、贾菌一干人。"甲戌眉批："一段功名升黜无时，强夺苦争，喜惧不了。"可见贾兰在过完一段清贫生活后，终将发达。后四十回有关贾兰的笔墨将会越来越多，可惜我们无缘看到。但有一点可以肯定，宝玉落魄后，李纨母子在有能力的情况下，并没有伸手接济和帮助宝玉。这是一种冷漠，这种冷漠在风平浪静一片祥和的环境中是看不出来的，但当事情发展到一定的高度，就会凸显出来。越是一本正经之人，越发难得有古道热肠，因为他们本就不是性情中人，尤其嫂子疼爱小叔子那是很有限的。所以我们在书中不止一处看到，薛蟠虽无赖，却有几滴热泪，倪二虽泼皮，却有几分侠义。还有贾芸、小红、茜雪、刘姥姥这些小人物，她们虽地位低下性格有瑕疵，但在贾府落败后依旧有热血。红楼曲中说李纨："虽说是，人生莫受老来贫，也须要阴骘积儿孙……""家亡莫论亲，势败

休云贵。"这是作者落魄后三十年中的总结，也是那时的真实写照。

李纨最不喜欢的人是妙玉，也是一个只生活在自己精神世界里，你不招我，我不招你的人。一个宝玉喜欢和推崇的人。妙玉和李纨之间是不会有什么过节和利益冲突的，可李纨就是申明自己不喜欢她，应该是看不惯她的行事作风。道不同不相为谋，连带李纨也不会喜欢宝玉和黛玉，因为他们也都是轻视功名之人。宝玉对科举深恶痛绝，而李纨一心想让贾兰走仕途经济的道路，因此不合拍。她也不会喜欢宝钗，因为是她婆家那边的亲戚。实际上，她喜欢的人很少，她的一生始终是寂寞的。

李纨一直守寡，终生未再嫁。很多人会认为寡妇的生活很难熬，实际未必，人就是一个习惯，一念不生，万念俱静，孤独当然是在所难免的。但在古代不如李纨命运的人很多，虽夫在，却已是活寡妇的大有人在，无夫无子的也不稀奇。贾珠死后，还曾留下两个姨娘或是通房丫头，书中没有名言。李纨说过，她们要是能守得住，自己也好有个臂膀这类的话。她们和李纨不同，并没有子嗣，不像李纨还有个精神寄托。

在红楼里作者尽管对凤姐贬多于褒，但字里行间不乏洋溢着喜爱和钦佩之情；对李纨虽褒多贬少，但不乏感叹嘲讽之意。一个人的一生，都会顺着自己的轨迹慢慢飘行，是是非非很难有定论，相信性格决定命运。我喜欢一句话："站在同样的高度，看不一样的风景。你眼睛所能看见的，不见得是你心灵所能企及的。请不要用你的眼光看别人的世界。"所以，我目中的红楼，不见得是真正的红楼。

第二十篇　乱人伦命绝天香　留嘱托顶戴无光——说可卿

秦可卿，一个艳极一时、昙花一现的女子，号称红楼第一大美女。她既有着黛玉的袅娜之姿，又有着宝钗的妩媚之态，是一个集环肥燕瘦于一身，聚浓艳寡淡于一体，兼美型的人物，应该是很多男人的梦中情人。作者用笔曲昧隐晦，留下一处处蛛丝马迹，又轻轻抹去，就给后人留下不尽的想象和不懈地探佚。

可卿极尽香艳，我们从她闺房的陈设便知一二。先是一股细细蚀骨的甜香，让人销魂摄魄，武则天用过的镜，赵飞燕舞过的盘，安禄山掷过的木瓜，寿昌公主卧过的榻，同昌公主悬过的帐，西子浣过的纱，还有红娘抱过的鸳枕。曹侯虽是一路设譬调侃而来，但也说明秦氏的房间极尽奢靡之美。就像她自己的话，大约神仙也住得。挂的是唐伯虎的《海棠春睡图》，对联是秦太虚写的：嫩寒锁梦因春冷，芳气袭人是酒香。甲戌本夹批："艳极，淫极！"唐伯虎善画春宫，红楼里有一节就是薛蟠把唐寅读作庚黄，对宝玉说他看到一幅庚黄的春宫是如何如何的好。武则天有镜殿，专供巫山云雨之用，秦太虚长于艳词。总之，秦氏的房间是男人进得去就出不来，刻骨吸髓的地方。

我们看黛玉的房间，几竿修竹掩映，一条石子漫路，案上设着笔砚，书架上垒着满满的书。颦儿坐在月窗下，隔着纱逗弄鹦鹉，并教它念平日里自己所爱的诗词，有清幽之美，是雅士之居。再看宝钗的房间，门前奇石耸立，异香扑鼻，房间雪洞一般，土定瓶供着数枝清菊，两部书，青纱帐幔，有简洁之美，是个高雅之所。

黛玉是一个情调雅致的女子，宝钗是一个端庄贞素的女子，但可卿是一个令男人眼饧骨软的女子，极柔媚，这就是她们的不同。红楼讲女人是水做的骨肉，如果说黛玉的秉性是干净，宝钗的特点是冰清，那可卿给人的感觉应该是甜腻。

一个女子抛开她的出身、美貌、才情、修养不说，那么干净应该是一个女人最好的底色，因为它代表一个人的纯度。在十二钗里，黛玉位居第一，也就当之无愧；可卿位居最末，也就理所当然了。

在可卿身上有两大谜团：一是出身之谜，二是死亡之谜。

可卿的身世，书中明写，她是小吏秦业从养生堂抱来的一个弃婴。因与贾府有些瓜葛，便嫁给了贾蓉为妻，成为宁荣两府的长重孙媳妇，深受贾母等众人的喜爱。红楼高屋建瓴，层峦叠嶂，曹侯写文本就是攒花簇柳，一笔多用，其中的矛盾隐晦也只有作者自己能解。

相信秦可卿不会是一个什么弃婴，只是作者用来混人耳目的。四大家族联姻在红楼里屡见不鲜，就是现在大部分人家也讲究门当户对。一个寒门女子，想嫁进豪门，并且能在一个一张体面脸，两只势利眼的大家族里立足，赢得上中下三层的喜欢和认可，不是一件易事。况且，贾蓉是长重孙，家中对待他的婚姻也不会如此草率。第七回送宫花，王熙凤把自己的宫花转送秦氏两枝，最早的版本就有回前诗："十二花容色最新，不知谁是惜花人？相逢若问名何氏？家住江南本姓秦。"有些红学家推断秦可卿是公主出身是有一定道理的，但过分探佚，就有离题万里之嫌。

可卿一直无子，但备受尊崇，这和邢夫人、尤氏形成了鲜明的对比，这里多少有点蹊跷。要么有着不能公开的身世，要么就是因为贾珍罩着。如果她的出身真的是养生堂抱来的，也只有两种可能。一是极美，性格也好，被宁府看上，就像邢岫烟虽寒素但依旧能嫁给薛蝌为妻那样，以品格取胜。但薛蝌是无父母之人，靠薛姨妈这边生活，况那时薛家已几近没落。但可卿嫁给贾蓉时，贾府却还红火。另外一种可能是早就与贾珍有染，贾珍想近水楼台，就替儿子保了媒，不想花落别家。

可卿和贾珍的关系是众所周知的，就是公媳乱伦，贾蓉在这个婚姻里只是个摆设。第七回作者借焦大之口痛骂："我要往祠堂里哭太爷去。那里承望到如今生下这些畜生来！每日家偷狗戏鸡，爬灰的爬灰，养小叔子的养小叔子，我什么不知道？咱们'胳膊折了往袖子藏'！"书中道凤姐和贾蓉等也遥遥闻得，便都装没听见。可见大家早就心知肚明，这个世界没有不透风的墙。

有些红学家认为"爬灰"一说是指贾珍和秦氏，养小叔子的也是指秦氏，只不过是和贾蔷。本人不能苟同，不能把这些屎盆子都扣到可卿一人头上。

贾蔷是贾府的正派玄孙，是贾蓉的族中堂弟，因父母早亡，被贾珍收留，是可卿的小叔子不假，但并不见得就有染。书中道爬灰的爬灰，养小叔子的养小叔子，就像现在说跳舞的跳舞，打牌的打牌那样，是各有所指。贾蔷实是和贾珍有断臂之嫌，贾珍风闻口生不好，才让他另过。但他一直仗着有贾珍的溺爱，贾蓉的匡助，在学里谁也不敢触逆。如果他真的与可卿苟且，贾珍贾蓉岂会这样待他。闹学堂回，贾蔷帮秦钟，书中言明也是因为他和贾蓉相厚。贾蔷后来和龄官有了一段爱情。清朝酷爱男风，书中同性断臂的很多，贾珍、贾琏、薛蟠、宝玉都有此好。

　　真正养小叔子的人便成了千古之谜。有人怀疑是凤姐和宝玉，那也是无稽之谈，宝玉和凤姐不仅是叔嫂的关系，还是表姐弟的关系，有王夫人从中横着，相处时又是一派天真与自然，是不可能的。再者宝玉、凤姐也不是宁府之人，焦大犯不着拉扯别人家的事。

　　人们忽略了一个人，那就是尤氏。第七十四回抄检大观园，惜春请尤氏过来说话，姑嫂之间有一番争吵。惜春说："近日我每每风闻得有人背地里议论什么多少不堪的闲话，我若再去，连我也编派上了。"连惜春都能编派上，可见没有不能编派上的人。书中道："尤氏心内原有病，怕说这些话。听说有人议论，已是心中羞恼激射。"不干净的事，那时秦可卿已死几年，尤二尤三也相继殒命，过去的旧账也就一笔勾销，不存在"近日"之说。柳湘莲也说，你们东府里除了那门口的两个石头狮子干净，只怕连猫儿狗儿都不干净。不能说尤氏不是东府里的人，她心里有病，有的什么病？难道是为贾珍贾蓉的不齿行为羞愧，还是想维护封建大家庭的脸面，那倒也未必。

　　尤氏无子，贾蓉不是她的亲生，她也不是原配，是填房抑或扶正，要不下面的人，也不会那么怠慢。她平日不管贾珍，一味顺夫，贾珍常宿佩凤房中。但尤氏不是一个可以小觑的人物，她有能力有头脑，独艳理亲丧回，尽显杀伐果断，只是平日低调，可卿死后也是推病。如可卿真是吊死，不可能不和这个婆婆有关系。宁国公荣国公子孙众多，得势的就宁荣两府。既然是养，就不见得非是头面光鲜，经常露脸的那几个人。看红楼千人一面，这些也只是私度，不可以做实。

贾珍是一个非常好色的人，一刻都不得安逸。除了家中成堆的姬妾，席上的娈童和风月场中的女子，书中提到的重要人物还有可卿、尤二、尤三。这三个女人都极其貌美。可卿性格温和细腻又好强，喜欢虑事，不仅美丽还有见识。她临死前给王熙凤托梦，嘱咐凤姐，要在祖坟那边多置田产和房屋，即便以后抄家也不会充公，子弟还可以退而求其次读书农耕。可见她的远见卓识，比那些束带顶冠的男人不知强多少倍。这更是曹侯举家食粥时最深切地悔悟，只是借秦氏之口说了出来。在这里，曹侯一笔写尽贾府男子的不堪，平日里只知道寻欢作乐，狂嫖滥赌，真正干起正经事却无一人。畸笏叟也批："作者用史笔也。老朽因有魂托凤姐贾家后事二件，岂是安富尊荣坐享人能想得到者？其事虽未行，其言其意，令人悲切感服，姑赦之，因命芹溪删去'遗簪''更衣'诸文，是以此回只十页，删去天香楼一节，少去四五页也。"

就因为可卿的眼光独到长远，畸笏就命作者删去了"遗簪""更衣"这样的细节，大约两千多字。掩盖了可卿真实的死因，想把她的丑事遮过去。曹雪芹创作红楼时，至少在某个阶段，应该是一个团队，有写的、有抄的、有评的，我们知道的就有脂砚、杏斋、棠村、畸笏。其中评的精彩程度不亚于正文，非常好看。曹侯当时虽是遵命删了，但还是有许多地方故意保留了下来，像云板敲过，传出东府小蓉奶奶没了，合家上下，无不纳罕，都有些疑心。棠村就批："九个字写尽天香楼事，是不写之写。"九个字是指"无不纳罕，都有些疑心。"靖眉批："可从此批。通回将可卿如何死故隐去，是余大发慈悲也。叹叹！壬午季春。笏叟。"可见，可卿真正的死因是悬梁自尽。

张爱玲是研究红楼最持之以恒的一个人，看了一辈子的红楼，略有眼生的字都逃不过她的眼睛，花了十年的时间写了《红楼梦魇》。她从版本学的角度阐述，托梦是元春向自己的父母，而不是可卿所为。五十八回老太妃薨一节，实是元春之死，只是曹侯后来改动了情节，就把托梦一节嫁接到了可卿头上。这是有一定道理的，但我们还是以现有的，能看到的文字为准，不去过多地探寻曹侯的初衷。

再说尤二是个水性的人，贾珍贾琏皆可，总之是能嫁入豪门便好。尤三刚烈些，先和姐夫有染，又极其不甘，悔时却已苍天无泪。

曹侯写女子，一人一样，没有废笔，都很符合她们的性格特点。美都美亦，宝钗是富家之女，偏偏几箱子首饰就是不戴，衣服簇簇的新就是不穿，是个久见富贵，可敬之人；黛玉是出身高贵，满身书香，家庭没落后，依旧清高，不稀罕的东西多了，像鹡鸰串那样的宫中之物，都掷而不取。到了尤三，却是今天要金，明天要银，贾珍花了许多昧心的钱。这就是女人你纵有千般美貌，万般娇媚，都无法站在同一个高度，不仅是出身，更是灵魂！

贾珍对可卿尤二尤三的态度是截然不同的。

贾珍对可卿是一片真心，有很重的感情成分在里面。可卿死后，他如丧考妣，哭成泪人一般，几乎不能行走，拄着拐棍，那时贾珍也不过四十岁左右，这是精神上。经济上，丧事极尽奢华，先定下基调，尽己之力，倾家之财。停灵四十九天，请了各路人马，和尚道士尼姑全部上阵，百戏杂耍一应到位。光这些就是几百人，还不算家中奴仆、往来贺吊的宾客和各路皇家路祭。"白漫漫人来人往，花簇簇官去官来。"出殡时，"压地银山"一般。少小时看到这几个字就非常惊艳，便觉曹侯用笔之妙，把文字不仅写得风生水起，简直就到了山穷水尽，后面的有些书与之相比，似乎都成了花拳绣腿。

樯木是最好的棺木，是原义忠老千岁定下的，因坏了事，就一直搁在薛蟠的店里。曹侯极尽讽刺，即是义忠，何又坏了事。薛蟠说，就是出一千两银子也没人敢买。对有些土财主不是买不起，而是不敢买，因为那是皇家才配用的东西，确切地说应该是金丝楠木。像张金哥家为退婚，一次就贿赂凤姐三千两纹银。就是一千两也折合人民币大约五十万。贾政一再阻止，贾珍就是不听，恨不得替秦氏一死。

贾珍又为了秦氏的脸面好看，现拿一千二百两银子给贾蓉捐了一个缺。贾蓉从一个黉门监，国子监的学生晋级成为五品龙禁尉。虽作者声明红楼只叙闺情，不言政事，但你看曹侯见缝插针，写买官卖官像萝卜青菜一般，笔道看似轻松，实则老辣之至。

在红楼里，谁都不能否认贾珍这个风月丛中的老手对秦氏动了真情，他们之间的关系不是贾珍单方面的要挟和强迫，应该是双方的你情我愿。

再看尤二，她和这个姐夫起初相好时，已无法考证可卿死还是没死。但到六十三回贾敬殡天时，贾珍已把尤二让给了贾琏。尤二与贾珍父子历有聚麀之消，但贾蓉提出贾琏想纳尤二为妾时，贾珍只是笑了笑，想了想就同意了。

再看尤三姐，平时"偏要打扮的出色，另式做出许多万人不及的淫情浪态来，高兴了悄命小厮去请贾珍。"不高兴就厉声痛骂，说他们兄弟，诓骗了她们孤儿寡母。贾珍反而没过过几天快活的日子。贾琏提出聘尤三时，贾珍先是不舍，后来有了新欢，也就同意了，并拿出了三十两纹银。

在红楼里，秦可卿最好的朋友是王熙凤，一个非常势利世俗而又精明的女人，但秦可卿会低低地和这位婶娘说上许多衷肠的话，并临终托梦给她。你想想秦可卿若是个庸常之辈，王熙凤如何能瞧得起。王熙凤就说过，这世界没我笑话的人也就罢了！王熙凤对刘姥姥是先倨后恭；对贾芸那是你打躬作揖，我都不瞟上一眼，脚也不会停下来；对尤氏更是毫无顾忌，连揉搓带撒泼打滚，。

秦可卿死时，宝玉一口鲜血喷了出来。甲戌侧批："宝玉早已看定可继家务事者可卿也，今闻死了，大失所望。急火攻心，焉得不有此血？为玉一叹！"可见可卿不是一个空壳美女，不只貌美，实是一个在很多方面都很优秀的女人，要不曹雪芹也不会让她登上十二钗的金榜。

秦可卿的性情非常好，平和温柔，处事得体。对上孝顺，对下体恤，有怜贫惜老之心，对同辈人亲密友爱，是一个人见人爱的女子。我们在她死后，那摇山振岳的哭声中便可知道。秦可卿虽香艳但并不刺眼，是软到骨子里的媚和平静，也有其端庄的一面。周瑞家的初见香菱就夸她："倒好个模样儿，竟有些像咱们东府里蓉大奶奶的品格儿。"

可卿是最短命的金钗。从第五回登场到第十三回谢幕，也就短短的几面，但她和玉哥的关系非同一般。很多人就说与宝玉初试云雨情的人不是花袭人，而是秦可卿，到了花袭人已是二试。第五回，宝玉不到十三岁，在秦可卿的闺房里，南柯一梦，到了仙界。警幻仙子把己妹乳名兼美字可卿者，许配给宝玉。宝玉与之极尽缠绵，在梦里喊出秦氏的乳名。"正是：一场幽梦同谁近，千古情人独我痴。"

很多人说是可卿引诱了宝玉，实际上，许多红学大家都不能客观地看待分析问题，评人物都带着自己的感情色彩，觉得淫的，就恨不得再踏上一脚，觉得好的就极力粉饰。就像尤三姐，高鹗就不断地给她掩盖，后面的红学家，有的也推崇她纯洁，这都是违背作者原意的。这也是无法和曹侯站在同一高度的根本原因。曹侯就是要写出人性的复杂，不是你自刎了，就可以代表过去的事情没发生过；不是你失足了，就锁定你没有别的光辉所在。一个人在黑白之间，往往有很多的灰色地带。

如果说可卿和贾珍和贾蔷又和宝玉，那她还活不活，这样的乱，贾珍又岂会真心喜欢她。她不是多姑娘人尽可夫，拿两匹缎子，就能一夜销魂。她是个有见识的女人，我们不能小看。女人和男人不同的地方就在于，男人可以弱水三千只为一人动心，女人弱水三千却只取一瓢饮。一个女人心中一旦有了爱，生也是他，死也是他，天也是他，地也是他，爱时话说千遍也不厌倦，不爱时一句就冰冷到无言，看都懒得再看上一眼。

可卿和宝玉巫山之会，只是在梦里，旁边有袭人晴雯媚人麝月四个大丫头守护着。只能说，宝玉少小时，有这样一个极美极有女人味的侄媳妇，在他的印象里太深刻，成为他臆想中的性启蒙者。

可卿的死因，在书中矛盾重重。判词云画梁春尽，死在天香楼。靖藏本做西帆楼，和槒木棺材相照应。槒有桅杆之意。先时的第十三回回目就叫秦可卿淫丧天香楼，后改为死封龙禁尉。西帆楼是船意，女人如船，在无望的大海上漂泊，苦海无边，可卿掉了下去，死了。文中贾珍请了九十九位全真道士，打了四十九日解冤洗业醮，以安亡灵，也是以慰自己。书中正写是病死，不多加赘述。

可卿死时，还不到二十岁，正是花季少女。她用她年轻的生命祭奠了自己的过去，没有苟且地活着。我们不能只看到她的淫，就像鲁迅说的："不能把眼睛只盯在女人肚脐眼底下的三寸。"如果你的眼睛还有温情，就应该看到在这个女人身上，还有许多其他美好的品质。

新版《红楼梦》可卿的扮演者唐一菲五官精致，脸型极美。但你让她穿上黑山老妖的衣服，化着荧绿色的眼影，那还是可卿了吗？这就是思维的僵化。

要知道那是大家庭,即便再好色的男子也会喜欢温婉的女子,妩媚也要有个度。

看红楼就是一捧热泪和无尽的心酸,死的死,亡的亡,那些美丽的过往都成了梦。在那个社会,女人终究是弱者,无论你是少小无知还是情非得已,有些错误是不能犯的,更不会给你改过的机会。长歌当哭,像可卿,像尤三姐,只能用生命作为代价,来洗刷自己曾有的耻辱,来找回生命最后的一丝尊严!

第四辑

第二十一篇　哭曹侯

　　数载看红楼，掩卷哭曹侯，尘世翻跟头，石壁书春秋。红楼千古留，空前也绝后，无才补苍天，地域也不够。黄叶著石头，篇篇书风流，一支笔独秀，人性慢慢勾。十年血泪流，真情不上锈，政治太污垢，布衣笑王侯！

　　身前身后事，走过才悟透。少时倚锦绣，金珍噎满喉，老了家食粥，佩刀换美酒。翡翠镂，雀金裘，合欢花酿的酒；烟脂扣，香粉柔，冰清女儿的眸，都付之东流。谁把秋看透，谁又是谁的等候。粉堕百花州，香残燕子楼，孤魂夜里游，彩线面上收。一书歌两喉，着眼看背后。柳藏鹦鹉哑谜暗逗，伏脉千里一梦九州。风月宝鉴原旧有，前面花团锦簇，背后红粉骷髅，劝世人把风月看透，免得纠缠落泥沟。你哭我笑看红楼，语不惊人死不休。

　　掩卷哭曹侯，一书消永昼，行行啥都有，页页涌暗流。吟诗联句摇红翠袖，佳肴美酒绫罗丝绸。红楼佳丽环肥燕瘦，世家子弟同臂断袖。炼丹拜佛骗取灯油，尼姑道士人面禽兽，狂嫖滥赌满身浊臭，仕途经济抠背换手。戏曲艺术吹拉弹奏，江南园艺曲径通幽。病理医学慢慢参透，古玩字画随处都有。偷人爬灰三教九流，贪官污吏布衣王侯，人情世故间架结构，环境人性细剖深究。包罗万象哪书能够，百看不厌绵长醇厚。

　　掩卷哭曹侯，人性深探究。一妻多妾是结构，手下乞食落布头，奶娘老妈与丫头，本是一锅粥。势利眼，体面脸，家家都有。大家族藏污纳垢，闲时肥马轻裘，呼朋唤友，狎妓夜赌不嫌丑。大难来时各奔枝头，谁又与谁风雨同舟，谁又与谁相守。

　　人性立体化，都是千面手。宝钗最优秀，牡丹开最久，花中之王后。富家女，为皇家把物购，常吃冷香丸，热情难再有。痛苦在婚后，慢慢数更漏。金玉之说鲠在喉，难说是阴谋。

　　颦儿是诗后，晓露轻愁最风流，母爱父爱都不留，稀世俊美难再有。小时尖且妒，大时没人顾，一身病骨，饮食寒素，婚姻无人主，势单力又孤。心思细密瞻前顾后，曹侯钟爱莫属。

探春是英豪，唯母抛脑后。迎春二木头，穿花也温柔。袭人最平和，却被戏为哈巴狗。晴雯聪明灵秀，却锋芒太露。叹凤姐，身后有余忘缩手，大难来时想回头。为权力，为金钱把哥流，愚蠢糟糕透，还是被夫休。

　　话说二尤，年少时贪图富贵，被异父异母的姐夫哄骗上手，想嫁都不能够。长大后，把事情看透，一剑刎喉，是想洗去满身污垢，不全为柳湘莲把命丢。

　　叹曹候，生花妙笔血泪流，哭成此书太难受。朱门酒肉臭，寒门无灯油，告人难开口，落难不相求。脂砚陪其走，畸笏跟在后，艰难著红楼，唯有傲骨留。

后记

　　这个季节是美的，清澈而又有质感，如窗外琉璃般的阳光，呈现出不同层次的色泽。亦如我枕畔的红楼，厚重成五彩的云朵环你入梦。门槛之低，尽人俯拾；身姿之高，万目仰视；平易如衾，家常贴心。

　　红楼是禅意的，每一枝花都在该在的位置，那里的人更真实更人性更像人。曹侯不是佛，无须端坐莲台，俯视人间。他是人，活生生的人，是享尽富贵也历尽苦难的人。他以众生的目光写就了这本书，而不是某一人局促狭窄的视角，这是一个千古的突破，也是一种人性伟大的回归。什么是禅？是茶道、香道、花道？不！那只是表象。静室焚香，虚窗品茗；插花清供，布衣粗服，这只是一种个人修为或姿态。真正的禅是在大红大绿，镶金裹银的背后依旧有着一颗平和温热的内心，依旧有着一双干净平视的眼睛，这是最难得的。宝玉做到了，曹侯做到了，所以他们才是最真实的佛，所以红楼是一部兼具包容和悲悯的书，这才是它散发出来的独特气质和魅力所在。不管是尖利的、说教的、隔路的、愚钝的、野心的、势利的、淫荡的都是亲切可爱的。他把女性作为一个人格的载体来对待，给予了最高的尊重；他把那些庸常的小人物，给予了土地般的亲切和冬日暖阳样的光泽，这是最可贵的。

　　感谢红楼，因为它的存在，让我这个市井小民消磨掉许多忙碌之外的闲暇时光。无关求知，不需探索，它对我全部的意义只是催眠，不仅是手书抛卷的意趣，更是精神独自裸奔的快乐。这种催眠与其说是睡梦的漫漶，还不如说审美的延伸，从文学艺术上升为心灵艺术的攀缘。

　　写这样长篇大套的文字是辛苦的，远不如我的散文来得轻灵便捷，随意自在。但能把自己偶然飘过的一些小想法、小见识、小认知记录下来，还是幸福的。哪怕它是不成熟的，哪怕哪天被自己轻易推翻。既不想鹦鹉学舌，也不想虚谬揣度，只想用真实的性情解读人性的复杂和细节的微深。理论与我无缘，流派与我无关，外面的争争吵吵我亦听不见，一切出于喜爱，和是不是名著都无染。如果我的见解和你的撞衫，请不要惊讶，这只是代表我的思维；如果我的想法与你相悖，并不想理论，也还是代表我的思维。不经意

间提到的名家,无意冒犯,请一笑海涵,任何人的见解都值得我的尊重和高看。但不影响我在自己的篱笆上,扎种自己的春天。这只是属于我自己的一本书,一个老百姓眼中的红楼。

非常感谢我空间的朋友们,是你们成千上万的阅读,大量的转载,几百层扶摇而上的高楼,才有了此书的诞生。感谢涣童从我第一篇有关红楼文字问世起,就委婉的提出建议,并且一篇篇跟着走过;感谢清风老师,严谨到一个标点都不放过;感谢悬崖,一直帮我校对,牺牲掉许多宝贵的时间。感谢芙蕖姐姐第一个鼓励我出书,并且曾为我跑过出版社;感谢荆州作协的黄主席当我交稿急迫,尚需誊清,无暇写序时,他在邮箱里的回答简而有力:"答应你!写!"并说时间太短,无法展开,建议两序并存。这样我又请了元辰老师。请元老一直是我的打算,因元老不仅深谙红楼还熟知我的文字。但这段时间元老是属于国家的,别谈坐下,连自己的文字都无暇顾忌。思之再三,还是冒昧相邀,元老当即应允,说稍后,博物馆布展到了冲刺阶段,20号后才有时间,并让我把所有的电子文本传给他,他要全部再阅读一遍。但元老把序给我那天竟是19号,我不知道他是怎样熬夜赶出来的,面对这些,除了感动还是感动。

感谢西部文学网对我红楼文章的重视,除上头条外还被评为西部文学征文十大评论家的称号;感谢中国文学网的推荐,经常成为头条网的头条;感谢江山网把我的红楼评为绝品文章;感谢很多文学论坛的特别推荐和幕后责编大篇幅的点评;感谢一些微信平台的制作和传播;感谢一些纸媒的采用,为此占去他们大幅版面。没有大家的鼓励和支持,也就没有今天我的著述,这是我一直要说的。最后谢谢有缘阅读此书的朋友们,祝福大家快乐!